KB216787

2025 제12회

교보문고 스토리대상

단편 수상작품집

2025 제12회
교보문고 스토리대상
단편 수상작품집

지다정

최홍준

김지나

이건해

이하서

차례

돈까스 망치 동충하초

지다정

소란이 일어나는 건 언제나 문 앞이다.

그러므로 잠결에 그 소리를 듣고 일어나 제일 먼저 의심한 건 현관문이었다. 누군가 현관문을 두드리고 있는 것 같았다. 그렇게 인식하자마자 잠이 완전히 달아났다. 아직 저녁 시간이었고, 나는 리슬의 방에 리슬과 함께 누워 있었다. 리슬을 재우다 선잠에 들었다가 문득 쿵쿵 소리에 눈을 뜨게 된 것이다. 쿵쿵쿵쿵, 잠을 깨운 소리가 다시 한번 울렸다. 소리의 크기보다는 진동이 컸다. 나는 리슬이 고르게 숨을 쉬는지 조금 더 지켜본 다음 몸을 일으켰다. 리슬은 요새 이앓이를 하느라 깊은 잠을 이루지 못하고 조그만 소리에도 곧잘 깨서 울었다.

최대한 조용하게 방문을 닫고 거실로 나왔다. 어느새 집 구석구석 어둠이 내려앉아 있었다. 이 집에 들어와 제일 놀란 건 조명이 하도 많아서 스위치 위치도 한 번에 기억 못 할 정도로 많다는 것이었는데, 어쨌거나 나는 사정상 그것들 중 절반도 사용하지 못하고 있었다. 어둠 속에서 더듬더듬 벽을 짚으며 헤링본 모양으로 짜인 목재

마룻바닥을 걷기 시작했다. 손끝을 타고 쿵쿵쿵쿵, 진동이 계속 전해졌다. 현관 쪽은 아닌 것 같았지만 그래도 확인은 해봐야 했다. 리슬의 방과 내 침실은 현관에서 가장 먼 집 안 깊숙한 곳에 있다. 불과 몇 주 전까지 살던 빌라에서는 침대에 누워 머리를 들기만 해도 바로 현관이 보였지만 이곳은 다른 차원에 존재하는 곳이다. 현관문은 리슬의 방문에서도 몇 걸음이나 걸어 오픈키친의 아일랜드를 반쯤 지나야 겨우 한 귀퉁이가 보일까 말까 했다. 중문에서 열 발짝을 더 가야 비로소 현관 도어 록에 손이 닿는 집이었다. 진짜로 호화로운 집은 안방이 몇 평, 화장실이 몇 개, 이렇게 세는 것이 아니라 가장 시간을 적게 보내는 곳, 이를테면 현관에서부터 중문까지가 얼마나 넓고 화려한지에 달려 있다는 것도 이 집에 들어와 처음 알게 된 사실이었다.

중문의 센서 등이 켜지기 직전에 거실을 돌아봤다. 50평이나 되는 집은 거실이 특히나 넓었다. 그 넓은 거실에 있는 거라고는 바닥 한가운데 덩그러니 충전기에 연결된 노트북 하나와 아직 풀지 못한 이삿짐 박스 두어 개뿐이었다. 저것들을 오늘은 꼭 풀고 말아야지. 이사 온 지 3주가 되었는데도 낮에 집 밖을 나갈 형편이 안 되다 보니 안에서만 맴도느라 지치는 게 요즘의 일상이었다. 창밖은 멀리 보이는 강남대로의 야경, 찬란한 불야성의 풍경으로 화려했다. 이 아파트는 강남역 사거리에서 곁길로 빠져 한참이나 경사길을 올라야 하는 높은 지대에 있어서 강남대로가 훤히 보였다. 가까운 건 아니었지만, 이토록 높은 곳에서 강남을 내려다보는 건 전에 느껴본 적 없던 맛이 있었다.

나는 불빛을 갈망해 눈이 타버린 불나방처럼 저 멀리에서 휘황하게 일렁이는 도시의 야경을 구경하다가 문득 깨달았다. 그사이 쿵쿵거리는 소리가 멈춰 있었다. 현관문은 평수에 걸맞게 일반적인 규격이 아니라 가로 길이가 긴 무거운 철제문이었다. 나는 그 육중한 문에 귀를 대고 몸을 밀착했다. 정말로 이 집에 침입하려는 자가 있다면 금속을 뚫고 그가 내는 소음을 포착할 수 있을 것이다. 한참 지날 때까지 아무 기척도 느껴지지 않아 다시 리슬의 곁으로 돌아갈까 하던 그 순간 쿵쿵쿵쿵, 소리가 났다. 그러나 확실히 현관문 밖에서 나는 것은 아니었다. 발밑에서 희미한 진동이 느껴졌다. 그 소리를 들었을 때 자연스럽게 윗집이나 아랫집 어디에 아이들이 사는구나, 하고 넘기지 못하고 별안간 침입자를 떠올린 건 지금 내가 특수한 상황에 처해 있기 때문일 것이다.

이사 온 뒤로 한 번도 이 아파트에 사는 누구와도 마주친 적이 없었다. 그건 오로지 내 노력의 결과였다. 당분간은 아파트 주민 누구와도 마주치지 않는 것, 그게 이 집에 들어오는 중요한 조건 중 하나였기 때문이다. 그러나 지금, 나는 그 조건을 깰 각오를 하고라도 나가고 싶은 충동에 시달리고 있었다. 내가 감지한 것처럼 이 집에서 나는 소음 역시 어딘가의 집으로 전달되어 누군가가 감지할 수 있을 것이라고 생각하자 바깥을 확인해보지 않고는 못 견딜 것 같았다. 나는 등딱지 밖으로 목을 빼낸 자라처럼 현관문 밖으로 겨우 고개만 빼꼼 내밀었다. 남루한 현관문 바깥의 풍경은 집 안과는 딴판의 세상이었다.

아무것도 모르는 나를 처음 이 집으로 데리고 온 날, 소영이 말했었다. 외관이 필요 이상으로 구질구질 너저분한 건 일종의 시험이야. 알맹이를 알아본 안목이 있는지 보는. 너 저 안의 집집들이 얼마나 화려하고 으리으리한 줄 알아? 내심 수도권이라고 하기에 민망한 도시에 있는 나의 허름한 12평짜리 빌라의 현관과 층계보다 더 나을 것도 없는 아파트의 외관을 보며 콧대 높은 강남에도 이런 빈촌은 존재하는구나 하는 생각을 하고 있었기에 내 속을 정확히 짚은 소영의 말에 나는 그때 흠칫 놀랐었다. 소영이 했기에 특히 더 권위 있게 들리는 말이었다. 소영은 이 아파트를 포함, 강남의 재건축 이슈가 있는 매물을 집중적으로 다루는 부동산 딜러였다. 4년 전 내가 한창 결혼을 준비할 즈음 마지막으로 만났을 때 그의 직업은 어디어디 물산 영업부 대리였었다.

"그럼 회사 그만두고 공인중개사 자격증을 딴 거야?"

4년 만에 처음 만난 자리에서 나는 촌스럽게 물었다. 내 결혼식을 마지막으로 소영과 연락이 끊기다시피 했고 그때는 새신랑이 내 옆에 있었지만 지금 내게 있는 건 딸아이뿐이었다. 소영이라고 그 정도의 변화도 없이 내가 기억하던 자리에만 머물러야 할 법은 없었다. 내 질문에 소영은 참을성 있게 맞다고 대답해주면서 또 길에서 흔하게 볼 수 있는 그저 그런 부동산사무소를 차린 건 아니라고 했다. 건네받은 그의 명함은 은빛으로 빛났고 업체 이름도 없이 '최소영, 리얼 에스테이트 딜러(So-Young, CHOI / Real Estate Dealer)' 두 줄만 가운데에 콱 박혀 있었다. 소영이 충분히 성공했다는 사실이 확실하게 느껴졌다. 그런 소영의 말에 따르면 나 역시 첫 관문부터 탈락인 셈이었지만 사람 일은 한 치 앞을 모르는 법이라 그로부터 일주일 뒤에 나는 이사 트럭을 타고 이 아파트로 왔다.

저녁 8시를 막 지난 시간인데도 현관 밖은 오싹할 정도로 사람의 기척이 없었다. 이 12층짜리 계단식 아파트에 실제 거주하고 있는 가구는 절반도 채 안 되기 때문이다. 사람과 사람에 딸린 각종 부속물들을 효율적으로 수용하기 위해 지어진 공간에 정작 사람의 온기가 없다 보니 자연스레 공간이 더 칙칙해지고 을씨년스러워졌을 것이다. 하지만 나는 그 덕분에 새벽 시간마다 쥐가 부엌을 드나들 듯 생필품을 사다 나르는 일을 반복하고 있는데도 감쪽같이 잘 숨어 살고 있었다. 집이 5층이라 엘리베이터를 이용하지 않고도 수월하게 나다닐 만한 게 다행이었다.

나는 조명 불빛이 새어 나가지 않도록 최소한의 틈으로 민첩하게 빠져나온 다음, 등을 벽에 딱 붙인 채 재빨리 층계를 내려갔다. 신발을 신지 않고 양말만 신은 채라 소리를 최소한으로 억제할 수 있었다. 5층과 4층의 중간 층계까지 내려온 다음, 쿵쿵 소리가 들려오길 기다리며 어둠 속에 숨을 죽이고 서 있었다. 그러나 아무리 기다려도 소리는 다시 들려오지 않았다. 뿐만 아니라 어디에서도 희미한 말소리, TV 소음, 발소리 하나 나지 않았다. 아파트 전체가 비어 있는지도 모른다는 야릇하고 달콤한 고독이 밀려들었다. 지금 이 순간만은 이곳 전체가 내 집인 것과 다를 바가 없다. 긴장감이 녹아내리고 대신 마구 활보하고 싶은 욕구가 치밀었다. 잠깐이라면 1층 현관 밖으로 나가보아도 좋지 않을까. 나는 1층까지 가볍고도 가뿐하게 내달렸다. 그러나 거기까지였다. 아무리 지나다니는 사람이 적다 해도 아파트 경비원들은 시간마다 성실하게 순찰을 돌았다. 나는 이미 이사 올 때부터 경비원들과 한통속이 되어 있었지만 그래도 홈웨어 원피스 한 장만 달랑 입고 양말 바람으로 집 밖에 나온 모습을 굳이 노출시켜 쓸데없는 관심을 받고 싶지는 않았다. 현관 뒤 어둠에 몸을 잘 밀어 넣어 숨긴 후 힘껏 밤공기를 들이마셨다.

현관 맞은편 벽돌담에 굵은 고딕으로 써진 '돈망시민아파트 1단지' 표지판이 보였다. 시공 날짜는 무려 1983년이었다. 1단지라고 적혀 있긴 했지만 사실 이 아파트는 언덕 꼭대기에 자리 잡고 있기 때문에 지반침하를 무릅쓰고 규모를 더 키울 수가 없었고, 결국 101동을 끝으로 단지는 그 이상 조성되지 못했다고 했다. 그래서 돈망시민아파트 1단지는 101동 하나로 끝났고, 대신 몇 년 뒤 언덕 아래 2단지와 3단지가 만들어졌다. '돈망로얄힐스'이라는 이름의 그 단지들은 자신들의 원천인 1단지가 언덕 꼭대기에 홀로 꿋꿋하게 존재한다는 것을 외면하고 자기들끼리 신이 나서 재건축을 착착 진행 중에 있었다. 돈망시민아파트 1단지는 외톨이가 되어 쓸쓸하게 홀로 자리를 지키고 있다가, 2년 전에서야 서울시의 재건축 심사 절차를 겨우 시작한 참이었다.

소영이 이사를 처음 제안했을 때, 내가 제일 먼저 떠올린 불안 요소도 바로 그것이었다.

"여기는 곧 재건축 한다면서? 여기 있는 사람들 다 보통 알부자가 아니라며. 그러면 재건축도 뚝딱 할 텐데 어차피 그땐 나가야 할 거 아냐."

"알부자가 이 아파트에만 사냐? 저기 길 하나만 건너도 진짜 알처럼 징그럽게 빼곡한 게 강남 부자들이야. 그리고 여긴 이제야 번데기가 되기 시작한 거고."

"번데기?"

"집이 번데기 상태로 몇 년 푹 묵는 거지. 이제 나비가 되느냐 그냥 그 상태로 괴사하느냐 둘 중 하나인 거야."

소영은 씩 웃으면서 덧붙였다. 어차피 집 안에는 우리 둘밖엔 없었는데 구태여 목소리를 죽였다.

"번데기에서 성공적으로 나비가 될 확률이 몇 퍼센트인 줄 알아?"

"글쎄…… 한 50퍼센트에서 60퍼센트?"

아무 생각이 없었던 나는 성의 없이 반반의 확률을 불렀는데 소영은 턱도 없다는 듯 고개를 가로저었다.

"약 1퍼센트야. 미처 1퍼센트도 안 된다고. 번데기 집이 백 개가 생기면 그중에 한 개가 나비가 될까 말까 한다는 거지."

그 말을 할 때 소영은 어딘가 의기양양해 보이기도 하고 씁쓸해 보이기도 했다. 그 씁쓸함의 이유가 백 개의 번데기 중에 단 한 개만 성체 나비가 될 수 있다는 불공평한 자연의 섭리 때문인지, 그런 말도 안 되는 조건도 아무 저항 없이 감수하면서 또 알을 까고 대부분은 죽고 가까스로 살아남은 주제에 또 다시 짝짓기를 하는 나비의 숙명 때문인지는 모르겠다. 어쨌거나 이 아파트가 나비가 되든 나방이 되든 나와는 하등의 관계가 없었다. 이 집은 강남이라는 소재지에 걸맞지 않게 추레하고 낡은 동네에 있었지만 매매가 아닌 전세, 월세 시세조차 내가 넘볼 수 없는 가격이었던 것이다. 여기서 중개인으로 나서서 나 정도가 감히 감당할 수 있는 수준으로 집세를 낮출 수 있었던 건 전부 소영의 능력이었다. 소영은 이 집에 살다 나간 사람과 개인적으로도 잘 아는 사이였고 그 사람을 나도 알고 있었다. 알고 있다는 말은 사실 적절하지 않다. 사라 언니와 나는 같은 학교의 같은 학과를 졸업했다는 것만 같고 살아온 세계가 하늘과 땅 수준으로 격차가 났다.

사라 언니. 나는 그 사람을 이루고 있는 것들 중 가장 조그마한 것 하나까지도 동경하지 않은 것이 없었다. 언니의 얼굴, 언니의 헤어스타일, 언니가 입고 들고 신고 걸친 그 모든 것들. 그것들은 언니의 가족이 3대째 살고 있다는 방배동 집, 졸업과 함께 곧바로 유학을 떠난 파리의 호젓한 스튜디오, 소르본대학에서의 일상과 남프랑스 시골 오래된 고성에서 올린 웨딩, 그리고 유년기부터 쭉 친구로 지냈던 변호사 남편으로 점차 팽창하여 나와는 한층 요원한 거리를 만들어냈다. 나는 마포며 잠실이며 하나둘씩 신혼살림을 차린 대학 동기들이 마침내 부산스럽게 모임을 만들고 부지런히 모임 사진을 찍어 SNS에 전시하는 건 눈꼴이 시어 피드에서 모두 숨겨버렸지만, 사라 언니가 올린 파리의 신혼집, 홀리데이 시즌에 꼭 등장하는 에미레이트 항공 일등석 사진과 이름도 낯선 지명의 유럽 휴양지 풀빌라 리조트 사진은 홀린 듯이 모조리 캡처했다. 나 같은 처지의 사람들이 제일 경계해야 할 건 함부로 남을 부러워하는 마음이었지만 사라 언니에게만은 그 부러움이 마구 날뛰도록 풀어두었다. 친구들이 앞다투어 자기들 계정에 전시하는 것들은 애초부터 남에게 부러움을 과금하게 하려는 의도가 뻔히 보였으므로 나는 보잘것없이 화려하기만 한 싸구려 좌판을 지날 때 지갑을 단단히 여며 쥐는 것처럼 쉽게 내 부러움을 지출할 생각이 없었으나 사라 언니에게만은 예외였다.

사라 언니는 SNS에 올해 1월 파리에서의 5년의 생활을 정리하고 한국으로 돌아온다는 소식을 올린 이후로 업로드가 없었다. 언니의 업로드는 원래도 몇 달씩 띄엄띄엄했으므로 그건 그럴 수 있었다. 이상한 건 언니가 석연치 않은 이유로 갑자기 이혼을 결정하고 이혼 과정이 미처 마무리되기도 전에 이 아파트에서 급하게 짐을 빼서 본가로 돌아가버렸다는 사실이었다. 언니가 떠난 자리에는 남편과 그 집안의 황당함과 낭패감, 그리고 양쪽 집안이 총력전을 펼쳐 최고급 프랑스풍으로 인테리어와 수리를 마친 52평 아파트가 덩그러니 남았다. 어차피 엎질러진 물, 이혼으로 이 아파트와 양가의 인연이 끝날 수 있었다면 좋았겠지만 그렇게 되지 못했다. 하필 언니가 한국으로 돌아온 올해 1월은 새로 통과된 법에 따라 투기 과밀 지역에 새로 집을 매매해서 들어가는 가구는 2년의 실거주 기간을 채워야 다시 집을 매매할 자격을 얻을 수 있게 된 시점이었다. 강남 지역에서만 2대, 3대가 살면서 이 지역을 둘러싼 각종 이재와 음모와 위기와 기회를 모두 뚫고 지나온 양가는 그동안 축적한 모든 데이터를 가동해 증여와 그에 따른 세금, 향후 환금성 등을 고루 고려하여 돈망시민아파트 101동을 낙점한 거였다. 하지만 그들의 방대한 데이터에 설마 5년간 아무 문제 없이 살았던 부부가 귀국 후 1년도 채 더 못 살고 이혼할 것이라는 예측은 들어 있지 않았던 것이다.

그리하여 파경을 맞은 젊은 부부를 대신할 동시에 남의 눈도 피해서 조용히 실거주 기간을 채워줄 세입자를 은밀히 구했던 것이다. 그렇게 움직이는 딜러들이 이 지역에선 흔했다. 내 경우에는 바로 소영이 그 딜러였다. 소영은 집에 적당한 생활반응을 남겨줄 그림자 무사 같은 세입자로 나와 리슬을 택했고 어떤 과정이었는지 모르지만 사라 언니 쪽의 허가도 받은 후에 나를 이사시켰다. 소영에게는 사후 관리라는 막중하고 장기적인 의무도 딸려 있었다. 혹시라도 고역스럽게 이 집에서 실거주 기간을 지키고 있는 이웃 중 누구에게라도 들킬 수 있는 일이었고, 그렇게 되면 2년 뒤 한창 재건축 열기가 뜨거워져 집값도 덩달아 상승할 시점에 얼른 집을 팔아치워 자식들의 실패한 결혼을 조금이라도 위안 삼으려는 소박한 계획에 차질이 생길 수도 있으니까. 다음 주 금요일이 소영이 시찰을 나오는 날이었다. 소영의 방문이 있을 때까지 끝내야 할 일들을 점검하느라 골똘히 생각에 잠겨 서 있던 나의 발치에 갑자기 빛 한줄기가 와 닿았다. 밤늦게 귀가하는 차량의 헤드라이트 빛이었다. 화들짝 뒤로 물러나 살금살금 다시 계단을 올랐다. 나는 어디까지나 사라 언니의 그림자일 뿐 사라 언니가 될 수는 없다. 그리고 그림자 주제에 본체의 앞날에 차질이 될 수도 없는 일이었다.

◇

소영은 약속한 시간에 딱 맞춰 도착했다. 그는 어색하게 과일 바구니를 들어 보이며 아기 있는 친구 집을 가봤어야지, 하고 말꼬리를 흐렸다. 그답지 않은 소심한 모습이었다. 나는 대학 동기들 열댓 명이 함께 있는 단체 채팅방에서 유일하게 소영이 남편도, 아이도 없다는 사실을 새삼 떠올렸다. 남편이 없는 건 나도 마찬가지였지만 소영은 둘 다 가져본 적이 없었다. 무리와 동질감을 잃었을 때 사이가 멀어지는 건 나에게나 당연한 이치였다. 소영은 졸업 후 지금까지 한 번의 후퇴도 없이 커리어를 이어 나가고 있었고 그건 그 채팅방의 누구도 하지 못한 대단한 일이었기에 동기들이 소영을 한 번도 집에 초대한 적 없다는 사실이 너무 부당하게 느껴져 가슴이 찡했다. 나는 소영의 마음이 행여 다칠까 봐 비싸고 실속 없는 과일로 꽉 찬 바구니에 과장되게 감격해했다.

"소파 정도는 좀 있어야겠다."

내가 주방에서 자몽과 멜론을 깎는 사이 변변히 앉을 만한 곳 하나 없는 휑한 거실을 둘러보던 소영이 말했다. 그 말에 우리 모녀의 그림자 실거주가 잘 이루어지고 있다는 일말의 평가가 담겨 있다는 것을 알아차렸다. 옮기는 데만도 꽤나 번거로운 큰 살림을 들여도 괜찮다는 건 평가가 긍정적이라는 것을 뜻했다. 과일을 접시에 옮겨 담는 손길이 나도 모르게 으쓱해졌다.

소영은 내가 이사 들어오던 날 느꼈던 본인의 감상을 솔직하게 털어놓았다. 그날 밤 10시에 시작한 이사가 자정이 넘어도 끝나지 않았다는 이야기를 전해 듣고 깜짝 놀랐다고 했다. 나는 도리어 지금까지 한 번도 이사를 안 해본 것처럼 말하는 소영이 더 이상했다.

"어떻게 두 시간 만에, 그것도 이사 센터를 부르지 않고 나 혼자서 어떻게 이사를 빨리 끝내?"

"네가 짐이 별로 없다고 장담했으니까 나는 정말 캐리어 몇 개 상자 몇 개 이렇게 가뿐하게 옮기고 끝일 줄 알았지. 이제 이사 끝났으려나 싶어서 전화했다가 입구에서 트럭이 대기하고 있다는 소리 듣고 순간 머리가 띵하더라."

소영은 물이 너무 많아 척척한 멜론을 맛있게도 먹으며 웃었다. 나는 한쪽도 남김없이 멜론을 잘라다 그릇에 새로 놓으며 억울함에 약간 볼멘소리를 했다.

"네가 눈에 띄면 안 된다고 하도 신신당부를 해서, 용달차도 단지 안으로 들어오지도 못하게 하고 저 멀리 반대편 길가에 대놓고 조금씩 왔다 갔다 옮겼으니까 시간이 그렇게 걸렸지."

아기가 없다는 이유로 부당하게 모임에서 소외된 친구를 따뜻하게 감싸려던 마음은 어디로 가고 네가 그 밤에 아기를 들쳐 안고 비지땀을 흘리며 이삿짐을 옮기는 게 얼마나 힘든지 아냐는 불만이 숨길 수 없이 툭 불거졌다.

나는 재빨리 화제를 옮겨 정체를 알 수 없는 층간소음에 대해 소영에게 털어놓았다. 처음 그 소리를 들었던 날부터 어제까지 저녁 시간에 울리는 쿵쿵쿵쿵, 소리가 지속적으로 나고 있었던 것이다.

나는 어느새 그 소리의 미묘한 박자감과 크기, 시작 시간과 지속 시간 등을 하나의 패턴으로 인식하고 있었다. 쿵쿵 소리는 매일 같은 시간, 저녁 7시 40분쯤 시작해서 20분에서 25분간 지속된 다음 갑자기 뚝 끊겼다. 평일과 주말을 가리지 않았다. 항상 쿵쿵쿵쿵, 이 네 번이 한 마디를 이루고 마디가 반복되는 박자를 가지고 있었다. 이 마디는 시간이 지남에 따라 미묘하게 빨라지기도 하고 간격이 좁아졌다 늘어났다 하면서 변주하기도 했다. 모든 소상한 내용을 소영에게 전하는 동안 문득 내가 소음에 온 신경을 쓰고 있었음을 깨달았다. 그중 제일 신경에 거슬리는 대목은 소리가 정말 매일, 하루도 거르지 않고 난다는 것이다.

내 나름대로 생각해본 그 소음의 정체에 대해서도 이야기했다.

"처음에는 애들 소리인가 했는데, 그 시간에만 뛰는 게 이상하잖아. 그래서 운동기구 소리인가 싶은 거야. 러닝머신 뛰는 소리 있잖아. 아니면 안마의자 같기도 하고."

"안마의자에서 왜 쿵쿵 소리가 나?"

"글쎄…… 어쨌든 좀 더 생각해보니 러닝머신이든 안마의자든 이렇게 매일매일 하루도 안 쉬고 할 수 있나? 하는 생각이 드는 거야."

소영은 내가 말하는 내내 미간을 찌푸리고 있었다. 그다지 신빙성이 없다는 표정이었다.

"그다음에는 아예 기계 소리일수도 있겠다고 생각했지. 세탁기나 건조기 소리. 아니면…… 발전기 같은 거 돌아가는 소리 있잖아."

"근데 사람이 내는 것 같았다며? 박자가 일정한 것도 아니고 빨라졌다 느려졌다 하고."

"계속 귀 기울이면 그렇긴 한데, 기계도 오래되면 작동이 고르지 못해서 소리도 그렇게 될 수도 있지 않을까 해서……."

나는 자신 없게 말끝을 흐렸다. 소영은 내 예상보다 훨씬 진지하게 이 일을 받아들이는 것 같았다. 소음이 발생하는 시간에 살짝 집 밖으로 나가 602호와 402호 현관에 몰래 귀를 대봤다는 것까진 말하지 않기로 했다.

"그래서 나의 결론은 이거야. 이것 말고는 설명이 안 돼."

"뭔데?"

"너 돈까스 만들어본 적 있어?"

"아니."

"난 해봤거든. 그것도 토할 정도로 많이. 내 첫 알바가 시장 분식집이었는데, 거기서도 이런 소리가 매일 났어. 망치로 돈까스 고기 두드리는 소리. 내 생각엔 그러니까, 아랫집에서든 윗집에서든 어디서 돈까스 장사를 하는 집이 있나 봐."

그 순간 소영의 얼굴에 떠오른 표정이 단순히 내 농담을 이해하지 못했기 때문인지, 아니면 바보 같은 소리라고 생각해서 그런 건지는 알 수 없었다. 소영은 고심하다가 말했다.

"아래층이랑 위층에는 사람이 안 살아."

그 말을 듣자 한쪽 귀가 먹먹해지는 것 같았다. 바퀴에 자갈돌이 끼어서 멈춘 것처럼, 믹서기 날에 음식물 조각이 끼어 멈춰버린 것처럼 생각이 빡빡해져서 굴러가질 않았다.

"사람이 안 산다고……?"

나도 모르게 몸을 움찔 떨었다. 혼자 있는 것 같은 느낌이 착각이 아니라 진짜였다는 건 조금 이야기가 달랐다. 한밤중에 양말을 신고 계단을 오르락내리락거리면서 아무에게도 들키지 않았다는 만족감을 나는 왜 느꼈던가.

"사라 언니는 왜 나간 거야?"

불쑥 물었다. 소영이 설명하는 것 외에 나는 사라 언니에 대한 질문을 함부로 하지 않았었다. 소영은 새삼스럽다는 듯 나를 쳐다보았다. 그 눈빛에는 소영이 전부를 털어놓는 것을 꺼려 하는 기미가 담겨 있다는 것을 놓치지 않았다.

"말했잖아. 언니도 이혼했으니까. 아니, 아직 한 건 아니지. 절차 중이야."

"그럼 이 집은 어떻게 되는 거야? 이혼하면 이 집도 찢어야 되는 거 아닌가?"

"당분간 이대로 유지할 거야, 넌 있으라는 기간까지 별 탈 없이 채우고 수고비 챙겨서 나가면 돼."

이혼 절차는 이 집이랑은 별개야. 이 집은 더 따질 여지도 없이 원래 주인이 다시 회수하면 되니까. 너한테 세주기로 결정한 것도 집주인이고. 소영의 말투가 미세하게 부탁조로 변했다. 스스로의 멍청함에 화가 날 지경이었다. 소영은 어설프게 사라 언니와 집주인의 인칭을 일치시키지 않고 있었다. 사라 언니가 살았던 집을 왜 당연히 사라 언니가 소유한 집이라고 생각했을까? 나는 소영을 조용히 노려보았다.

"이 집은 사라 언니 전남편 집이지?"

소영은 잠시 머뭇거리다 결국 실토했다.

"정확히는 그 집 사모님 거지."

"사모님이야, 이제부터? 언니 전 시모가 아니라?"

아무리 그래도 소영에게 직접 빈정대는 건 다소 위험한 짓이었지만 나는 자신을 제어하지 못했다. 내가 소영에게 느끼는 건 엷은 배신감이었다. 지금까지 소영을 사라 언니의 전령, 책사쯤으로 여기고 있었으므로 소영의 뒤에 사라 언니와는 대척점에 있는 사람이 있었다는 것을 알고 나자 소영의 사람됨까지 달라 보일 정도였다. 나는 졸업 후 별천지에 사는 사라 언니와 말 한 번 섞을 처지가 못 되었지만 나랑 비슷한 배경을 가진 소영은 자신의 노력으로 사라 언니가 살다가 나간 집을 중개할 정도의 개인적 친분을 쌓았다는 걸 내심 대단하게 생각했기 때문이다. 그게 내가 그간 소원했던 소영의 제안을 기꺼이 받아들인 이유였다. 사라 언니에게 소영이 나를 보증했다고 판단한 만큼 나도 내 환상 속의 사라 언니가 소영을 보증한 것처럼 느끼고 있었다. 그런데 소영이 손을 잡은 상대가 사라 언니가 아니었다니. 원래부터 사라 언니는 내 선망의 대상이었지만 이 집에 들어온 이후부터는 언니 그 자체로 온갖 선(善)의 기준이었으므로 소영이 악과 결탁하여 나의 선을 침해한 것처럼 나는 점점 필요 이상으로 분개하고 있었다.

"너 그럼 나한테 거짓말한 거잖아."

"거짓말은 무슨 거짓말?"

"처음에, 이사 오면 어떻겠냐고 했을 때 꼭 사라 언니한테 부탁받은 것처럼 이야기했잖아. 언니가 급하게 이 집을 나가야 하는데 대신 수도 쓰고 전기 쓰고 살 사람이 필요하다고."

"난 거짓말한 적 없어. 네가 지금 정확하게 기억하는 그대로 사실을 전한 거야."

"이게 어떻게 정확한 사실이야? 사라 언니가 이혼하고 원래 집으로 돌아가면서 이제 남남 된 집안 재산 처리까지 고민하진 않았을 거 아니야."

"그건……."

나는 소영을 마침내 궁지로 내모는 데 성공한 것에 비틀린 기쁨을 느꼈다. 이것으로 나를 만만하게 본 분풀이를 충분히 한 것 같기도 했다. 그러나 한편으로는 슬금슬금 겁이 났다. 소영이 애써 숨기려고 한 진실을 괜히 들쑤신대봤자 드러날 것은 이 집에서 나를 한층 더 멀어지게 할 나의 부적격 사유밖에 없을 테니까. 나는 이 집에 대한 나의 부적격을 누구보다도 깊이 의식하고 있었기 때문에 그럼 그렇지, 자세한 내막을 알기도 전에 몇 주간 몸속을 빵빵하게 채웠던 바람이 푸시시 꺼지는 것부터 느끼고 있었다. 이 바람이 내 속을 채우고 있는 동안 얼마나 행복했던가. 아버지의 장례식에서 더 이상 이혼을 말릴 사람이 없다는 것을 깨달은 동시에 리슬과 함께 살 빌라가 생겼을 때도, 전남편의 알량했던 월급보다 더 많은 수입을 올리게 되었을 때도 여기에 살지 않겠냐는 그 말을 들었을 때만큼 기쁘지는 않았었다. 그건 스스로 설 곳을 정해 버티고 섰다는, 깊게 뿌리를 내리는 만족감과는 달랐다. 중력을 거슬러 나를 공중으로 둥실둥실 들어 올린 바람은 갖가지 현실적인 걱정을 노곤하게 녹일 정도로 감미로웠다. 그런데도 배가 부른 나는 아직도 거뜬히 나를 지탱할 수 있는 바람을 내 손으로 빼버리려는 참이었다.

소영은 이런 내 속이 뻔히 들여다보이는 것 같았다.

"언니나 언니 시어머니 말이나 그게 그거야. 네가 여기 입주할 수 있었던 건 양쪽 집안이 다 합의한 거야."

"그게 무슨 말장난이야."

"아휴. 모르겠다. 그냥 다 말해버릴래. 답답해서 못 해 먹겠다."

소영이 자세를 고쳐 앉았다. 우리는 작당 모의라도 하듯 머리를 맞대고 이야기를 시작했다.

돈망시민아파트 101동 재건축 소식은 10년 전부터 시작된 꽃노래였다. 이 때문에 502호의 소유주인 사모는 매번 이 집을 정리하지 못하고 내년엔, 내후년엔, 하면서 지금껏 끼고 있었다고 했다. 오랜 기다림 끝에 작년에 강남, 판교 등 수도권의 노후화된 아파트 대단지들이 우르르 재건축 허가가 떨어질 때 이곳 아파트도 드디어 첫 단추를 끼울 수 있게 되었다. 이쯤 했으면 한창 신고가를 갱신할 때에 털어버리는 게 속 시원했을 텐데 애물단지처럼 끼고 있던 세월 동안 정이 붙은 건지 사모는 영 소극적이었다고 했다. 사모의 딜러였던 소영은 막내아들 내외에게 아파트를 증여하고 싶다는 사모의 뜻에 따라 증여세를 줄이기 위해 궁리하던 차에 실거주 의무 기간이 적용되

게 된 것이다. 하지만 2억 5천이었던 아파트가 10년이 넘는 동안 겨우 3, 4억 사이를 턱걸이하다 단 몇 개월 만에 호가로 8, 9억이 우스워진 상황에서 실거주 의무 조항은 다 끓인 찻잔 위에 내려앉은 가냘픈 이파리 한 장에 불과했다. 고작 이파리 때문에 고생고생 끓여 알맞게 식혀둔 차를 내버릴 사람은 없지 않은가. 대신 의무 기간 동안 형편없는 외관을 감내해야 할 젊은 부부의 감수성을 십분 생각해 양가가 의기투합하여 구석구석 남루한 티를 하나도 남기지 않고 다 들어내고 꾸민 것이다. 그런데 부부 사이는 장담 못 하는 일이라 그렇게 오랜 시간과 어마어마한 비용을 들여 준비한 집에 채 반년도 못 살고 비우게 되었다는 것까지는 알고 있던 사정이었다. 그런데 소영은 그건 어디까지나 사연의 겉가죽일 뿐 알맹이는 따로 있다고 했다. 그건 사라 언니 부부가 갈라진 이유가 전적으로 이 집에 있다는 것이었다.

이혼 절차를 시작하면서 돈망시민아파트 1단지 502호는 재산 가치가 아니라 전혀 다른 분야에서 쟁점이 되었는데 본가로 돌아간 사라 언니가 파경의 원인으로 이 집을 꼽았다는 것이다. 처음에는 딸이 신경쇠약이 온 것 같다며 걱정하던 친정 부모도 점점 사라 언니의 말에 설득되어 집에 문제가 있다는 사실은 언니네 집에선 기정사실이 됐다. 남 말하기 좋아하는 사람들이 그 집 딸이 미쳤다며 수군거리는데 친정 부모가 굳이 그 집을 아껴 말을 삼갈 이유가 없었다. 그리하여 집 명의를 가진 남편 쪽 가족에게도 사라 언니의 말이 알려지게 된 것이다.

남편의 가족은 이것을 전 사돈댁이 귀책 사유를 떠넘기는 것일 뿐만 아니라 자신들의 집안 전체를 깔보는 것으로 받아들여 더할 수 없이 불쾌해했다고 한다. 이 과정에서 양쪽 집안은 그동안은 내색하지 않았지만 내심 자기 자식보다는 상대 자식의 못난 구석 때문에 일이 이 지경에 이르렀다고 생각해온 것이 드러났고, 자식들이 장성하기 훨씬 이전부터 교류해온 양가는 어떻게 손써볼 수 없을 만큼 관계가 악화되었다. 이것은 이혼 자체보다도 심각한 문제였는데 대개 대를 이어 강남 지역에 알을 박고 살아온 집안들이 그렇듯 언니나 남편 쪽 집안 역시 영영 상종 안 하고 살 수 있는 입장이 못 되었다. 그리하여 자식들이 갈라설 땐 갈라서더라도 부모 세대에서만큼은 이 문제를 어떻게든 잘 봉합하는 것이 새로운 과제가 되었다.

이쯤 한 대목에서 소영이 갑자기 내 눈치를 살폈다.

"여기서부터는 네가 듣기 거북할 수 있어."

"그건 내가 알아서 할게, 계속해봐. 언니는 왜 그렇게 이 집이 싫었던 건데?"

사실 소영의 말대로 내가 살면서 거의 유일한 횡재로 여겼던 이 집이 언니에게는 그렇게나 횡액이었다는 건 다소 굴욕적이기까지 한 일이었지만, 그보다는 도대체 집의 어떤 점이 언니를 그토록 괴롭혔는지에 대한 궁금증이 더 컸다. 그전까지 궁전처럼 느껴졌던 502호는 한순간 고통이라고는 모르고 자란 영애를 발도 붙이지 못하게 괴롭힌, 온갖 귀기를 뿜어내는 음산한 고성이 되었다. 나는 그 고성이 현재는 내가 매일 먹고 자고 씻고 싸는 터전이라는 사실도 잊고 소영의 이야기에 빠져들었다.

"사라 언니가 한 말은 이거였어. 안방에 뭐가 있다고."

"뭐? 뭐가 있는데?"

"언니가 한마디로 설명을 못 한다나 봐. 하긴 뭐가 진짜 보이기나 했으면 일이 이렇게 어렵지 않았겠지."

나는 등 뒤로 쭈뼛 소름이 돋았다. 모든 공포는 실체가 없거나 그 실체를 파악하지 못했을 때 한층 더 증폭되는 법이다. 그 무언가가 무엇인지에 대해 온갖 상상력이 발휘되었다. 그 방에 붙어 있는 것이 무엇이든, 언니를 시름시름 앓게 만들어 쫓아낸 다음, 내가 잠들어 있을 때는 어떤 표정으로 나를 보고 있었을까.

"처음에는 두 집안 어른들이 들은 체도 안 했지. 둘 다 독실한 크리스천이거든. 근데 그 얘길 듣고 오죽 놀랬으면 용하다는 무슨 보살, 도사, 다 찾아다녔다잖아. 무슨 비법도 받아다 써보고, 경도 외우고 다 해봤대."

"그럼 진짜 안방에 뭐가 있어서 그렇게 비법도 내주고 경도 외워주고 했단 말이야?"

"그것까지는 모르겠어."

"그럼 그다음에는? 그게 없어졌다고 했대? 사라 언니는 그 뒤로 이 집에 와본 거야? 그때도 계속 뭐가 느껴졌대?"

나는 지푸라기라도 붙잡듯 간절히 물었다. 그러나 드디어 시세보다 말도 안 되는 세를 주고 내가 이 집에 들어와 살 수 있었던 진짜 이유에 직면했음을 깨달았다. 언니까지 쫓아낸 그것이 말끔히 해결된 것이라면 집을 이렇게 내던져버리듯 나에게 빌려줄 이유가 없었다.

"언니는 이 집에 다시 오지 않겠다고 했대. 아예 한국에 안 있고 계속 나가려고 한다나 봐. 그래서 생각해낸 방법이 그거야. 다른 사람을 한번 살게 해보자. 이왕이면 언니와 비슷한 나이대로, 그리고 비슷한, 상황의 사람으로."

소영이 그 말을 하면서 애써 리슬 쪽을 보지 않으려 애쓰는 것이 티가 났다.

또 한 번의 충격이 온몸을 훑고 지나갔다. 사라 언니는 이 집에서 아이를 잃었다. 태어나지도 못한 아이를. 그 집에 내가 내 아이를 데리고 들어온 것이다. 물론 유산은 그렇게까지 드문 일이 아니다. 그러나 유산을 겪은 여자가 이 집에 있는 '무언가' 때문이라고 말할 정도라면 아이를 키우는 사람으로서 마땅히 나도 무언가를 감지했어야 하는 것 아닌가. 그러나 한 달을 지내는 동안 그런 눅눅하고 축축한 기미 따위는 전혀 느끼지 못했다. 애초에 소영에게 지금 듣기 전에는 이 집에 그런 종류의 문제가 있으리라곤 상상도 하지 못했다. 그러나 그 순간, 앗 하고 머리를 관통하는 무언가가 있었다.

"그 소리."

소영은 긴장이 팽팽하게 당겨진 얼굴로 나를 쳐다보았다.

◇

우리는 이 집에 드리운 '무언가'의 흔적이 그 의문의 소음과 연관

되어 있을 것이라는 데 쉽게 동의했다. 차근차근 생각하다 보니 그 소리에 대해 왜 이전에는 좀 더 이상하게 생각하지 못했나 스스로에게 어이가 없어질 지경이었다. 사람이 매일 같은 소리를 같은 시간대에 같은 간격으로 낸다는 게 말이 되는 소린가? 어쩌면 그건 사람의 의지를 훨씬 뛰어넘는 이상하게 비틀린 무언가의 의지인지도 몰랐다.

소영은 하룻밤 자고 가기로 했다. 내가 내어준 편한 옷으로 갈아입은 뒤 거실 바닥에 앉아 저무는 해를 바라보다가, 문득 말을 꺼냈다.

"이건 집주인이랑 상관없이 그냥 내가 해본 생각인데."

"뭐가?"

"나는 이 집에 별로 특별한 하자가 없다면 아예 네가 사버렸으면 좋겠다."

"무슨 소리야, 특별한 하자가 없으면 원래 집주인이 나한테서 다시 거둬가겠지. 그리고 내가 강남에 집 살 돈이 어디 있어?"

나는 소영이 절반쯤 진실을 털어놓을 때부터 그런 생각을 하고 있었다. 만일 집에 어떤 문제가 있거나 혹은 별문제가 없음을 증명해내어 이 집을 처분할 방향을 정하는 데 공로를 인정받는다면, 다시 15평 빌라로 돌아가는 게 아닌 그 중간 지대의 아늑한 집으로 연착륙할 만한 수고비 정도는 받아도 되지 않겠나 하는 계산이었다. 그건 내가 할 수 있는 최소한의 현실 인식이었다.

"생각해봐. 우리가 만약 그 소리의 원인을 알아낼 수만 있다면 난 오히려 이 집이 진짜 너의 자가가 될 가능성이 생긴다고 본다."

"그게 무슨 뜻이야?"

나는 소영의 입에서 나온 '자가'라는 단어에 온몸의 세포가 깨어나는 듯한 흥분감이 밀려왔다. 꿈에서도 생각해본 적 없는 일이었지만 그건 내가 뭘 몰라도 너무 모르기 때문이고 소영은 이 동네 재건축 아파트를 직접 사고팔아본 사람이었다. 길은 뻰질나게 다니는 사람이 내는 것이다. 부동산 딜러인 소영이 하는 말이라면 그저 싱거운 소리는 아닐 수도 있지 않은가.

"그러니까 하자가 있긴 있는데, 딱 그 사람들 찝찝해서 못 살 정도이기만 하면 되는 거지."

"나한테는 안 찝찝하고?"

"내가 말 안 했어? 너 여기 오고 와서 살쪘어. 애 낳고 이혼하고 첨 봤을 때는 그 목뼈랑 쇄골까지 다 드러나더니만 지금은 얼굴이 폈다고. 그거 보니까 아, 혹시 어쩌면? 하는 생각이 드는 거야."

"그거야 집 밖에도 못 나가고 매일 집에서 세끼 밥 해 먹고 할 일이 없으니까 그렇지."

"누구는 이 집에서 쫄쫄 굶다 쫓겨나듯이 나갔는데 넌 밥만 잘 넘기잖아. 어떻게 보면 이 집에 맞는 체질은 따로 있는 거지."

그러니까 소영의 말은, 사람이 절대로 못 살 정도는 아니고 다만 그들처럼 고고한 부류에게만 찜찜한 정도의 하자면 되지 않겠냐는 거였다. 나는 당장에 그 하자를 우리가 캐내 원하는 중량만큼 저울에 달아 집주인에게 내보이고 남은 건 다시 꽁꽁 싸매 평생 누구 안 보는 데 꿍쳐놓고 살 수 있을 것처럼 맹렬한 욕심이 생겼다.

그 생각까지 터놓고 나자 우리의 관심사는 드디어 아파트 입구부터 외벽까지 덕지덕지 붙은 재건축 지정 촉구 플래카드와 벽보들로 모아졌다. 소영의 집은 이런 시민아파트까진 아니었지만 가까운 동네의 구축 단지에 있었고 작년에 재건축 허가가 떨어진 상태였다. 말하자면 소영의 집이 이 집보다 더 일찍 번데기가 된 것이다. 때문에 이 아파트의 재건축 계획과 조합의 전략도 소영은 훤하게 꿰고 있었다. 내가 알아듣지 못하는 용적률 계산을 몇 번이고 다시 설명해주는 소영에게 나는 전에 없던 우정을 느꼈다. 소영은 자기 밑천까지 아낌없이 풀면서 나를 자신과 비슷하게 살 수 있는 세상으로 끌어올리려 하고 있었다. 살면서 이 정도의 애정을 타인에게서 느껴본 적이 있던가.

나도 소영의 보폭에 맞춰 뭐라도 털어놓아야 할 것 같은 조바심이 생겼다. 마침 소영이 몇 번 지나가는 투로 물었으나 나 역시 배경음처럼 듣고 흘려버린 것이 있었다. 나는 실속도 없이 몸 하나만 빠져나온 이혼녀치고는 이 집에 살기 위한 최소한의 금액을 맞출 수 있을 정도의 목돈을 가지고 있었는데 소영의 궁금증에도 그 돈의 출처에 대해서는 의도적으로 함구했었다. 경계심 때문이 아니라 일종의 직업의식이었다.

나는 재택업무로 SNS 계정을 이용한 마케팅 일을 하고 있었다. 광고주가 내가 속한 업체의 대표에게 의뢰하면 나는 그 물건이나 서비스를 직접 이용한 것처럼 구매자를 가장해 후기 글을 작성하여 내 계정에 올린다. 이것이 가장 초보적인 단계이고, 여기에서 소질이 있음이 증명되면 좀 더 고효율적인 의뢰를 따 올 수 있었다. 제품을 실제로 사용한 후기보다는 상상으로 쓴 후기가 비용 대비 높은 효율을 올릴 수 있는 것이다. 이건 단순히 상상력이 좋아야만 할 수 있는 게 아니라 논리적인 글쓰기가 요구되는 일이다. 이때 실적을 쌓으면 대표가 직접 '에이스'가 될 수 있는 재목을 다시 선발한다. SNS 마케팅으로 가장 높은 수익을 올리는 소수들이다. 에이스는 변신술이라는 고차원적인 능력이 있어야 했다. 각각 다른 인격으로 다수의 계정을 굴리면서 그 인격에 맞는 제품들을 소비하고, 생활 자체를 파는 것이다.

나는 지금 모든 SNS 플랫폼을 통틀어 도합 여섯 개의 계정을 가지고 있었는데 저마다 다른 연령과 거주지와 직업을 가지고 있었다. 에이스 중에서도 최고는 사진 위주로 인격을 조성해낼 수 있는 인스타에서 활동했는데, 그러려면 구매자의 눈과 마음을 사로잡을 수 있는 시각적 요소가 반드시 있어야 한다. 제품을 배치했을 때 돋보이게 하는 공간, 특히 배경에서 은은한 돈 냄새를 풍기는 것이 중요하다. 마케팅에서 가장 핵심적인 부분은 사람들의 실제 욕구보다는 허황된 욕망을 채워야 비로소 지갑이 열린다는 것이다. 사람들은 오랜 시간과 공을 들여야 얻을 수 있는 것에 본능적으로 더 높은 가치를 부여한다. 18평짜리 전셋집 아파트에서 20킬로그램 감량 전후 전신 사진을 찍어 올리는 것보다는 60평 한강 뷰 아파트에서 약통을 들고 찍은 사진이 훨씬 좋아요 수가 높다. 6개월을 들인 다이어트 성공담보다는 60년을 일해도 살 수 있을까 말까 한 고급 아파트 배경이 물건을 팔아주는 것이다. 전에 살던 1.5룸 빌라에서는 어떻게 해도 그런 이미지를 조성할 수가 없어 나는 인스타를 판매 창구로 사용하지 않았다. 대신 한 줄 한 줄 실로 옷감을 직조하듯 글로 이미지를 창조해낼 수 있는 트위터에서 온갖 사람이 되어 온갖 물건에 대해 온갖 의견과 스토리를 만들어냈다.

"그러니까 파워블로거 같은 거잖아?"

내 설명을 들은 소영의 반응이었다. 아예 틀린 말은 아니었기에 잠자코 고개를 끄덕였다. 단지 꼬리가 길면 잡히듯 블로그처럼 긴 호흡이 필요한 플랫폼에서는 그만큼 다른 인격의 가면을 쓰고 있기 힘들었다.

"그래서 얼마나 버는데?"

"음…… 광고가 많이 들어오면 달에 삼사백 정도?"

지난달은 업로드를 자주 할 수 없었는데도 입금된 금액이 795만 원이었다. 아무리 친구여도 솔직할 수 있는 한계가 있는 법이다.

7시 반이 되고 어스름해질 무렵 비가 내리기 시작했다. 이제 가을인데도 한여름처럼 장대비가 쏟아졌다. 비 때문에 쿵쿵 소리의 정확한 진원지를 파악하지 못할까 봐 슬슬 조바심이 났다. 그러나 10분 뒤, 7시 40분을 넘기자마자 마치 시계 알람처럼 정확하게

그소리가

들려오기

시작했다.

리슬은 방에서 깊게 잠들어 있었다. 소영과 나는 눈길을 주고받고

자리에서 일어났다. 우리는 발소리를 죽이며 집을 한 바퀴 돌면서 소리와 숨바꼭질했다. 그리고 소리가 가장 분명하게 들리는 곳은 현관과 중문 사이라는 데 동의했다. 우리는 조심조심 문을 열고 복도로 나갔다.

현관문 바깥에서 소리는 잠시 끊어졌다. 혼자서 소리를 찾아 집 밖으로 두어 번 나왔을 때와 똑같았다. 소영을 데리고 계단을 내려갔다. 마침 5층과 4층의 센서 등이 지난주에 나간 후 아직 수리되지 않았기 때문에 우리는 말 그대로 어둠 속에 잠겨 있었다. 시야가 제한되자 적막이 한층 크게 다가왔다. 5층과 4층 사이의 층계로 내려간 순간이었다. 쿵쿵쿵쿵. 쿵쿵쿵쿵. 다시 그 소리가 들려왔다. 쿵쿵쿵쿵. 소영이 나를 휙 돌아보는 것을 어둠 속에서 느낄 수 있었다. 나는 고개를 끄덕였다. 쿵쿵쿵 쿵. 우리는 고목나무의 매미처럼 숨을 죽이고 군데군데 크랙이 생긴 시멘트벽에 온몸으로 붙었다. 쿵쿵 쿵쿵. 벽에 오른쪽 귀를 파묻고 있던 소영이 아주 작은 목소리로 말했다. 네 말이 맞아. 기계가 아니야. 이건 분명 사람이 내는 소리야. 쿵쿵 쿵쿵. 쿵쿵 쿵쿵. 시멘트가 머금고 있던 한기가 내 몸을 타고 전해졌다. 부르르 어깨가 떨렸다. 침을 꿀꺽 삼키고 소리 죽여 말했다.

"이제 어떡해?"

"뭘?"

"이 벽을 우리가 파볼 순 없잖아."

말하면서도 소름이 끼쳤다. 벽 속의 시체라는 말은 왜 하필 이런 순간 더할 나위 없이 입에 착착 감기는가. 소영의 말대로 이건 사람이 내는 소리라는 데 다른 의견이 없었지만 도대체 어떻게 산 사람이 벽 속에 들어가 있는지는 설명할 도리가 없었다. 소영이 좀 더 진동을 느껴보다가 허리를 폈다.

"진짜 돈까스 망치 소리 같은데?"

나는 몇 시간 전 내가 했던 농담이 전혀 다른 색채로 와닿는 걸 느끼며 겨우 웃어 보였다. 그럴듯한 가설들이 하나씩 지워지고 마지막 남은 가능성이 정말로 돈까스 망치 소리라니. 시멘트벽 안에 갇혀 두꺼운 정육면체 망치로 생고기를 두드려 패고 있는 무언가를 떠올리는 것만으로도 기절할 것 같았다.

소영과 나는 께적지근하게 벽에서 떨어졌다. 아직도 쿵 쿵쿵 쿵, 울림이 귓가를 맴돌고 있었지만 벽 속에 있는 게 무엇이든 우리 둘의 힘만으로는 파헤칠 방법이 없었다. 내심 방법이 없어서 한편으론 다행이라고 안도하는 것을 부정할 수 없었다. 그때 소영이 앞서 계단을 오르는 나의 손목을 덥석 잡았다.

"왜?"

"한 가지 시도해볼 게 있어."

"여기서 뭘 더 시도해?"

소영이 착안한 것은 빈집을 부동산에 내놓는 경우 중개인들이 편하게 집을 드나들게 하기 위해 비밀번호를 0000이나 1111로 설정해두는 관례였다. 그러니까 소영은 내가 이사 오기 전부터 비어 있던 402호에 무단 침입하자고 권하고 있는 것이다. 그의 샘솟는 열정에 슬슬 지쳐 짜증이 나려 했지만 이미 내가 시작한 판이었다. 나는 뭔가를 찾아내든 아니든 5분 안에 무조건 502호로 돌아간다는 것을 약속받은 후 소영의 뒤에 섰다. 예상대로 비밀번호는 0000이었다. 언제 마지막으로 열렸을지 모를 현관문이 가느다랗게 우는 듯한 소리를 냈다. 안쪽에는 그간 바깥 공기와 섞이지 못했을 암흑이 저수지처럼 괴어 있었다.

발을 들이자마자 보일러가 고장 난 것 같다고 생각했다. 안쪽으로 갈수록 이상하게 한증막처럼 찌는 듯한 열기와 습기가 강해졌다. 핸드폰 불빛을 조심스레 비추며 안으로, 안으로 들어갔다.

"실례하겠습니다."

소영의 목소리가 적막을 깨자 나는 꽥 소리를 낼 뻔하다가 간신히 눌렀다. 뒤로 돌아 쉰 목소리로 타박했다.

"누구 들으라고 하는 소리야?"

"원래 빈집도 이렇게 허락받고 들어오는 거야."

"싫어! 무섭게 하지 마, 진짜."

소영의 경망스러운 행동이 안 깨어나도 될 것을 깨울 것 같았고, 그로 인해 안 닥칠 화까지 닥칠 것처럼 신경질을 냈다. 그러나 다음 순간 우리는 시답잖은 대화를 뚝 멈췄다. 쿵쿵쿵쿵. 소리가 확실히 복도에서보다도 선명하게 들려왔다.

두 발이 딱 붙은 듯 움직일 수가 없었다. 어디서 나는지 늘 애매하고 감질났던 소리가 지금은 온몸을 두드리는 것 같았다. 소영은 나를 제치고 들어가 바닥이며 벽을 핸드폰으로 비추기 시작했다. 마침내 주방 냉장고 자리까지 들어간 소영은 여기 봐, 아까보다 큰 목소리로 나를 불렀다. 그 자리에서는 벽이 진동하는 것이 보인다는 거였다. 소영이 무릎까지 꿇고 열중하는 사이 나는 중문을 넘어서자마자 다른 것에 시선을 빼앗기고 말았다.

그건 가족사진이었다. 은백색 머리를 탐스럽게 부풀린 할머니의 푸른 한복을 기준으로 양옆에 자식들 내외와 손주들까지 3대가 한 프레임을 빼곡하게 메우고 있었다. 옷차림이 성장인 것으로 보아 날을 잡아 온 가족이 모여 찍은 사진인 것 같았다. 그런 사진이 사소한 물건 하나 남지 않은 텅 빈 집의 벽에 덩그러니 걸려 있는 것이다. 짐을 다 빼 나가면서 가족사진을 챙기지 않을 이유란 대체 무엇일까. 사진에서 눈을 떼지 못하며 떨리는 한쪽 팔을 무심코 계속 쓰다듬었다. 머릿속에서 당장 이 집에서 나가야 한다는 문장이 경광등처럼 번쩍거렸다. 이 공간은 우리를 적대시하고 있다. 소영에게 이제 됐으니 나가자고 말하기 위해 뒤도는 순간, 무언가 내 눈에 포착되었다. 주방의 양 벽이 소영을 향해 촉수처럼 흐느적흐느적 기어 오고 있었다.

나오지 못한 비명이 목구멍을 꽉 채웠다. 온몸의 땀구멍이 오므라들었다 펴졌다 하는 느낌이었다. 목뒤가 찌릿찌릿했다. 그러나 그 와중에도 여기서 무슨 일이 벌어지고 있는지 도무지 알 수가 없었다. 이곳의 공기, 이곳의 언어를 머리보다 몸이 먼저 이해하고 있는 것이다. 공포 그 자체를. 눈과 귀로 수집한 정보에 의한 것이 아니라 정직한 몸의 반응으로 나는 지금껏 한 번도 겪어보지 못한 위험에 처했다는 것을 깨달았다. 자리에 그대로 선 채 소영에게 가지도 못하고 이를 딱딱 부딪치며 눈물만 줄줄 흘렸다.

이건 살아 있다. 이건 분명 살아 있는 것의 기척이다.

그때 깨달았다. 우리는 지금 '이것'의 뱃속에 알아서 기어들어 온 것이다.

집이 우리를 집어삼키려 하고 있다. 이건 분명 어떤 생물의 체내에 해당하는 공간이다. 보일러가 터진 것처럼 집을 가득 메운 끈끈하고 후덥지근한 공기는 생물의 체내에서 내뿜는 열기였다. 이 생물은 집을 통째로 집어삼켰을지도 모른다. 원래 집을 채우고 있던 것들은 사람이든 사물이든 옮겨지고 비워진 것이 아니라 있던 자리에서 서서히 녹아 집에 흡수되어버렸을지도 모른다. 아니면, 그것도 아니라면, 어떤 것이 집의 흉내를 내면서, 집의 자리를 차지하여, 다음 희생물을 기다리면서, 가장 가까운 곳에 들어앉은 나를 향해 집요하게 덫을 치고 있었던 것이다. 소리로, 저녁마다 나를 부르는 소리로. 쿵쿵쿵쿵쿵쿵쿵쿵. 드디어 목적을 달성한 것을 이 생물도 감지하고 있었다. 심장박동 같은 소리가 점점 빨라지고 커졌다. 드디어 소영이 고개를 들고 내 기척을 알아차렸다. 동시에 이 집의 모든 벽이 진동하면서 수축하고, 이완하는 것을 봤다. 나와 마주친 소영의 동공이 비현실적으로 확장됐다. 아니, 소영의 동공은 나를 담고 있지 않았다. 나는 천천히 뒤를 돌았다.

우리 둘이 마지막으로 목격한 것은 움푹 튀어나온 벽이었다. 더 이상 콘크리트가 아닌 생물의 장기처럼 벽은 꿈틀거리고 움찔거리고 조이고 풀어지며 요동쳤다. 그리고 우리를 잡으려는 듯 가운데가 부풀어 오르더니 쏘아지듯 앞으로 튀어나왔다.

어떻게 그것의 몸속을 빠져나왔는지는 정확하게 기억하지 못한다. 땀과 눈물과 콧물로 범벅이 된 채, 힘이 다 풀린 팔과 다리를 억지로 움직여 바닥을 기고, 서로 발목이며 얼굴을 할퀴듯 쥐어 잡고, 얼굴을 걷어차이면서 뒤엉킨 채로 우리는 간신히 현관으로 달려나와 죽기 살기로 손잡이에 매달렸다. 손잡이는 우리가 직면한 공포에 비하면 우스울 정도로 쉽게 당겨졌다. 마침내 등 뒤에서 철컹, 그 아귀 같은 것의 아가리가 다물어지고 자물쇠 채워지는 소리가 났다.

바깥의 공기가 영하처럼 느껴졌다. 그 서늘함에 오소소 맨살을 뚫고 닭살이 일어나는 순간 나는 살아남았다는 것을 비로소 실감했다. 우리는 오한 때문에 계단 한 층을 기어오르는 데도 날이 샐 것 같았다. 결국 한참 후에야 간신히 502호 현관으로 들어온 우리는 완전히 탈진하여 현관 바닥에 엎드린 채 벌벌 떨었다. 귀신이든 호랑이든 그걸 만난 인간은 왜 기껏 무사히 돌아와서도 경기를 일으켜 결국 죽고 마는지, 그 답이 아랫집 문 안에 있었다. 소영과 내가 저 안에서 마주한 것은 살의였다. 그러지 않고서야 그렇게까지 공포스러울 이유가 없었다. 그것이 무엇이든 인간의 육신으로는 절대 상대할 수 있는 것이 아니었다. 차라리 귀신이라면 얼마나 좋을까. 그러면 마주치자마자 아, 귀신이구나, 온몸과 마음으로 인지하여 받아들인 후 무서워하든 할 것 아닌가. 그러나 저건, 저 집은, 도대체 왜 저기에 있는지, 어떻게 생겨났는지, 왜 저 모습을 하고 있으며 저 안에 있는 것이 전체인지 일부인지, 어떤 실마리조차 잡을 수가 없었다. 그 앞에서 실감할 수 있는 건 끝없는 무력감뿐이었다. 평소 시험해볼 길 없는 인간의 최대 한도의 무력감을 불러일으킨다는 것, 그것이 바로 저 집이 내뿜는 살의의 핵심이었다.

◇

그날 밤은 당연히 잠을 이루지 못했다. 굳이 소영의 기척을 살피거나 묻지 않았지만 그도 나와 똑같다는 것을 알 수 있었다. 우리 둘 다 침실이나 리슬의 방까지는 가지도 못했다. 해가 뜨고서야 어슴푸레 드러난 윤곽에 소영이 아직도 신발을 신고 있는 걸 봤다. 나도 마찬가지였다.

리슬이 깼다. 나를 찾아 칭얼칭얼하더니 다음 순간 목 놓아 울기 시작했다. 그제야 정신이 든 내가 방에 들어갔다 나와보니 소영은 없었다. 우리는 그 이후로 연락을 한 번도 주고받지 않았다. 소영과 내가 서로를 피하는 이유는 너무 명백했다. 바로 아래층에 무엇이라고 딱 잘라 설명할 수도 없는 이상한 것이 붙어 있다고 떠들고 다닐 수도 없고 둘이 힘을 합쳐 없앨 수 있는 것도 아니니 할 수 있는 것이라곤 그저 외면뿐이었다. 온전한 외면을 위해서는 그것의 존재를 공유하고 있는 우리도 단절되어야 했다. 소영 역시 그날의 기억을 지우고 싶을 것이 분명했다. 그러나 나는, 한편으로는 그것의 정체가 도대체 무엇인지 이해하고 싶은 욕구에 시달렸다.

내가 의지할 수 있는 건 인터넷밖에 없었다. 포털 검색창을 열고 어떤 단어를 써야 '그것'에 근접할 수 있을지 고민했지만 도대체 뭐라고 검색해야 하는지 알 수가 없었다. 폐가의 지박령? 저주 걸린 부동산? 사탄을 부르는 흑마술? 집에 씐 악귀 등의 분야에서 오래된 아파트와 정신착란의 상관관계, 아파트 유해 물질이 사람에게 일으키는 질병, 환청이 들리는 정신병까지 빠짐없이 뒤져봤지만 무엇 하나 그것에 대한 답을 알려주는 검색 결과는 없었다. 나는 목이 말라 죽을 지경에 이른 사람이 환각 속에서 신기루를 보듯 채워지지 않는 정보를 자꾸만 무시무시한 상상으로 메꾸어 넣었다.

402호는 사라 언니가 이 집을 나가기 전부터 비어 있었다던데, 그렇다면 혹시 그런 걸 끌어들였기 때문에 어떤 파국을 맞아 모두들 나가버린 것은 아닌지. 그들이 감당하지 못하고 내버리고 달아난 그것은 계속 저 집에서 오도 가도 못하고 있는 것은 아닌지. 오랫동안 굶은 그것이 다른 애꿎은 사람들을 얼마나 해코지할 것인지. 아니면 정말로, 그날 밤 떠올랐던 대로 그것은 그 집에 사는 사람과 물건들을 다 삼켜 먹어버리고 또 다른 희생자를 기다리고 있는 것인지. 온갖 불쾌한 상상은 몇 날 며칠 밤을 새워도 끝이 없을 것 같았다.

하루 종일 TV를 틀어놓는 버릇이 생겼다. 집에서는 온종일 소리치고 깔깔대고 박장대소하는 소리가 났다. 허파에 바람이라도 든 것처럼 웃어젖히는 목소리들을 귀에 꽉꽉 채워 넣고 있으면 그날 밤 소영을 향해 촉수를 뻗는 것처럼 벽이 벌름거리듯 움직이던 광경을 머릿속에서 몰아낼 수 있었다. 그러나 꿈에서는 언제나 벽이 움찔거리고 숨을 쉬었다. 그런 꿈에 쫓겨 소스라쳐 잠에서 깨면 이 집의 벽도 살아 있다는, 살아 있는데 들키지 않으려고 진짜 벽인 척한다는 더러운 기분에 사로잡혔다. 그건 진짜 말 그대로 더러운 기분이었다.

그 집에서 본 그것이 그렇게 컸는데, 온 사방을 뒤덮고 있었는데, 아니 그 집이 통째로 그것이었는데 내가 그 속을 헤집고 나오는 동안 내 몸에 닿아 나를 오염시키지 않았다는 장담을 할 수 없지 않은가. 그것의 한 조각이라도 나에게 묻어 이 집에도 퍼져나갈지도 모른다는 생각이 들면 그날은 뜬눈으로 밤을 새웠다. 내가 할 수 있는 건 TV나 유튜브 채널에서 되도록 밝고 경쾌하며 많은 사람이 동시에 웃고 떠드는 영상을 크게 틀어놓는 것뿐이었다. 우리 집에 숨었을지 모를 그것이 이쪽의 쪽수를 착각하고 몸을 사릴 수 있도록. 우리 모녀를 그렇게 호락호락한 먹이로 취급하지 않도록. 그리하여 육신은 그것으로부터 지켜낼 수 있었지만 의식은 완전히 그것에 잡아먹힌 것이나 다름없었다.

당연히 매일 저녁 들리는 쿵쿵 소리를 더 이상 견딜 수도 없었다. 금방이라도 문어 다리 같은 촉수가 바닥을 뚫고 리슬이나 나의 발목을 잡아챌 것 같았다. 그 소리를 이 집에서 계속 듣다간 내가 내 발목을 썰어버릴지도 모르는 일이었다. 어느 날부터 나는 7시 30분이 되면 발작적으로 리슬을 들쳐 안고 밖으로 뛰쳐나갔다. 가로등이 나간 어두컴컴한 놀이터에서 하염없이 그네에 앉아 있기도 하고, 또 어떤 날에는 코딱지만 한 단지를 열 바퀴고 스무 바퀴고 돌기도 했다. 밖으로 나오는 것을 아랑곳하지 않게 되면서 가끔은 낮에도 벽을 뚫어지게 보다가 기습적으로 뛰쳐나올 때도 있었다. 그리고 드디어 이웃

주민을 맞닥뜨리게 되었다.

그 할머니는 내가 살던 동네에서도 흔하게 볼 수 있는 허름한 셔츠에 선캡과 팔 토시를 끼고 장화를 신고 있었다. 몸집은 왜소하고 허리는 꼿꼿했다. 새치가 듬성듬성 섞인 머리카락을 보자마자 402호 가족사진 속 노파가 생각나 그만 메스꺼워지고 말았다. 처음 보는 여자가 우뚝 멈춰서 칭얼대는 애를 어를 생각도 않고 자신의 얼굴만 뚫어지게 보는데도 할머니는 어떤 반응도 보이지 않았다. 그저 화단에서 나와 호미에 묻은 흙을 툭툭 털며 무심한 눈으로 나를 훑어보고는 아파트로 들어갔을 뿐이다. 때때로 마주치는 다른 주민이 자신들의 정보 체계에 들어 있지 않은 나를 의심스럽게 보는 것과 달리 할머니는 마주칠 때마다 무심하게 부딪쳐 오는 눈길 한 번이 끝이었다. 나는 곧 그 할머니가 501호에 산다는 것도 알게 되었다. 마주침이 거듭될수록 나는 간단한 눈인사와 묵례 정도는 먼저 건네게 되었는데 할머니는 눈길 외에 더 내주는 반응은 없었다. 내가 그 이상을 보게 된 건 어느 날 저녁 802호에 사는 중년 여성과 한자리에서 마주쳤을 때였다.

그 여자는 할머니를 사모님이라고 싹싹하게 불렀고 할머니 역시 나와 마주칠 때랑은 다르게 802호 교수님이시네, 하며 알은체했다. 교수는 나를 그냥 보아 넘기지 않았다.

"처음 보네요. 여기 사는 분이세요?"

그대로 지나쳐 나가려던 나는 흠칫 뒤를 돌았다. 바로 이 순간을 두려워해 그간 칩거해오던 것이었는데 정작 직면했을 땐 아무런 대비가 되어 있지 않았다. 402호의 그것을 겪은 이후 부유하던 현실감각이 다시 돌아왔다.

"아, 네……."

"몇 호?"

자신 없게 말을 흐리는 나를 보자 교수가 끈질긴 눈빛으로 물었다.

"502호예요."

"502호? 그 새댁?"

"……."

"내가 기억하던 새댁 얼굴이 아닌데?"

교수는 나를 위아래로 훑으며 캐물었다. 준비되지 않은 생각들이 머릿속에서 엉키기만 할 뿐 말이 되어 나오지 않았다. 교수가 팔짱을 척 끼고 서 있고 나는 그 앞에 리슬을 안고 서서 입술만 달싹거리고 있을 때였다.

"502호 신혼부부는 나가 산 지 오래됐어."

할머니가 화단에서 눈을 떼지 않고 말을 보탰다. 나는 그가 원군인지 적군인지 판별할 수 없어 계속 입을 다물었다.

"그 댁 사모님은 그런 말 없으시던데? 매물도 안 올라왔고."

그 말에서 힌트를 얻자면 교수는 아마도 이 아파트의 재건축 조합에 깊게 관여하고 있는 주민일 것이다.

"집을 뺀 게 아니면 집안 식구 중 한 명이겠죠. 빈집으로 계속 놔둘 수 없는 사정 알지 않나요."

나는 기대하지도 않은 할머니의 도움보다도 교수를 조곤조곤 상대하는 침착함과 교묘하게 곤란을 피할 정도로만 대답하는 적절한 개입에 놀랐다. 마주칠 때마다 매일 흙에서 뒹군 모습이라 내심 경계를 느슨하게 했던 것이 후회되었다. 이 할머니는 그냥 자기 소일거리나 하며 시간을 죽이는 타입의 노인이 절대 아니었다.

"왔다 갔다 하는 게 아니라 아예 그 집에서 살아요?"

교수도 할머니의 방어에는 한풀 물러서는 모습이었지만 나를 잡도리하는 걸 완전히 포기한 건 아니었다. 이번에도 할머니가 끼어들었다.

"새댁이 워낙 아프니까, 집수리를 친척한테 맡겼을 수도 있고."

"집수리를 또 해요? 겨우내 그렇게 난리를 쳐놓고 또 어디가 부족해서? 그것참, 알만한 양반이 자꾸 왜 그러시지, 응? 이 건물, 이제 뼈대가 다 삭아서 고쳐놔봤자 스러지고 또 고쳐놓으면 또 허물어져. 정말, 자기는 여기 안 산다고 배짱이야, 뭐야?"

교수의 신경이 집수리라는 단어에 집중되었다. 그 문제 앞에서 그가 품었던 정당한 모든 의심은 이미 흩어지고 없었다. 나는 다시 한번 할머니의 노련한 솜씨에 감탄하면서 대체 뭐 하는 분일까 전에 없던 궁금증이 생겼다. 그러나 할머니는 예의 그 눈길을 나에게 힐끔 던지고 안으로 들어갔다. 교수는 첫 번째 공사 때는 무시당했던 공사 시작 시각을 이번에는 꼭 지키라며 나에게 신신당부한 다음 내가 그 집 주인의 대리인임을 믿어 의심치 않으며 자기 집으로 사라졌다.

다음 날, 마침내 소영에게서 전화가 왔다. 그 끔찍한 밤을 보낸

후 첫 연락이었다. 소영은 내가 전화를 받자마자 대뜸 칭찬을 했다. 802호 교수가 502호 집주인 사모에게 전화를 걸어 미주알고주알 이야기한 모양이었다. 애초에 입주 조건이 어땠는지와 별개로 본인의 입장을 크게 곤혹스럽게 하지도 않고 유연하게 대처했다고 사모가 흡족해했다는 말을 소영은 전했다.

"그러니까 그거 대리 치하하려고 연락한 거야?"

"치하라니 무슨 꼬인 소리야."

"고깝게 들렸다면 미안해. 너도 알다시피 이 집 밑에 오죽한 게 살아야지. 안 꼬이려 해도 그러기가 어렵다, 요즘."

"그것도 그래."

알고 보니 소영이 연락한 이유는 그게 다가 아니었다. 내가 TV를 틀어 가상의 원군까지 동원해 아파트에 포진시키고 집을 몇 번씩 뛰쳐나왔다 들어갔다 하는 동안 소영은 나름대로 능력을 활용해 해결책을 찾고 있었다.

소영에게는 이 동네의 몇십 년 된 주택과 맨션 아파트들을 부수고 다시 쌓아 올리는 과정을 몇 번이나 지켜본 경력이 있었다. 무너뜨린 건물 잔해 사이로 몇 십 년 묵은 온갖 것들이 구메구메 기어 나오는 꼴을 수없이 목격한 바 있는 사람들에게 소영은 어렵지 않게 접근할 수 있었다. 그렇게 물어물어 이 사람이라면 한번 맡겨봐도 좋겠다, 마치 동창들 중에 꼭 나를 점찍었던 때처럼 낙점한 사람이 바로 지금 전송한 명함 속의 변혜주라는 사람이었다.

명함에는 강남구청 지역보건과 해충관리팀이라는 소속이 적혀 있었지만 추가적인 지식을 얻기 위해 변혜주에 대해 내 모든 검색 능력을 총동원했다. 76년생 변혜주는 군데군데 새치가 그대로 보이는 채 활짝 웃는 모습이 담긴 증명사진을 오랫동안 사용했다. 나이보다 겉늙은 이유를 사진 옆에 빼곡하게 늘어선 온갖 학력과 경력이 설명해주고 있었다. 그중에서도 유해 생물에 대해서는 국내에서도 손꼽히는 권위자라고 설명하는 10년 전 신문 기사도 찾았다. 한마디로 학위 따는 데 약 10억을 들여서 1년에 약 5천을 벌고 있는 별난 이력의 소유자였는데 국내 유일에 가까운 엄청난 스펙을 가지고도 구청의 보건과 과장으로 재직하고 있는 이유에 대해서는 별로 건질 만한 정보가 없었다. 다 떠나서 왜 소영이 402호 문제와 전혀 다른 분야의 해결사를 찾아 보냈는지 의문이었다.

변혜주 씨는 이틀째 되는 날 아파트를 찾아왔다. 사진에서 봤던 것보다 새치가 훨씬 늘어 있는 그는 머리칼을 아무렇게나 모아 낮게 묶은 채였다. 작업복 조끼에 헤진 카고바지, 작업용 신발 등을 봤을 때 구청에서 나온 과장이라고는 믿기지 않고 공사판에서 일하는 작업부 중 하나 정도로 여겨졌다. 한 분야에 대한 조예가 깊은 사람일수록 외모같이 피상적인 요소에는 별 관심을 기울이지 않는다는 나의 편견에 일조하는 모습이었다. 아마도 그에게는 금방이라도 쓰러질 것 같은 부실한 외관과 달리 비현실적으로 화려한 내부 장식들, 그에 걸맞지 않은 나와 리슬의 살림살이의 전체적인 부조화 역시 별 거슬리지 않은 풍경인 듯했다. 변혜주 씨는 집에 발을 들이는 순간부터 내가 겪은 아랫집의 기현상에 대한 묘사가 소영과 어떻게 같고 다른지에만 일관된 관심을 보였고, 자기가 직접 관찰해보기 위해 직접 402호로 가겠다고 하면서도 나는 아무 신경 쓸 필요 없이 집에 남아 있으면 된다고 친절하게 안내했다.

"거기를 가보신다고요? 혼자서요?"

나는 누군가 그것을 마주한다는 생각만으로 다시 겁에 질렸다.

"너무 걱정하지 마세요. 최 대표랑은 이미 인테리어 업체에서 나온 척하자고 상의가 다 됐어요."

"아니 그게 아니라 그, 안에 너무 무방비하게 들어가시겠다고 하니까……."

나는 그녀의 작업복 차림을 다시 살폈다. 아무리 봐도 그 흉측한 것을 상대할 무기 같은 건 없어 보였다. 변혜주 씨는 그제야 아아, 했다.

"무슨 말씀인지 알겠어요. 근데 그냥 믿어주셔도 돼요. 최 대표랑 통화할 때부터 짚이는 게 있었거든요."

"그럼 과장님은 그것의 정체가 뭔지 짐작이 간다는 말씀이세요?"

"보면 알겠죠. 아무튼 오늘은 가볍게 관찰이랑 채취만 해 갈 테니 다시 나오지 않으셔도 됩니다. 아직 직접 확인한 상태가 아니라 뭐라 말씀드리기 어렵지만, 아마 어떤 식물에 가까운 개체일 거예요."

변혜주 씨가 아래층으로 사라지고 나서도 나는 좀처럼 한자리에 앉아 있지 못했다. 그는 놀라울 정도로 프로다운 태도로 나를 안심시켰지만 나는 그가 직면하러 간 것의 전능함을 더 쳐주고 있었으므로 전혀 안심이 되지 않았다. 402호의 그것은 그가 축적한 지식이 아무리 방대하다 해도 상대할 수 있는 것이 아닌 것 같았다. 평생 양지에서 책만 파고들었을 것 같은 사람이 세상의 모든 음습함을 배태한 그것을 어떻게 상대한다는 말인가. 그렇다고 아래층으로 내려가 볼 용기도 못 내는 주제에 변혜주 씨가 그 집을 무사히 빠져나왔는지 아니면 아직 그 안에 있는지 발만 동동거리는 동안 해는 졌다. 밤이 깊어질 때까지 연락은 없었다. 기다리다 지친 나는 오랜만에 쉽사리 잠에 들었다. 그날은 살아서 꿈틀거리는 벽이 아닌 10미터에 달하는 거대한 식물이 나오는 꿈을 꿨다.

내 걱정과 불안이 무색하게 변혜주 씨는 이틀 후에 멀쩡한 모습으로 다시 찾아왔다. 정체불명의 존재로부터 생명을 위협당한 흔적은 찾아볼 수 없었다. 도리어 그의 얼굴은 흥분으로 상기되어 건강하게 빛났다.

"그건 동충하초예요."

"동충하초가 뭔데요?"

"학계에 한 번도 보고된 적이 없으니 동충하초라기보단, 동충하초류에 그나마 근접한 아목이라고 봐야겠죠. 동충하초 들어보신 적 있죠? 겨울에는 곤충이었다가 여름에는 식물로 변한다는 애들이요."

"한의원 같은 데서 보약으로 쓰는 그거요?"

"맞아요! 사실 곤충이 풀로 변신하고 그런 게 아니라요, 정확히는 일종의 곰팡이가 곤충을 숙주로 삼아서 자란 거예요. 그런데 건물 벽에서 아주 큰 동충하초가 자라고 있는 것 같아요. 그 위치가 바로 아랫집인 거고요. 아랫집은 그냥 그 자체로 커다란 동충하초라고 보시면 돼요."

나는 변혜주 씨가 이를 드러내며 쾌청하게 웃는 얼굴을 멍하게 쳐다보기만 했다. 그의 말을 믿을 수 없었다. 집 자체가 곤충이라는 발상도 끔찍한데 이 여자는 너무나 평범하고 일상적인 태도로 그 사실을 말하고 있었다. 내가 어떻게 받아들일지에 대한 배려가 너무나도 부족해서 설마 집 크기로 자라는 거대한 곰팡이나 기생충이 존재할 수 있다는 것이 나만 모르는 당연한 상식인 건지 헷갈릴 지경이었다. 그런 게 이 세상에 존재한다는 것만도 끔찍한데, 하필 나와 같은 공간을 공유하고 있다는 건 끔찍한 정도가 아니었다. 그 벌레인지 버섯인지 모를 기이한 생물체의 뱃속에 조그만 벌레가 알을 깐 것처럼 나는 온갖 살림살이와 아기까지 데리고 들어와 살고 있다는 생각을 하자 온몸에 두드러기가 날 것 같았다. 너무 가려워서 살갗이 다 떨어져나갈 때까지 긁어대야만 속이 시원할 것 같았다. 변혜주 씨는 이런 집에 둥지를 틀고 사는 내 입장은 전혀 고려하지 않고 학계에서 지금껏 보지 못했던 생물이 최초로 발견됐고 앞으로도 그것을 연구할 수 있다는 사실에 한껏 고무되어 있는 것처럼 보였다.

"그래서 얘 이름을 지어야 할 것 같은데, 일단 제가 동충하초목으로 분류했으니 저는 거기에 최초 발견자 이름을 따주고 싶어요."

"네?"

"이영서 동충하초랑 영서 동충하초, 둘 중에 어떤 게 더 나아요?"

그따위 말을 하면서 마치 박수라도 쳐주길 바라는 표정에 나는 질려버렸다.

"제 이름을 왜 이런 괴물한테 붙여요."

"어? 괴물은 아니에요. 그렇게 오해하시면 곤란한데. 그냥 키가 많이 큰 버섯이라고 생각해보세요. 사실 이만한 크기로 자라기 위해서 대체 뭘 숙주로 삼았을지 전 그게 너무 궁금해요. 물론 최선을 다해 밝혀낼 거지만요."

"……."

"아, 혹시…… 영서 씨 이름을 따오는 게 별로이신 건가요?"

나는 한숨을 쉬었다. 이런 사람에게 불쾌의 근원을 낱낱이 말로 밝히는 건 어차피 시간 낭비일 것이다. 아무리 생각해도 나의 불쾌함은 일반적인 상식에 기준하고 있었기 때문이다. 대체 뭘 먹고 그 크기로 자랐는지 모를 기괴한 버섯을 얘니 걔니 친근하게도 부르는 사람과 무슨 이야기를 더 할 것인가.

"저기, 제가 궁금한 건, 그래서 이 아파트에 계속 살아도 되나요?"

"영서 씨가 여기 계속 살아도 되냐고요? 그게 무슨 말이에요?"

"그러니까, 저뿐만이 아니라, 아파트 벽 안에 사람만 한, 아니 사람보다 훨씬 큰 곤충…… 곰팡이가 사는 건데, 이런 아파트에 사람이 살아도 되는 건가 해서요."

"아하, 아휴! 그런 건 걱정하지 않으셔도 돼요. 이런 애들은 사람한테 해를 끼치는 부류가 절대 아니에요. 오히려 얘가 더 긴장해야 할걸요? 지금까지 약용으로 안 쓰인 동충하초는 거의 없거든요. 크기는 아무 관련 없어요. 맹독 버섯 중에는 크기가 5센티미터도 안 되는 것도 있어요. 그거랑 저기 밖에 플라타너스 3미터짜리랑 비교해서 플라타너스가 크니까 더 위험할 거라고 아무도 생각하지 않잖아요. 그렇죠?"

나는 변혜주 씨의 논리에 설득당한 게 아니라 그 해맑은 기세에 눌려 간신히 고개를 끄덕였다. 이제 슬슬 돌아가줬으면 하는 티를 좀 알아보면 좋을 텐데, 그는 끝까지 자기 마음먹은 만큼을 다 하고서야 일어날 결심이었다.

"그러니까, 영서 씨도 다시 한번 생각해줘요. 버섯이라고 생각하면 영서 씨 이름 따오는 것도 별로 나쁘지 않을 거 아니에요. 영지버섯도 있는데 영서버섯이라고 없겠어요?"

"아니, 왜 자꾸 권하시는지 모르겠어요. 버섯 싫어하는 사람도 있잖아요? 차라리 과장님 이름 따서 변혜주 동충하초라고 부르세요."

"그건 학계에서 인정하는 작명법이 아니에요. 그럼 영서 씨가 아예 새로 이름을 지어주시는 건 어때요? 최초 발견자가 얼마나 중요한 권위를 가지는데요. 영서 씨의 발견이 없었으면 얘는 세상 밖으로 못 나왔을 거라고요."

"그럼 돈까스 망치 동충하초라고 부르세요."

내는 소리가 그거랑 똑같으니까. 나는 빨리 변혜주 씨가 나가줬으면 해서 입에서 나오는 대로 아무렇게나 내뱉었다. 변혜주 씨의 반응은 열광적이었다.

"너무 키치하고 예쁜 이름이잖아요! 요즘 뜨는 인디밴드 느낌도 살짝 나고요. 이름 덕분에 얘는 이미 슈퍼스타로 학계 데뷔하겠네. 균류계의 슈퍼스타."

변혜주 씨가 지칠 줄 모르고 뿜어내는 생기에 도리어 기진맥진해진 건 나였다. 이 집을 싸게 갖겠다는 최초의 원동력은 이미 사그라진 지 오래였다. 괴기한 버섯인지 곤충인지를 재료 삼아 앞으로의 계획을 구상할 힘도 남아 있지 않았다. 그날 저녁 소영과의 통화에서는 변혜주 씨가 했던 말을 그대로 전달했다. 그걸 다시 소영이 사모에게 말한 다음 처분이 내려올 때까지 기다릴 작정이었다. 전화를 끊고 나자 적막이 찾아왔다. 오랜만에 느껴보는 고요함이었다.

◇

기다리던 집주인 사모의 연락은 늦어지고 대신 마케팅 업체 대표로부터 새 사업 제안을 받았다. 길 잃은 택배 때문이었다. 광고주가 예전 빌라로 씨딩 보낸 물건이 자꾸 폐문부재로 반송된다며 대표에게 연락한 것이다. 나는 별수 없이 이곳 주소를 댈 수밖에 없었다. 대표는 그날 바로 택배를 직접 들고 왔다. 문밖에 선 대표의 첫 마디는 오해하지 마, 였다.

"주소가 강남구길래, 내가 대체 이 친구 무슨 돈을 그렇게 벌게 해줬나 궁금해서 찾아봤지."

그렇게 찾아본 이 아파트에는 부동산에 걸린 매물이 아니라 무조건 인맥 거래로만 들어올 수 있다는 게 부동산 카페의 공통된 의견이었다고 한다. 대표가 더 큰 호기심을 갖게 된 건 당연한 일이었다. 그럴 사정이 있었다고 완곡하게 표현하자 이런 집 한 번도 와본 적 없어서 그러니 일단 구경이나 좀 시켜달라는 능청스러운 대답이 돌아왔다. 차마 거절하지 못하고 집으로 들이자 대표는 현관에서 신발도 벗기 전부터 입을 떡 벌리더니 구경하는 내내 다물지를 못했다.

"이야, 여기는 현관부터가 우리 집 안방만 한데? 무슨 집에 조명이 백화점 명품관 조명이야? 열 발짝 들어온 동안 벌써 이게 다 얼마야? 이거 식탁은 맞춤이야? 리슬이는 좋겠다, 삼촌 집 거실만 한 게 리슬이 방이네?"

대표는 과한 흥분 상태에 빠져 있었다. 집을 둘러볼수록 이 정도로 수지맞은 팔자는 질투도 나지 않는다고 했다. 친구 도움으로 집을 구했다고 하자 정색하며 그 친구가 귀인이니 꼭 붙어 있으라며 신신당부했다. 그러나 이 집은 공룡만 한 버섯이자 곤충에게 지금 이 순간도 야금야금 먹히고 있는 중이었다.

"분수에 맞지 않는 것 같아서요. 나갈 생각이에요."

"미쳤어? 영서 씨, 팔푼이야? 호박이 굴러들어 왔는데 편히 앉으라고 방석을 내줘야지 왜 나갈 생각을 해?"

대표는 절대 그러지 말라고 내 손까지 붙잡고 사정하다시피 했다. 몇 번밖에 못 만났지만 대표는 남 잘되라고 빌어줄 타입은 전혀 아니었다. 이걸 지극한 속물근성이 빚어내는 의외의 순수함으로 봐야 하는지 애매한 기분이었다.

"어차피 계속 살 수 있는 것도 아니에요. 집주인이 사정이 있어서 당분간 집 봐줄 사람을 구한 거예요. 언제든 나가라면 나가야 해요."

"그러니까 나가라고 할 때까지 이 좋은 집 썩힐 이유 없잖아."

"네? 집이 왜 썩어요?"

"안 쓰면 썩는 거지, 그것도 낭비야. 이 집에 있을 때 브이로그라도 찍자."

나는 그저 피식 웃기만 했다. 그러나 대표는 내 생각보다 더 용의주도했다. 내가 가진 능력에 비해 포텐셜이 터지지 않는 것 같아 안 그래도 신경이 쓰이던 참이었다고 했다. 그 말은 사실인 것 같았다. 트위터보다는 인스타 게시물 단가가 적어도 두 배, 많게는 다섯 배까지 높았다. 만약 인스타를 기반으로 유튜브까지 올라간다면? 그야말로 잭팟이었다.

"전 얼굴 팔리는 건 별로예요. 누가 알아보면 어떡해요?"

"얼굴을 왜 팔아, 팔 집이 있는데? 영서 씨 요즘 브이로그 안 봐? 목 밑으로만 찍어도 10만 뷰 20만 뷰 찍는 게 그 시장이야."

음악 깔고 마케팅하는 물건들 집에 차르륵 늘어놓고 찍어서 올리면 이런 분위기에 환장하는 애들 다 달려든다고. 요즘 업체들 다 광고사진 호텔 빌려서 찍느라 죽는소리하는데 영서 씨는 진짜 복 받은 거야. 이제 스토리 짜내느라 골치 썩으면서 늙을 일 없어. 영서 씨 사주에 이제 대운이 드는 거라니까.

나는 점점 귀가 솔깃해지고 있었다. 대표 말대로 이 집이 나의 행운이라는 데 공감해서가 아니라 어차피 통보만 받으면 비워줘야 할 집, 나도 챙길 수 있는 건 다 챙기는 게 현명하다는 생각에서였다. 사실 그 난리를 치고도 짐을 몽땅 싸서 어디 숙박업소에라도 들어갈 수 있었으련만 나는 그러지 못했다. 무서워죽겠다면서, 잠도 제대로 못 자고 미친 여자처럼 배회하면서도 여기에 미적거리며 붙어 있는 진짜 이유가 그것이었다. 사라 언니가 돌아간 곳은 100평 남짓한 단독 주택이었으나 내가 돌아갈 곳은 그 낡은 1.5룸 빌라뿐이었다. 차마 내 발로 그곳으로 돌아갈 수가 없었다. 나갈 때 나가더라도 최소한 거대 버섯 따위가 살지 않는 남들 사는 정도의 평범한 집으로 가고 싶었다. 그 일말의 가능성을 위해 수시로 몇 미터씩 자란 강력한 동충하초의 곰팡이가 나를 또 다른 숙주로 삼는 공포를 견디고 또 견디면서 집을 지키고 있는 것이다. 같은 크기의 불행이라도 화려한 궁궐 배경의 괴기 호러물이 가난에 대한 리얼리즘 다큐보다 훨씬 견딜 만 하다는 걸 나는 똑똑히 깨달았다.

나는 내심 집이 제일 예쁘게 나올 각도들을 하나씩 생각해두고 있었다. 대표의 제안은 내 숨겨진 욕망을 꽉꽉 눌러 담은 창고의 질러놓은 빗장을 푸는 것 정도의 역할에 불과했고 빗장이 사라지자 뭘 어디서부터 어떻게 시작하면 될지는 너무 선명했다. 나에게는 사라 언니라는 명확한 롤모델이 있었다. 언니가 몇 년 동안 꾸준히 올린 사진들을 일일이 저장하고 캡처해둔 게 벌써 수백 장이었다. 하도 들여다봐서 무작위로 사진을 골라 한 귀퉁이만 보여줘도 어느 장소인지 맞힐 수 있을 정도였다. 앞날이 깜깜하던 시기에 언니의 SNS는 유일한 스트레스 해소 창구이자 취미이자 신경안정제였다. 트위터에서 여러 가상의 인물을 연기하던 나에게 동경하던 실존 인물을 흉내 내는 건 일도 아니었다. 인스타 팔로워 수에 K가 붙는 건 시간문제였다. 나는 그때를 기다려 이미 촬영하여 편집까지 마쳐둔 브이로그 영상을 유튜브 계정에 업로드했다.

새로 확장된 수익 구조는 특히 공포에 특효약이었다. 나는 나날이 늘어나는 팔로워와 조회 수와 매번 갱신되는 공동 구매 금액에 온통 신경을 사로잡힌 상태여서 공포에서 해방될 수 있었다. 마물 같았던 집이 복덩이로 보이기 시작했다. 한때 이 집을 지켜내려고 TV를 틀어놨던 것처럼 이제는 SNS에서 집의 구석구석을 들여다보는 몇십만 명의 환호와 감탄이 나를 지켜주고 있었다. 명실상부한 인플루언서로 자리 잡으면서부터 내가 동충하초가 되는 꿈을 더 이상 꾸지 않았다. 이렇게 많은 사람들에게 사랑받는 집이 그런 괴물에게 호락호락 당할 리 없다고 생각했다. 드디어 스스로를 지킬 힘을 갖게 된 느낌은 황홀했다. 모든 일이 술술 풀리고 있었다. 소영은 집주인에게 구청 안전보건과에서 사람이 나와 커다란 곰팡이를 조사하고 있다고 전달했고 집주인은 알겠다는 말만을 남기고 큰아들이 사는 미국으로 장기 여행을 떠났다. 사라 언니의 이혼이 마무리된 것도 이즈음이었다. 소영은 집주인이 귀국하고 나면 적당한 때를 보아 이 집을 나한테 떠넘기는 것이 어떨지 제안할 예정이었다. 그때 제시할 근거자료를 위해 변혜주 씨는 이틀에 한 번은 인테리어업자를 가장해 아파트를 들락거리며 균체를 상세히 조사하고 있었다.

슬슬 차를 알아보면 어떨까 고민하던 때였다. 오는 봄에는 리슬을 동네 어린이집에 보내는 것도 고려할 정도로 나는 완벽하게 이 집에 적응 중이었다. 리슬을 몇 시간만이라도 떼놓고 나면 집에서 좀 더 양질의 촬영을 할 수 있을 것이다. 그때 초인종이 울렸다. 변혜주 씨였다. 요 며칠간 그는 주로 옥상에서 시간을 보내고 있었다. 변혜주 씨는 이야기할 것이 있다며 주방으로 들어갔다. 그러더니 수도를 틀었다. 수도는 꾸르륵거리는 소리를 내며 뜸을 들이다가 몇 초 후에야 물을 내뱉었다.

"수돗물이 원래 이렇게 나왔어요?"

"네. 아무래도 집이 오래되면 그렇지 않나요?"

변혜주 씨는 중요한 것을 알아낸 것 같다며 옥상에 같이 올라가자고 했다. 그가 동충하초를 조사하는 동안 뭔가를 보여주겠다고 한 건 이번이 처음이었다. 나는 리슬을 안고 변혜주 씨를 따라 엘리베이터를 타면서 손에 배어 나오는 땀을 계속 바지에 문질러 닦았다.

옥상에 도착하자 변혜주 씨는 상수도 배관 뚜껑을 치웠다. 나는 되도록 멀찍이 서서 고개를 쭉 뺐다.

"이거, 파이프관 옆으로 꽉 찬 거 보이죠?"

시멘트에 파묻힌 쇠파이프관이 드문드문 보이는 것 외에는 뭘 봐야 할지 알 수 없었다.

"이 시멘트 같은 게 바로 돈까스 망치 동충하초 뇌에요."

"……뇌라고요?"

"척수가 여기까지 올라온 거니까 아무래도 그렇게 불러야겠죠. 사람으로 치면 정수리에 해당하는 부분이에요."

나는 잠시 말을 잃었다. 402호 전체를 집어삼킨 동충하초의 본체는 거기에서 끝난 게 아니라 아파트 꼭대기까지 퍼져 있었던 것이다. 이 아파트에서 동충하초 균이 없는 부분을 찾는 것이 더 빠를 것 같았다. 나는 당장이라도 동충하초가 몸을 비틀어 나와 리슬과 변혜주 씨를 모두 땅으로 메다꽂을 것처럼 다리가 후들거렸다. 그러나 변혜주 씨는 태연하기만 했다.

"하필이면 척수가 있는 부분 위에 상수도관 뚜껑이 있을 게 뭐냔 말이에요."

"그게…… 지금 중요해요?"

"중요하죠. 누구나 열 수 있는 문 앞에 급소를 갖다 대고 사는 거랑 똑같은데."

급소? 귀가 번쩍 뜨였다. 변혜주 씨는 진심으로 동충하초를 걱정하느라 여념이 없었다. 머리를 조금만 더 젖힌 채로 자리를 잡았으면 굴착기를 옥상까지 들어 올려 한 5미터쯤을 뚫거나 폭약을 터뜨리지 않는 한 무사할 텐데, 하필 딱 상수도관 앞에 머리를 대는 바람에 이 동충하초의 안전을 장담할 수 없다는 것이었다.

"상수도 정비라도 하는 날이면 얘는 꼼짝없이 뇌에 뜨거운 물을 맞고 죽는 거예요."

나는 흥분해서 몸을 제대로 가누기가 어려울 지경이었다. 그러니까 지금 변혜주 씨의 말에 의하면 그 상수도관 뚜껑 하나를 여는 것만으로 언제든 이 기괴한 동충하초를 조종하는 컨트롤 타워에 진입할 수 있는 것이다. 그뿐만 아니라 뜨거운 물을 거기다 부음으로써 그것의 숨통을 끊을 수 있는 방법까지 알게 됐다. 순식간에 숨통이 트이는 기분이었다. 바람이 상쾌하게 내 뺨을 스쳐갔다.

"만약에 그런 사고가 일어나서 동충하초가 죽으면 아파트는 어떻게 될까요?"

"돈까스 망치가 죽는다고 해도 건물에 어떤 영향을 줄지 정확하게는 예측하기 힘들어요."

"혹시, 같이 허물어진다거나 그럴 수도 있는 건가요?"

"정말 알 수가 없어요. 생체반응이 없어지면 그야말로 번데기 껍질처럼 취약해져서 작은 충격에도 다 허물어져버릴 수도 있고, 아니면 이대로 균형을 유지하면서 오랫동안 아주 천천히 썩어들어갈 수도 있고요. 뭐가 더 위험할지는 끝까지 가봐야 알아요."

더 이상 변혜주 씨의 말이 귀에 닿지 않았다. 아무것도 모르고 여기 처음 왔을 때처럼 바람이 다시 두둥실 내 안을 채우고 있는 것을 느꼈다. 이번에는 불안하게 발이 뜨지 않았다. 내 발은 이 집, 이제 곧 내 집이 될 가능성이 가득한 돈망시민아파트 옥상을 단단히 디디고 있었다. 그 생물의 생살여탈권을 쥐고 있다는 사실이야말로 지난 두어 달간 상실한 인간으로서의 존엄성을 회복시켜주는 회복 약이었다.

◇

문제는 동충하초가 아니고 내 계정에 살다시피 하는 벌레들이었다. 몇 주 사이에 팔로워가 폭발적으로 늘고 채널이 커진 나를 시기하는 무리가 생긴 것이다. 대표는 치러야 할 유명세의 일부분이라는 속 편한 소리를 했지만 매일 게시글에 몰려들어 댓글창을 더럽히는 그들을 언제까지 참을 수 있을지 확신할 수 없었다. 그들은 정말로 바퀴벌레 같았다. 먹잇감이 될 만한 만만한 신생 계정을 찾아 물어뜯고 배설하면서 끈질기게 괴롭혔다. 신고를 넣고 차단해도 잠시뿐 계정을 다시 생성해 더 악랄하게 괴롭혔다.

마침내 20만 기념 라이브 방송을 진행한 날, 바퀴벌레들은 방송 내내 들러붙어 내가 술집 출신이라 얼굴을 보이지 않는 거라는 루머를 수없이 복사해서 붙여 넣었다. 나는 짜릿한 전의를 느끼면서 두 병째 와인을 땄다. 계정명을 하나하나 부르면서 같이 싸움을 시작했다. 라이브 시청자 수가 순식간에 세 배, 네 배가 되었다. 몰려오는 쪽수를 감당하지 못한 시력이 결국 백기를 드는 것을 끝으로 기억이 끊겼다. 다음 날 아침 일어나보니 대표가 부재중 전화를 70통이나 남겨놓았다. 술에 취해 카메라 앞에서 무방비로 노출한 내 얼굴이 이미 온라인에 퍼졌다고 했다.

대표가 당분간 모든 계정을 닫는 게 좋겠다고 했을 때, 나는 통장 잔고를 헤아리고 있었다. 지난 두 달간 번 돈의 합계는 그 전 1년간 번 돈을 압도했지만 이 집에 버금가는 집을 구하기에는 한참 부족했다. 그러면 사람들은 내가 망했거나 원래부터 진짜가 아니었다고 생각할 것이다. 나는 계정을 닫는 대신 그 명목을 악성 댓글 고소로 하기로 했다. 대표가 말려도 그들과의 싸움에서 물러날 수 없었다. 한낱 벌레한테 고소만큼 강력한 살충제가 또 있을까. 대표는 고소하는 데 쓰는 돈은 한 푼도 줄 수 없다고 으름장을 놨지만 나는 이미 아무것도 무섭지 않았다. 그깟 고소에 쓸 돈 정도는 나한테도 차고 넘쳤다.

촬영도 그만두고, SNS 업로드도 그만두고 남은 일이라곤 변호사가 가물에 콩 나듯 전달해주는 벌레들의 반성문밖에 없을 때였다. 소영이 오랜만에 집을 찾아왔다. 그간 우리의 대화는 주로 전화로 충분했으므로 소영의 방문에는 무슨 이유가 있을 것이었다. 나는 드디어 때가 왔다고 생각했다. 집주인 사모가 미국에서 돌아와 집안의 우환 같은 아파트를 결국 나에게 넘기기로 작정한 모양이라고. 그러나 소영이 꺼낸 건 매도계약서 초안이 아니라 엉뚱한 내용증명이었다.

"이게 뭐야?"

"적힌 그대로야."

맨 윗줄을 미처 다 읽기도 전에 눈의 초점이 나가 한참이 걸렸다. 겨우 이해한 주된 내용은 이 집을 영리적으로 이용하는 데 세대주는 동의한 적이 없다는 것이었다.

"어떻게 알았대?"

무심코 내뱉은 뒤 바로 후회했다. 그건 질문이 아니라 자백이었다. 소영은 말없이 내용증명 뒤에 붙은 별지를 펼쳐 다시 내밀었다.

'2024년 9월 ×일, 침실 드레스룸 노출'

'2024년 9월 ×일, 세컨룸 및 펜트리 노출'

'2024년 9월 ×일, 주방 아일랜드 및 베란다 노출'

거기에는 브이로그 영상이 올라온 날부터 마지막 날까지 집의 어느 공간이 얼마나 노출됐는지 초 단위까지 빈틈없이 기록되어 있었다. 종이를 빼곡하게 뒤덮은 까만 글씨가 손등을 타고 기어 올라올 것만 같아 나는 뿌리치듯 서류를 내던졌다.

"사모가 이 집 때문에 계약한 사람이 너만 있는 건 아니야."

소영의 음울한 목소리가 귓전을 울렸다.

"자기 손주 죽어나간 집에 액막이처럼 들여보낸 건? 그건 계약에 있고?"

소영은 내가 아무리 거칠게 굴어봤자 그 이상을 각오했다는 듯 할 말만 했다.

"그 부분에 대해서는 따로 보상 금액을 책정해놨어."

나는 계약서를 낚아채 소영이 표시한 액수를 찾았다. 그건 지금까지 유튜브로 올린 내 수익에 한참 못 미칠 뿐만 아니라 유료 광고 한 건을 진행하는 돈만큼도 되지 않았다. 나도 모르게 목구멍 깊은 곳에서 웃음이 새어 나왔다.

"야. 장난해? 나는 목숨 걸면서 이 집을 지키고 있었는데 그 사모는 위험수당이라는 개념도 없니?"

"전부 고려한 금액이야. 내가 전부라고 하는 건, 네가 이 집을 돈벌이에 써먹어서 올린 수익까지 포함했다는 뜻이야."

"내가 너 모르게 이 집을 팔아먹었어 뭘 했어?"

나는 진심으로 억울해서 목이 멨다. 소영도, 사모도, 내 돈을 물 쓰듯 쓰며 정작 고소장은 아직 쓰지 않은 변호사도, 나에 대해서 쥐뿔도 모르면서 함부로 손가락을 놀리는 징그러운 벌레들까지 모두 너무 억울한 것들뿐이었다. 나는 지금까지 살면서 누구한테 그렇게 가혹한 짓을 한 적이 없었다. 내 모든 행동이 완벽한 선은 아니었을지라도 정직한 노동 시간만큼 돈을 벌었고 그 돈으로 누구에게 해 끼치지 않고 오직 미래만을 성실하게 준비해왔다. 할 줄 아는 거라곤 태어날 때 탯줄 잘 골라잡은 것과 사놓으면 언젠가 반드시 오르기만 할 아파트를 사놓고 기다리는 것밖에 없는 인간들에게 무시당하기에는 나의 성실함이 너무 불쌍하지 않은가. 그 성실함 덕분에 그들은 어떠한 위험도 감수하지 않고 이 집에 도사리고 있던 불가사의한 것의 정체를 알아낼 수 있었으면서도 나를 들러붙은 껌 자국 취급하고 있었다. 나는 훌쩍거리며 소영에게 물었다.

"집채만 한 벌레가 아파트를 다 파먹었다는데 그래도 욕심을 못 버리겠대?"

소영은 묘한 얼굴로 나를 한참 바라보는 것으로 대답을 대신했다. 나는 슬며시 고개를 돌렸다. 벌레 파먹은 아파트에서 못 나가겠다며 버티는 건 너 역시 마찬가지 아니냐는 소영의 눈빛이 상처에 뿌린 소금처럼 따가웠다.

"네가 살만 하다니까 누구라도 살 만하다 생각하는 거겠지, 뭐."

"참 뭘 모른다, 그 사모님도. 자기들 비위가 어디 나 같은 줄 아나?"

내가 뜻밖에 닥친 횡액에 사모로 대표되는 고귀한 상류층 사람들 전체를 다 싸잡아 후려쳤다가 별안간 스스로를 비하했다가 하면서 갈피를 못 잡고 있는 동안 소영은 더 이상 내 꼴을 못 보겠다는 듯 담담하게 짐을 빼야 할 날짜를 알려주고 떠났다. 나는 소영을 잡지 않았다. 소영이 떠난 자리에 익숙한 동충하초의 돈까스 망치 소리가 들려왔다.

◇

초인종이 울렸다. 소영은 그날 이후로 또 다시 연락이 없었고 대표도 더 이상 집을 찾지 않아서 오랜만의 방문객이었다. 그리고 아마도 마지막 방문객일 것이었다. 변혜주 씨는 현관 중문 앞에 쌓여 있는 박스 더미들을 보고 이사하세요? 하고 물었다. 나는 커피를 내주며 그렇게 됐어요, 짧게 대답했다. 이사를 나가야 한다는 것을 받아들이기까지 필요했던 격한 감정들은 이미 다 소강상태로 접어들고 있었다. 변혜주 씨는 내 눈을 찬찬히 보더니 다행이라고 해야겠네요, 했다.

"왜요?"

"돈까스 망치한테서 나온 포자로 실험을 해봤거든요. 그런데 미세하긴 하지만 신경독 같은 물질이 나왔어요."

"신경독이요? 그런 게 계속 나오고 있었다는 말이에요?"

"물론 저야 옥상 배관에 있는 척수에 바늘을 꽂아서 채취하긴 했지만, 사실 이 아파트처럼 벽에 금간 곳이 많으면 몸체가 어디든 직접 노출되어 있다고 해도 놀랄 일은 아니니까요."

변혜주 씨는 조만간 의학연구실에 채취한 샘플을 가지고 가서 심화 연구를 해보겠다고 했다. 아마 신경독이 맞으면 노출된 사람의 신체에도 영향을 줄 것 같은데, 그것의 상관관계를 입증하기까지 얼마나 시간이 걸릴지 모른다고도 했다. 놀랍지 않다고 생각하면서 거실 창문 밖으로 재건축 정밀 조사를 촉구하는 플래카드들을 내려다봤다. 플래카드에 쓰이는 문구들은 점점 과격해지고 있었다.

변혜주 씨가 돌아간 뒤, 촬영용으로 꾸몄던 방의 방송 장비들과 조명 설비들을 모두 정리했다. 이것들은 내일 중고샵에 거래할 예정이라 따로 포장해야 했다. 고소가 진행되면서 직접 고소장을 날린 상대는 그 수많은 악성 댓글 중에 절반 정도를 남긴 두 명이었다. 그런데 고소장에 들어갈 주소지를 아무 생각 없이 이 집으로 써놓은 것이 화근이었다. 나는 고소당한 당사자에게까지 내 주소지가 노출된다는 생각은 해본 적도 없었다. 결국 그 두 명이 번갈아가며 낮이고 밤이고 초인종을 누르고 경찰까지 부를 정도로 난동을 피운 것이 내가 이 집에서 좀 더 버텨보지 못하고 자진 퇴거를 마음먹은 결정적인 이유가 되었다. 내 신상과 리슬의 존재까지 그 두 명에 의해 이미 다 까발려진 상태였지만 다행히 겨우 몇 달간 운영했던 계정은 그 후로 새로 생겨난 계정에 이미 화제성을 빼앗겨 별 이목을 끌지 못했다. 계정은 동결된 상태 그대로 인터넷 구석 자리를 조용히 차지하고 있었다. 대표와의 계약 기간이 마무리되면 그제야 사라질 수 있을 것이다. 이 거창한 조명과 카메라 장비들처럼.

남은 짐을 싸고 나자 비로소 빈손이라는 기분이 들었다. 이 집에서 보내는 마지막 날, 리슬을 재우고 나서 나는 처음 왔을 때처럼 조용히 집 밖으로 나왔다. 아파트 현관으로 나가는 대신 옥상까지 엘리베이터를 타고 올라갔다. 손에는 팔팔 끓여둔 커피포트를 들고 있었다. 그러나 내가 과연 뚜껑을 열고 그것의 뇌에다 끓인 물을 부어버릴 수 있을까. 그렇게 되면 어떤 일이 일어날지 몇 번이고 필사적으로 생각했지만 변혜주 씨의 말처럼 해보기 전에 미리 알 수 있는 방법은 없었다.

나는 마지막 날까지도 실체 없는 가능성에만 매달리다 가는 셈이었다. 내 손에 금방이라도 잡힐 것 같았던 돈과 인기, 이 집의 계약서까지 무엇 하나 실제로 남은 것이 없었다. 그것들은 그저 아득히 먼 거리에 있어 내 손에 닿지 않은 게 아니라 원래부터 무형으로 만들어진 것 같았다. 실체 없는 숫자와 기분에 불과한 것들. 사라 언니 역시 그랬다. 언니가 살던 집에서 살고 언니가 자던 방에서 자고 언니의 손길이 닿았을 집 안의 모든 것을 만질 수 있었지만 나는 사라 언니와 제대로 대화를 나눈 적도 없다. 아마 사진 속의 언니가 아닌 실제 언니가 내 눈앞에 나타난다고 해도 알아보지 못할지도 모른다. 그리고 그건 사라 언니에게 나 역시 마찬가지다. 언니는 나를 모른다. 언니에게 불행을 안겨준 그 존재가 돈까스 망치 동충하초라는 실체를 가지고 있다는 것을 몰랐듯이.

돈까스 망치 동충하초는 정말로 이영서 동충하초여야 했던 걸까. 우리는 똑같이 이 아파트를 강탈하려 한, '실체 없는 위협' 그 자체였다. 나는 나의 실체를 증명하기 위해 몸부림쳤지만 집주인이든 501호 할머니든 심지어 소영에게마저 가닿지 못하고 공허한 울림으로 사라질 것이다.

뚜껑을 열자 달빛 한 줌이 암흑 속을 비췄다. 곤충의 등딱지처럼 번득이는 쇠파이프관 위로 뜨거운 커피포트를 들어 올렸다. 조금만 기울이면 돈까스 망치 동충하초의 일생도 끝날 것이다. 팔이 저릴 때까지 커피포트를 들고 있는 동안 혹시라도 동충하초의 척수가 꿈틀대는 것을 볼 수 있을까 기다려봤지만 그저 잠잠했다, 모든 것이.

이상한 일이었다. 원래 모든 문은 항상 소란 앞에 존재하기 마련이니까.

최후를 예감하기라도 한 듯, 무생물을 가장해 고요하게 웅크리고 있는 동충하초의 뇌를 한참이나 들여다봤다. 집 한 채를 통째로 삼킬 만큼 왕성한 생기와 살의를 내뿜던 그 생물체가 지금 내 눈앞에서 숨을 죽이고 있는 이것과 같은 것이 맞는지 의심이 들었다. 찬 밤공기에 급소를 그대로 드러낸 이것은 너무나도 미약해 보였다. 정말 커피포트를 조금 기울이는 동작 하나로 그 생생한 살의를 세상에서 없앨 수 있는 걸까? 그럼 동충하초가 파먹은 이 아파트도 결국 변태하지 못한 번데기의 사체가 되어버리는 걸까.

다음 순간, 나는 뚜껑을 덮고 다시 일어났다. 커피포트에 든 물을 옥상 출입구 앞에 버리고 다시 엘리베이터를 탔다. 끝내 502호를 길들이는 데는 실패했지만, 내 이름이 붙을 뻔했던 이 괴상하고 무시무시한 동충하초라면 말이 통할 것도 같았다. 502호로 들어가면서 밝아오는 날에는 변혜주 씨에게 전화를 해봐야겠다고 생각했다. 돈까스 망치 동충하초는 어떨 때 위험하고, 어떨 때 움직이며, 무슨 먹이를 좋아하는지 궁금했다.

변혜주 씨는 답을 알고 있을 것이다.

노인 좀비를 위한
나라는 없다

최홍준

덕환이 노인을 만난 것은 야생 좀비 구역에서였다.

그때 덕환은 좀비들이 자주 출몰하는 B 섹터와 맞닿은 늪지대를 막 빠져나오는 중이었다. 얕은 줄로만 알았던 늪은 생각보다 깊어서 빠져나오는 데 꽤나 고생해야 했다. 그사이 노을은 짙어지고 날은 점차 어둑해졌다. 겨우 늪지대를 벗어난 덕환 앞으로 이번에는 무성하게 우거진 나무 덤불이 나타났다. 덕환은 허리까지 자란 이름 모를 잡목을 헤치며 조심스럽게 한 발 한 발 내디뎠다. 서두르다 행여 다치기라도 하면 문제는 더 심각해질 터였다.

순간 맞은편 개울가에서 언뜻 일렁이는 그림자가 보였다. 덕환은 생각할 틈도 없이 반사적으로 총을 빼 들었다. 위험지역을 벗어났다고 방심할 수는 없었다. 이따금 좀비들이 B 섹터를 벗어나 그 주변 지역까지 어슬렁거리며 사냥감을 찾곤 했으니까. 여차하면 당길 생각으로 손가락을 방아쇠에 갖다 댔다. 그늘진 석양 사이로 사그라지던 햇살이 슬그머니 되살아나면서 시야가 잠깐 밝아졌다. 다행스럽게도 어른거리는 그림자의 주인은 좀비가 아닌 살아 있는 인간이었다.

노을 진 풍경 아래로 족히 칠순은 넘어 보이는 노인의 모습이 희미하게 드러났다. 노인은 오래전부터 이곳에서 지낸 사람처럼 작은 텐트 앞에 앉아 차를 마시고 있었다. 그 모습이 너무나도 여유로워서 문득 현실감각이 무뎌지는 기분이 들었다.

"올해는 수색 기간이 좀 앞당겨진 모양이군요. 안 그렇소? 관리원 양반."

노인은 덕환이 입은 조끼를 힐끗 보며 말했다. 조끼에 달린 좀비 관리대 배지가 노을빛에 붉게 물든 채 반짝였다. 그제야 덕환은 잊고 있던 자신의 임무를 떠올렸다. 그는 최대한 공손한 말투로 노인에게 말했다. 여기는 민간인 출입 제한구역이라 함부로 들어오면 안 된다고. 하지만 노인은 듣는 둥 마는 둥 차를 우려냈다. 어디 해볼 테면 해보라는 태도였다. 덕환은 괜한 논쟁에 휘말리고 싶지 않아 더 이상 말을 꺼내지 않았다. 사실 관리 지침 따위가 중요한 게 아니었다. 살아 있는 사람과 다시 마주한 것만으로도 감사할 따름이었다.

식은땀이 흥건한 덕환과 달리 노인은 마치 휴양지에 캠핑 온 사람 같았다. 추위를 막아줄 겉옷들은 개울가의 커다란 바위에 대충 걸쳐 놓고 본인은 정작 다 헤진 러닝셔츠와 낡은 트렁크 반바지만 걸치고 있었다. 노인의 몸에는 그간의 세월이 고스란히 묻어 있었다. 그가 이곳에서 보낸 시간이 결코 적지 않음을 증명이라도 하듯, 그 수많은 밤을 이겨낸 영광의 상처가 온몸 구석구석 새겨져 있었다.

그러고 보니 야생 좀비 구역을 떠도는 노인 이야기를 덕환도 들은 적이 있다. 사람을 여럿 죽이고 세상으로부터 도망친 살인자라느니,

마약 성분이 있는 식물을 키우기 위해 숨어든 약쟁이라느니. 온갖 추측이 난무했지만, 노인의 정체를 정확히 아는 사람은 아무도 없었다. 그가 누구든 간에 야생 좀비 구역에서 여태껏 살아남은 것으로 보아 분명 보통 사람은 아닌 듯했다. 덕환은 문득 노인이 이리도 위험한 곳에서 홀로 지내는 이유가 궁금해졌다. 사람들이 상상하지 못한 어떤 특별한 사연이 있는 것은 아닐까. 태연자약한 노인을 보면 볼수록 궁금증은 커져만 갔다.

노인은 덕환이 억지로 자신을 제한구역에서 끌어낼 의사가 없다는 것을 눈치챘는지 콧노래를 흥얼거리며 따뜻한 차를 권했다. 노인이 건넨 낡은 스테인리스 찻잔 위로 김이 모락모락 솟아났다. 몸이 차갑게 굳어진 데다 허기까지 도진 덕환이 그것을 마다할 이유는 없었다. 찻잎이 씹히면서 진한 향이 올라왔다. 덕환은 차를 마시면서 조심스럽게 노인의 텐트 안을 살폈다. 닳아빠진 칫솔, 말라비틀어진 비누 조각, 먼지가 수북한 랜턴 같은 생활용품들이 아무렇게나 널브러져 있었다. 언뜻 쓰레기나 다름없어 보이긴 해도 대체로 평범한 물건이었다. 괜한 기대를 했나 싶은 마음으로 찻잔을 내려놓으려는 찰나 텐트 옆으로 기대어 놓은 샷건 한 자루가 시선을 끌었다. 손잡이 부분에 화려한 무늬의 은제 장식이 달려 있었다. 제법 긴 총열의 길이를 볼 때 단순한 방어용 무기는 아니었다. 덕환은 그제야 어렴풋이 노인의 정체를 짐작할 수 있었다.

일반 사람은 상상하기 힘들겠지만, 레저 차원에서 야생동물 대신 좀비를 사냥하는 사람들이 암암리에 존재했다. 다만 바깥세상에서는 더 이상 좀비를 찾아보기 힘들뿐더러 그나마 남은 대다수의 좀비 역시 제한구역 내에서만 활동하도록 특별 관리되고 있었기 때문에 사냥꾼들은 보통 이곳에 몰래 숨어 들어와 사냥하곤 했다. 민간인의 출입을 제한한다고는 하지만 그것도 어디까지나 형식상일 뿐, 정부로부터 위탁받은 관리 업체 측에서도 그런 사냥꾼의 존재를 적당히 눈감아주는 분위기였다. 하긴 요즘 세상에 누가 한물간 좀비 따위에게 신경을 쓰겠는가. 좀비는 이 땅에서 점점 잊혀가는 존재였고 아무도 그것을 이상하게 생각하지 않았다. 그것은 해가 뜨고 지듯 자연스러운 일이었다.

"꽤나 위험한 취미를 갖고 계시군요."

덕환은 확신에 찬 말투로 이야기했다. 노인은 미간을 좁히며 뭔가 생각하는 듯하더니 뒤늦게서야 그 의미를 파악하고 금세 고개를 가로저었다.

"자네 생각은 틀렸다네."

노인은 그렇게 말하더니 고개를 들어 덕환이 지나온 B 섹터 쪽을 바라봤다. 늪지대 넘어 빽빽하게 우거진 산림으로부터 불쾌한 시취(屍臭)가 옅게 밴 삭풍이 불어왔다. 흡사 계란이 썩는 듯한 냄새였다. 바람을 마주한 노인의 얼굴에 서늘한 그늘이 드리워졌다. 노인 역시 이곳을 떠돌다 몇 번 그런 부류의 인간들을 마주친 적이 있다고 했다. 단지 스릴과 쾌감을 위해 좀비를 사냥하거나 좀비의 잘려진 신체 부위를 부적이나 기념품 따위로 쓰기 위해 수집하듯 좀비를 찾아다니는 사람들. 하지만 자신에게는 그런 악취미가 없다고 했다. 이곳의 좀비들도 한때는 모두 그들과 다르지 않은 인간이었음을 뚜렷하게 기억하는 듯한 어조였다. 머지않아 노인은 길게 한숨을 내쉬며 쓸쓸한 표정으로 말했다.

"난 이곳에서 아버지를 찾는 중이라네."

◇

인류의 역사에 처음으로 좀비 바이러스가 출현한 것은 30년 전쯤이었다. 발생 초기 그 충격은 실로 엄청난 것이었다. 바이러스에 감염된 많은 사람이 좀비로 변했고 수많은 도시가 붕괴되었다. 섣부른 몇몇 전문가들은 인류의 종말을 예상하기도 했다.

'인간의 상상력은 사실 예지력의 일종이다.'

너무도 비현실적인 현재를 이해하기 위해 당시 사람들은 그렇게 믿었다. 오랜 세월 인류가 상상했던 재앙이지만 현실은 훨씬 더 참혹했다. 신규 감염자 수를 나타내는 그래프는 하늘 높은 줄 모르고 계속 치솟았다. 절망에 빠진 인류는 손쓸 틈 없이 시시각각 좀비로 변해가는 가족과 이웃을 버려두고 그저 달아나기에만 급급했다.

위기 상황에서 빛을 발한 건 과학자들의 헌신이었다. 상대적으로 감염률이 낮은 몇몇 국가의 과학자들이 모여 연구를 거듭한 끝에 좀비 바이러스의 감염경로가 하나둘 밝혀지기 시작했다. 이를 토대로 국가 간의 유례없는 협력이 긴밀하게 이뤄졌고 신속한 격리 조치, 군 병력과 대량 살상 무기의 동원 등 추가적인 대응으로 좀비 바이러스가 더 이상 확산하지 못하도록 막을 수 있었다.

맹렬히 폭주하던 신규 감염자 수 그래프가 빠르게 0으로 수렴되었다. 좀비 바이러스는 여전히 고위험군에 속했지만, 어느새 통제 및 관리가 가능한 등급의 감염병 수준으로 격하되었다. 그때부터 학계는 이미 좀비 바이러스를 암이나 당뇨처럼 인류가 근래에 정복 가능한 하나의 질병으로 보기 시작했다. 그렇게 한때 인류를 공포로 몰아넣었던 좀비 바이러스는 서서히 그 위용을 잃어갔다. 일상생활에서 좀비를 찾아보기란 점차 어려워졌고, 그나마 살아남은 소수의 좀비들은 지금의 야생 좀비 구역으로 전부 격리되었다. 대중의 시야에서 벗어난 좀비에게 여전히 관심을 두는 이들은 오직 생명공학 분야의 일부 학자뿐이었다.

아이러니하게도 좀비 시대가 막을 내리면서, 좀비에 대한 연구는 오히려 꽃을 피우기 시작했다. 특히 좀비 바이러스를 인류에게 유익한 방향으로 활용하기 위한 연구가 본격적으로 이뤄졌다. 각 나라의 야생 좀비 구역 근처마다 부속 연구시설이 속속 들어섰고, 좀비 바이러스에 대한 다양한 연구 주제들이 연일 저명한 과학 저널의 표지를 장식했다.

그 무렵 아카이브에 올라온 논문 한 편이 이목을 끌었다. 논문의 저자는 미국의 한 바이오 회사 연구진이었는데, 자신들의 아이디어가 인류의 패러다임을 바꿀 만큼 혁신적인 시도가 될 것이라고 주장했다. 그것은 바로 '냉동인간'의 대체재로서 좀비 바이러스를 주입해 만든, 이른바 '좀비화 인간'을 활용하자는 것이었다. 논문을 접한 동료 과학자들은 발상 자체가 황당했던 터라 대개 진지하게 생각하지 않고 웃어넘겼다. 물론 그렇지 않은 사람도 있었다.

과학자 출신 사업가인 대니얼 고는 냉동인간 연구에 일생을 바친 사람이었다. 한국계 이민자의 후손인 그는 원래 화학 전공이었다. 석사 졸업 후 생체 에너지를 전기 에너지로 바꾸는 바이오 연료전지 분야에서 본격적인 연구 활동을 시작했다. 하지만 대학 시절 만난 아내가 오랫동안 난치병에 시달리다 치료제 개발을 불과 두 달 앞두고 세상을 떠난 뒤로 그의 인생관에는 많은 변화가 생겼다. 대니얼 고가 냉동인간 연구에 몰두하기 시작한 것도 그때부터였다.

"좀비화된 인간을 원래의 인간으로 되돌릴 방법이 있습니까?"

미국 오하이오주 외곽의 허름한 건물에서 연구진을 처음 마주한 대니얼 고는 다짜고짜 그렇게 물었다. 그 역시 오랫동안 냉동인간 기술을 연구해왔지만, 핵심은 얼린 인간의 세포를 다시 원래 상태로 되돌리는 데 있었다. 인간의 세포는 냉동 과정에서 그 세포막이 대부분 손상되기 때문에 단순 해동만으로는 소생이 어려웠다. 일부에서는 냉동인간을 만들 때 인체의 모든 수분을 제거한 후 세포막을 손상시키지 않는 다른 액체를 채워 넣어 이 문제를 해결하려 했지만, 이때 쓰이는 냉동 보존액은 공통적으로 인체에 치명적인 독성을 가지고 있었다. 바이러스 크기의 나노 로봇이 만들어지지 않는 이상 냉동인간의 복원은 꿈에서나 가능한 일이었다.

연구진은 좀비로 변해버린 어린 생쥐에게 그들이 개발 중인 치료제를 투여하는 실험을 통해 그 대답을 대신했다. 주사를 맞은 생쥐는 한 시간도 채 지나지 않아 원래의 희고 매끈한 모습으로 되돌아왔다. 피부가 썩어 문드러진 상태로 쉴 새 없이 악취를 내뿜던 이전의 모습을 상상할 수 없을 정도로 완벽한 부활이었다. 너무 놀란 나머지 할 말을 잊은 대니얼 고에게 연구진은 인간 좀비를 대상으로 한 임상실험 역시 조만간 이뤄질 것이라고 했다. 그 자리에서 곧바로 거액의 투자 협의가 논의된 것은 어찌 보면 당연한 일이었다.

대니얼 고는 성공한 이민자였던 조부로부터 적지 않은 재산을 물려받았지만, 냉동인간 연구로 이미 많은 재산을 탕진한 뒤였다. 그래도 그에게는 여전히 사업을 키우는 데 필요한 다양한 인맥과 노하우가 남아 있었다. 대니얼 고는 주변의 자산가들을 설득해 초기 투자금을 이끌어냈고, 무리 없이 해당 연구소를 자회사로 편입시켰다. 하지만 동물실험과 달리 인간을 대상으로 한 임상 과정에는 천문학적인 비용이 필요했다. 그래서 실제로 바이오 업계에서는 임상을 진행하는 단계에서 미리 기업 공개를 하고, 이를 통해 연구비를 조달하는 경우가 많았다.

대니얼 고는 보건복지국을 설득하기에 유리한 여론을 만들고자 IT 업계의 구루들이 고안해낸 홍보 방식을 그대로 따랐다. 긍정적인 연구 성과가 나올 때마다 하나도 빠짐없이 SNS를 통해 공유했고, 인플루언서들로 하여금 그 게시물을 퍼 나르도록 유도했다. 아직은 주로 동물 좀비들을 이용한 실험 영상들이었지만 그 파급효과는 대단했다. 특히 사람들로부터 가장 많은 '좋아요'를 받은 것은 어느 시각

장애인과 그의 리트리버가 다시 만나는 영상이었다. 바이러스에 감염되어 야생 좀비 구역을 떠돌던 좀비 리트리버를 포획한 연구진은 목에 달린 인식표에서 원래 주인의 이름을 발견하고 오랜 수소문 끝에 그를 찾아냈다.

주인은 오래전 사라진 리트리버를 대신해 새로운 안내견을 분양받아 어렵지 않은 생활을 하고 있었지만, 마음 한구석에는 여전히 이전의 파트너에 대한 그리움이 남아 있었다. 흉측했던 좀비견이 다시 사랑스럽고 충직한 리트리버의 모습으로 변해가는 장면을 시작으로, 십수 년이 지났음에도 주인을 잊지 않고 다시 품에 안겨 꼬리를 흔드는 리트리버와 감격에 겨워 울음을 터뜨리는 주인의 재회 장면으로 마무리되는 이 5분 남짓한 영상은 많은 사람들에게 커다란 감동을 주었다. 해당 영상의 조회 수가 폭발하면서 '프로즌 드림'이라는 원래의 이름에서 '좀비 드림'으로 바꾼 대니얼 고의 회사는 SNS상의 인기를 등에 업고 어느새 바이오 테크 분야에서 가장 주목받는 기업이 되었다.

하지만 우호적인 여론에도 불구하고 보건복지국의 입장은 여전히 보수적이었다. 좀비 드림사의 강한 자신감에도 불구하고 일각에서는 인간을 대상으로 한 임상 성공을 섣불리 확신할 수 없다는 신중론이 아직 남아 있는 탓이었다. 무엇보다 미 당국의 태도가 유난히 조심스러웠던 배경에는 국제 사회의 비판적인 여론이 자리 잡고 있었다. 좀비 바이러스의 진원지가 미국의 한 유전학 실험실이었음이 뒤늦게 밝혀지면서, 미국 정부가 앞장서 좀비의 개체를 다시 늘리는 사업을 허락한다는 사실은 정치적으로 큰 부담이 되었다.

대니얼 고는 부족한 재원을 충당하기 위해 북미 시장에서 좀비화 서비스의 이용자를 우선적으로 모집할 계획이었다. 지속적인 노력에도 불구하고 보건복지국의 허가가 사실상 무산되는 분위기로 흘러가자, 이미 천문학적인 액수의 투자를 집행한 대니얼 고와 그의 투자자들로서는 어떤 식으로든 새로운 활로를 개척해야만 했다. 그는 북미 시장이 아닌 새로운 시장으로 눈을 돌렸다. 다른 나라의 시장을 개척하는 데 있어서 할아버지의 나라인 대한민국이 처음으로 떠오른 것은 대니얼 고의 입장에서는 무척이나 자연스러운 일이었다.

당시 대한민국은 낮은 출생률과 유례없는 고령화로 급속하게 쇠퇴하고 있었다. 무엇보다 날이 갈수록 늘어가는 노인 인구는 사회적으로 큰 부담이었다. 이러한 문제를 해결하기 위해 대한민국 정부는 백방으로 노력했지만 모든 것이 헛수고였다. 대니얼 고가 이러한 기회를 놓칠 리가 없었다. 대니얼 고는 동아시아의 작은 땅에서 그들의 좀비화 인간 사업이 단순히 개인을 대상으로 한 서비스가 아닌 국가적 차원의 대규모 공공사업으로 성장할 수 있는 가능성을 엿본 것이다.

대니얼 고가 부지런히 대한민국의 고위 관료와 정치인들의 뒤꽁무니를 쫓아다닌 지 얼마 지나지 않아 대한민국에서 좀비화 인간은 이른바 국가사업이 되었다. 아직은 급진적이고 실험적인 단계에 있는 일개 바이오 기업의 서비스를 국가 차원에서 시행하는 것에 대해, 보다 신중함을 가져야 한다는 국제 사회의 권고가 잇따랐지만 이미 한계 상황에 다다른 대한민국 정부로서는 달리 선택의 여지가 없었다.

나라 재정으로 연명하고 있던 빈곤층 노인들에게는 거의 반강제적으로 좀비화 인간 되기가 권유되었다. 좀비화 계약을 하는 노인은 시술 전까지 평소보다 많은 연금을 받았고, 나라를 위해 올바른 선택을 한 훌륭한 시민이라는 표창까지 내려졌다. 사실 정부로서는 노인들을 더 이상 먹고 입히고 재우지 않아도 되는 좋은 구실이 생긴 셈이라 수지맞는 장사였다. 치매 노인이나 무연고 노인은 쥐도 새도 모르게 누군가에 의해 계약서에 사인하게 되었고, 얼마 후 좀비가 되어 지금의 제한구역 내에 쓰레기처럼 버려졌다.

늙거나 병든 사람을 미래로 이월시켜 현재의 기술로는 치료가 어려운 질병을 고치거나 수명을 연장하자는 본래의 취지는 사라진 지 오래였다. 하지만 적어도 대한민국에서 그것을 문제 삼는 이는 아무도 없었다. 대니얼 고는 좀비화 인간 공공사업을 통해 막대한 부양 비용으로 고통받고 있던 대한민국 정부의 짐을 덜어주었고 이러한 공로를 인정받아 일찍이 명예 국민으로 추대되기도 했다.

놀라운 것은 그 시기에 자발적으로 좀비화 인간이 되는 데 찬성한 노인들도 적지 않았다는 사실이다. 대부분 자녀에게 경제적 부담을 지우는 게 싫어서, 요양원이나 병원에서 지내는 대신 좀비가 되는 것을 선택한 경우였다. 진욱의 아버지 역시 그런 케이스였다.

"무슨 말씀이세요. 좀비라니……. 절대 안 됩니다."

처음에 진욱은 아버지의 결정을 극구 반대했다. 풍족하지는 못해도 아버지를 부양하지 못할 정도의 경제력은 아니었다. 하지만 여섯 살 난 딸 해주가 두 배쯤 평수 차이가 나는 옆 단지 아파트의 놀이터에서 놀다가 겪은 냉대와 차별은 다른 가족들에게도 적지 않은 상처가 되었다. 진욱의 아버지는 적어도 교육에 있어서 만큼은 손녀딸이 옆 단지 아이들과 비교되지 않기를 바랐다. 하지만 옆 단지 사람들은 자녀들에게 비싼 개인 과외를 과목별로 시키는 건 기본이었고, 심지어 단순한 보고서를 과제로 제출할 때도 이름난 대학 교수의 지도를 받게 했다. 그 정도까진 아니더라도 지금보다는 더 많은 기회를 주고 싶었다. 해주는 확실히 공부에 소질이 있었다.

"나중에 치료제를 맞으면 원래대로 돌아온다잖니."

결국 진욱은 아버지의 뜻을 꺾지 못했다. 아니, 어쩌면 그편이 더 효율적이라는 것을 어느 순간 받아들인 셈이었다. 딸아이의 교육비가 집중적으로 들어가는 시기만 넘어가면 괜찮을 거라고 생각했다. 마지막까지 반대하던 아내를 설득한 쪽은 오히려 진욱이었다.

"아버지, 금방 모시러 올게요."

진욱은 아버지를 제한구역까지 데리고 가면서 몇 번이고 말했다. 아버지는 바이오 회사에서 파견한 직원들의 안내에 따라 좀비 바이러스를 접종한 뒤 제한구역 안으로 걸어 들어갔다. 아버지는 저녁 식사 시간에 늦겠다며 얼른 돌아가라고 훠이 훠이 손짓하며 웃었다. 진욱은 아버지의 손짓에 못 이겨 먼저 돌아섰다.

'그래, 좀비로 계시는 동안에는 고통도 못 느끼실 거야.'

진욱은 아버지가 지병인 관절염으로 고생하는 게 이전부터 안쓰러웠다. 게다가 부쩍 기관지가 약해진 아버지가 겨울마다 목이 터져라 기침할 일도 없을 것이다. 진욱은 스스로 잘한 일이라고, 그렇게 믿었다.

시간은 빠르게 흘렀다. 진욱과 아내가 힘을 모아 열심히 일한 덕에 해주에게 개인 과외도 시켜주고 전보다 넓은 평수로 이사도 할 수 있었다. 해주가 가끔 할아버지의 행방을 물을 때면 시니어 여행을 가셨어, 멀리 친척 집에 계셔 그런 식으로 둘러댔다. 공부에 집중하는 시간이 많아지면서 해주는 더 이상 할아버지에 대해 묻지 않았다. 결국 해주는 우수한 성적으로 옆 단지 아이들보다 훨씬 좋은 대학에 입학했다. 그즈음 진욱 또한 임원급이나 다름없는 대우를 받으며 새로운 직장으로 스카우트 됐다. 모든 일은 잘 풀렸다. 한 가지만 제외하면.

처음엔 그저 치료제 개발이 조금 늦어진다고만 생각했다. 인간, 아니 좀비화 인간을 대상으로 한 임상실험이 한두 차례 실패하면서 회사의 주가가 곤두박질칠 때만 해도 성공으로 가는 데 있어 대부분 겪는 고난의 과정이라고 여겼다. 하지만 회사는 비밀리에 진행한 수백 건의 임상실험에도 불구하고 한 번도 좀비화 인간을 다시 인간으로 되돌리는 데 성공하지 못했다. 사실상 원상 복귀가 불가능했다. 회사 내부적으로도 이미 그렇게 잠정 결론이 난 상태였다. 이 사실을 한 임원이 폭로하면서 사람들은 비로소 환상에서 깨어났다. 그간 무수히 많은 동물을 희생해가며 쌓은 화려한 연구 성과들이 있었지만, 사람을 대상으로 한 임상실험과의 간극은 끝내 좁히지 못한 셈이었다.

결론적으로 좀비로 변한 사람들에게 탈출구는 없었다. 살아 있는 시체로, 죽었지만 죽지 않는 존재로 언제까지나 제한구역을 떠돌아다녀야 했다. 진욱은 그제야 자신이 무슨 짓을 했는지 깨달았다. 진정한 비극은 그때부터였다. 정부는 검증되지도 않은 기술을 성급하게 도입했다는 비난을 피하기 위해 외국의 개발진들에게 모든 책임을 전가했고, 둘 사이에서 지루한 법정 공방이 이어졌다. 수년간의 공판 과정에 지친 대니얼 고는 판결이 채 나기도 전에 스스로 목숨을 끊었다. 냉동인간이니 좀비화 인간이니 하면서 일평생 수명 연장의 꿈에 빠져 산 사람치고는 의외의 결말이었다.

그사이 잘못된 신화에 휩쓸린 힘없는 이들에게도 여지없이 벌이 내려졌다. 늙고 병든 부모를 좀비가 되도록 방치한 사람들에게 도의적 책임의 멍에가 쓰였고, 이웃들로부터 비난의 화살이 쏟아졌다. 어느새 진욱의 아내는 남편을 꾀어 시아버지를 내다 버린 악독한 며느리가 되어 있었고, 진욱은 자식을 핑계로 도리를 저버린 패륜아라며 손가락질 받았다. 아버지가 좀비로 지내는 동안 제법 자리를 잡은 진욱의 가족이 옆 단지 아파트로 금의환향하듯 입주한 지 한 달이 채 안 된 시점이었다. 옆 단지 사람들은 근본이니 뭐니 하는 단어들을 들먹이며 애초에 진욱의 가족을 인정하려 들지 않았고, 그런 그들에게 좀비화 인간 사태는 좋은 빌미가 되었다. 온종일 이웃들이 수군거리는 소리를 듣게 된 해주가 이상해진 것도 그즈음이었다.

활발했던 해주는 말이 없어졌다. 식사를 거르는 일도 잦아지면서 점점 야위어가더니 결국 사람들의 시선을 피해 방 안으로 숨어들었다. 그러다가 별안간 밖으로 뛰쳐나가 괴상한 소리를 지르며 정신을 잃고 쓰러지기 일쑤였다. 진욱과 아내는 여러 병원을 찾아다녔지만, 날이 갈수록 해주의 증상만 심해질 뿐 특별한 원인을 찾지 못했다. 답답한 마음에 들른 무당집에서 신병이 의심된다는 이야기를 들었을 때쯤 해주는 하루가 멀다 하고 꿈 이야기를 했다.

"꿈에 할아버지가 나와요. 인제 그만 집에 데려다달라고, 누워서 편하게 쉬고 싶다고……."

진욱은 썩은 몸뚱이를 이끌고 종일 들판을 헤매다 지친 아버지의 모습이 불현듯 떠올랐다. 하지만 시간을 되돌릴 수는 없었다. 치료제는 이미 물거품이 되었고 누구 하나 좀비가 된 노인들에 대해 책임져주지 않았다. 진욱이 할 수 있는 일은 아무것도 없었다. 해주는 결국 대학을 자퇴하고 정신병원에 입원했다. 처음에는 증세가 잠깐 호전되는 듯했으나 다시 급속도로 악화됐다. 마지막으로 병원을 찾았을 때 해주는 얼굴을 알아볼 수 없을 만큼 비쩍 말라 있었다. 더는 말도 통하지 않았고, 겨우 숨만 쉬는 산송장처럼 보였다. 병원을 다녀온 지 얼마 지나지 않아서 아내는 집을 나갔다. 진욱은 술에 빠져 사느라 직장도 잃고 거리를 전전하기 시작했다. 한때 단란했던 가정은 산산조각 났고 진욱의 삶은 그때 이후로 모든 게 멈췄다.

세월이 흘러 아버지와 비슷한 또래의 노인이 됐지만 진욱은 여전히 자신의 과오를 떨쳐낼 수가 없었다. 아버지는 진욱의 꿈에는 한 번도 나타나지 않았다. 그것이 오히려 진욱을 더 괴롭게 했다.

무기력한 모습으로 서울역 주변을 배회하던 진욱은 우연히 야생 좀비 구역의 허술한 관리 실태를 다룬 시사 고발 프로그램을 보고 하늘이 준 마지막 기회라는 생각을 했다. 그날부로 진욱은 노숙 생활을 청산하고 일용직에 나가 돈을 모으고 운동도 시작했다. 늦은 나이에 야생 좀비 구역 안으로 숨어 들어가기 위해선 적지 않은 준비가 필요했다. 하지만 진욱은 오랜 잠에서 깨어난 사람처럼 의욕이 넘쳤다.

죽기 전에 아버지를 다시 찾으리라.

그것이 진욱의 남은 인생에서 기대할 수 있는 유일한 희망이었다.

"벌써 10년도 넘었네. 그렇게 이곳을 헤매다닌 지……."

덕환은 노인이 들려준 이야기에서 한동안 빠져나오지 못하다가 이어지는 노인의 헛기침 소리에 문득 정신이 들었다. 노인의 눈빛은 회한으로 가득 차 있었다.

"너무 자책하지 마세요. 그땐 어쩔 수 없이 그런 선택을 하신 거잖아요. 가족분들 일은 안타깝게 됐습니다만…… 세상일이란 게 다 뜻대로 되진 않으니까요."

덕환은 노인의 안타까운 사연에 걸맞은 대답을 하려고 애썼다. 무슨 말로든 쉽게 위로가 될 순 없겠지만 어쨌든 그로서는 최선이었다.

"그렇게 말해주니 고맙네. 하지만 자네 역시 속으로는 날 욕하거나 비난할지도 모르지. 다른 사람들처럼."

"아뇨. 그렇지 않습니다. 아마 아버지께서도 어쩔 수 없는 선택이었다는 점을 다 이해하실지도 몰라요."

"정말 그렇게 생각하나?"

노인은 덕환을 빤히 바라보았다. 덕환은 진심으로 한 말이었지만 노인은 좀처럼 믿지 못하는 눈치였다.

"그럼요. 그리고 또 누가 압니까? 기다리다 보면 언젠가는 정말로 치료제가 개발될 수도 있잖아요."

덕환은 번뜩이는 눈초리로 자신을 주시하는 노인의 시선이 왠지 모르게 불편했다. 그래서 헛된 희망인 줄 뻔히 알면서도 괜히 치료제 이야기를 들먹이며 화제를 바꾸고 싶었다. 그때 갑자기 수풀에서 바스락거리는 소리가 났다. 덕환은 노인과의 대화를 멈추고 곧장 소리가 나는 쪽을 주시했다. 자신도 모르게 총신을 움켜쥐고 방아쇠에 손가락을 걸었다. 언제 좀비가 튀어나와도 이상하지 않을 시간대였다. 순식간에 팽팽한 긴장감이 두 사람 주변을 감돌았다. 노인 역시 백전노장답게 서둘러 방어 자세를 취했다.

불쑥 수풀 사이로 검은 그림자가 튀어 올랐다. 하마터면 방아쇠를 당길 뻔했다. 모습을 드러낸 것은 살이 제법 토실토실하게 오른 토끼 한 마리였다. 길을 잃은 모양인지 두 사람 쪽을 힐끔 둘러보더니 다시 어둠 속으로 껑충 뛰어 사라졌다. 덕환은 잠시 참고 있던 숨을 가늘게 내뱉었다. 노인은 다 들리도록 피식 웃음소리를 냈다.

"아무래도 우리가 목소리를 낮춰야겠네. 이러다가 진짜 좀비들이 모여들지도 모르니까 말일세."

덕환은 노인의 말에 동의한다는 듯 고개를 끄덕이다가 문득 확인하고 싶은 게 생겼다. 물론 짐작 가는 바는 있었지만.

"그런데 좀비가 된 아버지를 찾으러 다니는 이유를…… 혹시 여쭤봐도 되겠습니까?"

노인은 잠시 망설이는가 싶더니 천천히 속마음을 털어놓았다. 어쩌면 누군가 물어봐주기를 손꼽아 기다려왔는지도 몰랐다.

"이제 아버지를 내 손으로 보내드리고 싶네. 그동안 이곳에서 혼자 영영 오지도 않을 구원을 기다리며, 얼마나 외롭고 힘드셨겠나. 그 생각을 하면 목이 다 멘다네. 내가 죽기 전에 아버지를 편히 눈감게 해드리고 싶어. 만약 그렇지 않으면 아버지는 영원히 이곳에 남아 떠돌아야 하니까 말일세."

사실 노인의 말은 논리적으로 맞지 않는 말이었다. 좀비가 된 상태로는 인간의 의식이라고 할 만한 게 없었다. 좀비가 부흥하던 시기에 이미 수많은 과학자들이 실험을 통해 밝혀낸 사실이었다. 당연히 노인의 아버지로서는 사람과 같은 감정을 느낄 리가 없었다. 덕환은 노인에게 그 사실을 말해주려다 참았다. 어차피 노인이 하려는 일은 그의 아버지를 위해서라기보다는 그저 자신의 마음을 편하게 하려는 행동임이 뻔했다. 쓸모없고 무용한 짓이지만 그렇다고 해서 노인의 선택을 굳이 말릴 필요는 없다고 생각했다. 누구나 믿고 싶은 것을 믿고 살아가는 법이니까.

“그럼 아무쪼록…….”

덕환은 적당히 대화를 마무리하고 자리를 뜰 셈이었다. 애써 설득한다고 들을 사람처럼 보이지도 않았고, 밀려오는 피로감에 한시라도 빨리 이곳을 벗어나 집으로 돌아가고 싶은 마음이 가득했다.

그때 갑자기 바스락거리는 소리가 다시 들려왔다. 또 길 잃은 들짐승이려니 여긴 탓에 잠깐이지만 덕환은 방심한 채로 멀뚱히 서 있었다. 순간 불쾌한 시취가 코끝을 날카롭게 스쳤다. 이번엔 진짜였다. 별안간 덤불 속에서 한쪽 팔이 뜯겨 나간 좀비가 튀어나와 두 사람을 향해 돌진했다. 놀란 덕환이 얼어붙어 있는 동안 노인은 재빨리 텐트 안쪽으로 손을 뻗었다. 그사이 좀비가 날카로운 이빨을 드러내며 덕환을 덮쳤다. 덕환은 기다란 총신으로 좀비의 공격을 막아서며 가까스로 버티고 있었다.

“빨리 이놈 머리를!”

점점 팔 힘이 빠지는 것을 느낀 덕환이 다급하게 외쳤다. 하지만 노인이 빼 든 것은 총 대신 낡은 칼 한 자루였다. 노인은 좀비의 머리통에 총알 대신 칼을 강하게 내리꽂았다. 분명 데미지가 들어가긴 했어도 치명타는 될 수 없었다. 좀비가 반사적으로 노인 쪽으로 고개를 돌렸다. 빈손이 된 노인의 목덜미를 향해 날카로운 이빨을 드러냈다. 노인은 힘으로 버티면서 좀비의 머리 깊숙이 박힌 칼을 다시 뽑아내려고 했다. 애초에 총을 놔두고 낡아빠진 칼을 뽑아 든 것 자체가 위험천만한 짓이었다.

노인이 사투를 벌이는 동안 겨우 정신을 차린 덕환은 들고 있던 샷건으로 좀비의 머리통을 조준했다. 너무 가까운 거리라 자칫 노인의 목숨까지도 위험할 수 있었지만, 선택의 여지가 없었다.

"기회는 한 번뿐입니다."

덕환의 신호를 알아챈 노인이 있는 힘껏 발을 굴러 좀비를 밀쳐냈다. 좀비가 잠시 휘청하면서 노인의 몸에서 떨어지는 그 순간을 놓치지 않고 덕환이 빠르게 방아쇠를 당겼다. 천둥 같은 총소리가 어두운 정적을 깨고 멀리까지 울려 퍼졌다. 아주 짧은 시간 차를 두고 둔탁한 소리와 함께 좀비의 머리통이 폭죽처럼 산산조각 났다. 역한 냄새가 훅 하고 올라왔다. 머리가 사라진 좀비는 바닥에 쓰러진 채 더 이상 움직이지 않았다. 덕환은 그제야 긴장이 풀렸는지 곧바로 그 자리에 주저앉았다. 다행히 노인은 작은 찰과상 정도로 그친 듯했다.

"하마터면 위험할 뻔했잖아요. 대체 왜 총을 쓰지 않는 겁니까?"

덕환은 자신도 모르게 큰 소리를 냈다. 노인은 대답 대신 허탈한 미소를 지어 보였다. 덕환이 텐트 안에 놓인 샷건을 다시 살펴보니 비어 있는 약실이 새카맣게 입을 벌리고 있었다.

"설마 탄환이……?"

"다 떨어진 건 탄환만이 아니라네."

덕환은 노인의 말뜻을 한동안 이해하지 못했다. 노인은 가슴 한편이 불편한 듯 매만지며 마른기침을 쏟아냈다.

"나는 이제 얼마 남지 않았어. 자기 몸은 누구보다 자기가 잘 알지. 길어야 이틀뿐이려나. 탄환을 구하러 제한구역 밖으로 다녀올

시간이 나에겐 없어."

무심한 듯 말하는 노인의 표정에는 어느덧 서늘한 결의 같은 것이 묻어나기 시작했다.

"그래도 정말 다행인 건…… 며칠 전에 드디어 좀비가 된 아버지를 발견했다네. 저기 숲이 보이지? 등잔 밑이 어둡다고 여길 뒤지고 다닌 지 10년이 넘었는데 저리 가까운 곳에 계실 줄 몰랐지 뭔가. 이제 나한테 필요한 건 자네가 들고 있는 그 샷건과 남은 탄환들일세. 아버지를 고통 없이 보내드리고 싶네. 아버지가 영원히 여길 떠돌아다니게 놔둔 채로 죽게 된다면 나는 절대 편히 눈 감을 수 없을 거야. 나한테는 마지막 기회인 셈이지……."

덕환은 문득 자신의 총을 바라보는 노인의 간절한 시선을 느꼈다.

"제발 그것들을 나에게 넘겨주게."

덕환은 절로 헛웃음이 나왔다. 야생 좀비 구역에서 총 없이 돌아다닌다는 것은 자살행위나 마찬가지였다.

"어르신의 딱한 사정은 충분히 알겠지만…… 이 총이 없으면 저도 여길 무사히 빠져나갈 수가 없습니다."

덕환의 반응을 이미 예상한 듯 노인은 품 안에서 여러 겹으로 접힌 종이 한 장을 꺼냈다. 종이를 펼쳐 들자 붉은색 사인펜으로 기다랗게 이정표가 표시된 빛바랜 지도의 모습이 드러났다.

"좀비가 절대 다니지 않는 길을 알고 있네. 내가 일러주는 길로 간다면 좀비는 물론이고 '그들'한테도 절대 발각되지 않을 거야."

순간 덕환은 철렁했다. 숨이 턱 막히는 기분이었다. 노인은 덕환의 정체를 이미 알고 있는 듯했다.

"방금 총소리 때문에 조만간 진짜 경비대원들이 이곳으로 몰려올 걸세. 자네가 운 좋게 그들을 피해 도망친다고 해도 내 도움 없이 이곳을 벗어나기는 힘들 거야. 자네처럼 길을 잃고 헤매다 총탄이고 식량이고 전부 떨어져서 좀비가 된 덤핑족만 해도 수십은 족히 되지. 자, 어떻게 할 건가?"

모든 것을 꿰뚫어 보는 듯한 노인의 말투에는 묘한 위엄이 서려 있었다. 주름이 깊게 팬 노인의 얼굴 위로 흡사 악마의 비릿한 미소가 겹쳐졌다. 자신도 모르는 사이 덕환의 손은 땀으로 가득 찼다.

"무사히 집으로 돌아가고 싶다면…… 내 말을 듣는 게 좋을걸세."

지도를 내미는 노인의 부드러운 손동작을 보면서 덕환은 복잡한 심경이 일었다. 그것이 정말 구원의 손길인지 아니면 교묘하게 설계된 덫인지 알아차리기 어려웠다. 그때 어디선가 개 짖는 소리가 들려왔다. 놀란 덕환이 고개를 들어 주변을 보자 가까운 곳에서 희미한 불빛이 어지러이 흩날렸다. 타원 모양으로 허공을 춤추는 불빛들은 분명 손전등이 만들어낸 인공적인 조명이었다.

"벌써 몰려든 모양이군."

노인의 시선이 조명이 춤추는 잿빛 하늘을 향했다. 그의 말처럼 포위망이 점점 좁혀지고 있었다.

◇

숨이 차올랐다. 덕환은 노인이 건네준 지도를 보며 샛길을 따라 내달렸다. 멀찍이 경비대의 호루라기 소리가 이따금씩 들렸다. 노인이 말한 대로 그들은 샛길의 존재를 알지 못해 거칠게 자란 수풀 더미를 헤치며 힘겹게 쫓아오는 모양이었다. 문제는 경비견이었다. 그 놈들은 더 짖을 틈도 없이 맹렬한 속도로 이리저리 날뛰었다.

경사진 내리막을 급히 내달리다가 넘어지는 바람에 왼쪽 무릎에 커다란 상처가 났다. 바지가 흥건히 젖을 만큼 피가 흘러나왔지만 엄살을 부릴 여유 따위는 없었다. 덕환은 멀리 아른거리는 철조망을 주시하며 전속력으로 달렸다. 흐린 달빛에만 의존해 전진하는 동안 덕환의 시야 주변으로 이름 모를 잡목들이 스쳐 지나갔다. 거친 숨소리와 터벅거리는 발소리를 제외하면 모든 것이 침묵하는 적막 속에서 덕환은 문득 생각에 잠겼다.

노인은 언제부터 덕환의 정체를 알았던 것일까. 인터넷 쇼핑몰에서 파는 가짜 경비대원 배지의 조악함 때문이었을까. 아니면 노인의 사연을 듣는 동안 자신도 모르게 불편한 심정이 하나둘 배어 나온 탓이었을까. 어쩌면 노인은 처음부터 모든 것을 알고 있었는지 모른다. 아마도 날이 풀린 지 얼마 안 되는 이즈음에는 덕환과 같은 이유로 야생 좀비 구역을 찾는 이방인들을 쉽게 찾아볼 수 있었으리라.

그날 새벽, 덕환은 이곳에 아버지를 데리고 왔다.

노인을 야생 좀비 구역에 버리는 일은 이제 불법이 되었지만, 여전히 많은 사람이 자기 부모를 몰래 이곳에 버렸다. 이유는 다양했어도 결국엔 쓸모없어진 노인들을 폐기 처분하는 데 좀비화 인간만큼 좋은 핑계가 없었기 때문이다. 예전에 그랬듯이, 언젠가 다시 인간으로 되돌릴 수 있을 거라는 옅은 희망이 쓸데없는 죄책감을 느끼지 않도록 막아줬다.

사실 모두 알고 있었다. 치료제는 환상일 뿐이라는 것을. 하지만 그래도 여전히 소문은 계속 나돌았다. 어딘가 치료 물질이 반드시 있을 거라고. 언젠가는 꼭 치료제가 개발될 거라고. 더 이상 치료제를 연구하는 사람은 없었지만, 치료제란 말은 계속 남아서 자신만의 역할을 하고 있었다. 그 덕에 지금도 가난한 사람들은 노인들을 몰래 이곳에 내다 버렸다. 쓰레기를 무단 투기하듯 아무런 거리낌 없이. 이런 사람들을 이른바 덤핑족이라고 불렀다.

덕환조차 자신이 그런 덤핑족이 될 줄은 몰랐다. 잘 모르는 사람들은 무턱대고 그를 비난할지도 모른다. 생각해보니 덕환을 바라보던 노인의 눈빛도 순전히 곱지만은 않았던 것 같다. 하지만 지금은 과거 노인이 젊었던 시절과는 비교조차 할 수 없는 세상이다. 서민들은 이제 교육비는커녕 식비조차 감당하기 힘들어졌다. 유전자 치료의 보편화 이후 대개 그러하듯이 덕환의 나이 든 아버지 역시 아픈 데 없이 너무 건강했다. 그리고 그것이 오히려 더 큰 문제였다.

예나 지금이나 평범한 사람들이 돈을 만질 수 있는 일이라곤 대부분 몸을 쓰는 것이었다. 젊은 세대에 밀려 노동 현장에서 은퇴 판정을 받은 아버지는 말 그대로 짐에 불과했다. 이런 상황에서 덕환은 해야 할 일을 한 것뿐이었다. 이른 새벽부터 서둘러 집을 나섰다. 아버지는 덕환이 어딜 데려가는지 뻔히 알면서도 아무런 말이 없었다. 아버지의 침묵이 무슨 뜻인지 덕환 역시 잘 알았다. 아버지는 덕환이 운전하는 동안 조수석에 앉아 세상 편안한 얼굴로 계속 잠을 잤다. 영원히 깨어 있기 전 마지막 잠을 청하듯이.

덕환은 야생 좀비 구역에 아버지를 버리고 돌아오다 길을 잃어버렸고 식량까지 다 떨어져서 곤란한 상황이었다. 혹시라도 아버지가 길을 찾아 다시 돌아올까 싶어 너무 깊이 들어간 것이 화근이었다. 해가 지고 좀비들이 본격적인 활동을 시작하면 아버지보다 먼저 좀비가 될지도 모를 처지였다. 그러다 우연히 노인을 만난 건 어찌 보면 행운이었다. 노인만큼 이곳에 대해 잘 아는 사람은 없으니까.

노인이 지도에 표시해둔 길을 따라가다 보니 어느새 민간 지대로 통하는 경계지역이 바로 눈앞에 보이기 시작했다. 오랫동안 이곳에 머물면서 노인이 찾아낸 일종의 비밀 통로임이 분명했다. 정말로 그 길에는 좀비 떼의 습격도, 들짐승의 위협 같은 것도 없었다. 그래도 끝까지 방심할 수는 없었다. 낯선 침입자의 냄새를 맡은 경비견들 때문에 경비대가 머지않아 덕환의 발자국을 발견할 가능성이 여전히 남아 있었다. 덕환은 뒤돌아볼 여유도 없이 비좁은 비탈길을 거의 구르다시피 하며 계속 내려갔다.

그때 멀리서 총성이 울렸다. 그것은 덕환에게 너무나 익숙한 소리였다. 바라던 대로 노인은 마침내 아버지를 만난 모양이었다. 좀비가 된 아버지의 머리를 향해 샷건을 겨누는 노인의 모습이 눈앞에 그러졌다. 비장한 각오에도 불구하고 쉽게 방아쇠를 당기진 못했으리라. 아버지의 삶을 아들인 자신의 손으로 끝낸다는 건 결코 쉬운 일이 아닐 테니까. 그것은 단순히 부모를 버리는 일과는 차원이 다른 행위라고 덕환은 생각했다.

그래도 결국 노인은 방아쇠를 당겼다. 좀비로 변해버린 아버지가 더 이상 아버지로 느껴지지 않았을지도 모른다. 징그럽게 썩어 내리는 피부와 뒤틀릴 대로 뒤틀린 표정까지 인간이었던 아버지의 모습은 이미 온데간데없이 사라졌을 것이다. 수많은 밤, 그가 무수히 겪어왔던 다른 좀비들처럼.

덕환은 노인이 쏜 것이 그의 아버지도, 좀비도 아닌 또 다른 무언가가 아닐까 하는 생각이 들었다. 오랜 세월 그를 괴롭혀왔던 마음의 응어리 같은 것이라 여겨졌다. 쫓겨서 도망치는 주제에 왜 자꾸 이런 생각들이 떠오르는지 덕환은 스스로를 이해할 수 없었다. 어쩌면 다른 생각을 떠올리기 싫어서 일부러 그랬는지도 몰랐다.

얼마 지나지 않아 또다시 한 발의 총성이 적막을 뚫고 들려왔다. 예상치 못한 총성에 잠시 덕환의 발걸음이 느려졌다. 덕환은 자신도 모르게 피를 흘린 채 누워 있는 노인의 모습을 떠올렸다. 아버지의 옆에 나란히 누운 노인은 옅은 미소와 함께 서서히 잠이 들고 있었다. 한없이 편안한 표정으로.

괜히 코끝이 시렸다. 비를 맞은 것처럼 시야가 흐려졌다. 순간 발이 미끄러져 넘어졌다. 참아왔던 왼쪽 무릎의 통증이 한꺼번에 몰려왔다. 덕환은 거친 신음을 내며 좀처럼 일어서지 못했다. 거의 다 왔는데 여기서 무너질 순 없었다. 이제 겨우 말을 뗀 아들 생각이 났다. 덕환은 얼른 이를 악물고 일어나 다시 내달리기 시작했다.

경계지역의 끝을 알리는 철조망 앞에 선 덕환은 가까스로 안도의 한숨을 몰아 내쉬었다. 한동안 따라붙었던 경비대원들의 불빛도 이젠 제법 멀어진 듯했다. 철조망 사이를 젖 먹던 힘까지 쥐어짜서 벌리자 겨우 어른 한 명이 빠져나갈 만한 틈이 생겼다. 덕환이 틈 안으로 몸을 구겨 넣으려다 잠시 멈춰 섰다. 조끼 주머니가 허전했다. 뒤돌아보니 노인에게 건네받은 지도가 바람에 실려 근처 개울가로 날아가고 있었다.

덕환은 철조망에 반쯤 집어넣었던 몸을 도로 뺐다. 날아가는 지도를 좇아 개울가로 절뚝이며 걸어갔다. 덕환도 언젠가 이곳에 다시 올 것이다. 하지만 덕환도 알고 있었다. 노인처럼 아버지를 찾으러 오는 게 아니라, 아들의 손에 이끌려 이곳에 오게 되리라는 것을. 아버지가 그랬던 것처럼 덕환도 조수석에 앉아 편하게 잠들 수 있을지는 모를 일이었다. 다만 한 가지 확실한 점은 훗날 아들이 이곳을 무사히 빠져나가려면 노인이 남긴 지도가 필요하다는 것이었다.

덕환은 개울 안으로 천천히 걸어 들어갔다. 지도는 반쯤 젖은 채로 개울 한가운데 수초에 걸려 있었다. 개울의 수심은 생각보다 깊었다. 지친 몸이 물에 잠길수록 한기가 뼛속까지 스며들었다. 덕환은 물 밖으로 고개만 겨우 내민 채 멀리 손을 뻗었다. 지도가 잡힐 듯 아슬아슬 손끝에 걸렸다. 어느새 경비대원들의 호루라기 소리가 가까이 들렸지만 덕환에겐 이제 아무것도 중요하지 않았다. 덕환의 모든 신경은 오로지 손끝을 향해 있었다. 차가워진 몸에는 더 이상 아무런 감각도 느껴지지 않았다.

조금만. 조금만 더.

덕환은 자신도 모르게 중얼거리며 팔을 내뻗고 있었다. 어디선가 추운 바람이 길게 울음소리를 내었다.

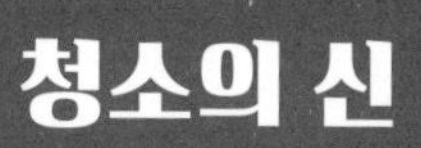
청소의 신

김지나

종수가 죽었다.

종수가 죽은 게 아니라 종수 어머니가 죽었는데 나는 종수가 죽었다고 생각하고 산다. 지금 그의 메신저 프로필 사진에는 아무것도 남아 있지 않고 프로필 문구도 비어 있다.

종수는 프로필에 자신의 심리 상태를 알려주는 글귀를 적어놓곤 했다. 심지어 자주 바꾸는 편에 속했다. 그 덕에 종수의 마음 상태를 쉽게 알 수 있었다. '나도 누군가에게 기댔으면……' 이런 문장이라도 뜨는 날이면 내가 다 부끄러워졌다.

외롭다고 토해낸 종수를 데리고 뭐라도 해야 할 것 같았지만 그렇다고 진짜로 무엇을 한 적은 없었다. 대신 나는 출근하는 종수에게 밥이나 사 먹으라며 백 달러를 쥐어주곤 했다.

종수는 남편이 나에게 물려준 사람이다. 남편에게 오기 전 종수는 영주권 비자 신청에서 여러 번 엎어져 애를 먹었다고 들었다. 종수는 영주권 비자를 재신청할 때 남편이 자신의 스폰서가 되어주길 바랐고 남편도 그런 의도를 알고 있었다. 남편이 종수와 어떤 계약을 맺었는지 나는 모른다. 허나 종수만큼 성실하고 의리 있는 애는 드물다 말하는 걸 들었다.

종수는 남편이 청소 회사를 운영할 때는 팀장이었고 남편이 부동산 임대 중개업을 시작한 뒤에는 계약 매물의 모든 청소를 했다. 보라색으로 머리를 염색한 종수는 날렵한 얼굴 위로 비비크림을 발랐고 오른 손목에 문신이 있었다. 체인 형태로 감싼 문신은 꼭 팔찌처럼 보였다. 나는 그런 종수가 성실하다는 평을 받는다는 사실이 의아했지만, 남편이 사람을 평가할 때 결코 후한 점수를 주는 편이 아니란 건 알고 있었다.

남편은 사업 수완이 좋은 사람이었다. 부동산중개업을 접은 뒤엔 외식업을 시작했는데 금세 프랜차이즈 모델로 전환해 매장 수를 확장해나갔다. 회전 초밥집에 초밥 장인 같은 건 필요 없었다. 한국에서 어제 들어온 워홀러도 초밥을 만들 수 있을 만큼 최신형 기계가 사람의 기술을 대신했다. 남편이 네 번째 매장을 열었을 때 종수는 잘렸다. 식당에도 청소부는 필요하지 않냐 물었더니 외주를 줄 거라고 했다.

"종수는 이제 쓸모없어?"

대답 대신 남편은 종수를 나에게 보냈다.

그 시기는 남편이 시티 복판에 위치한 모텔과 그것을 품은 대지를 동시에 매입했던 때와 맞물린다. 토끼가 새끼를 낳듯 늘어나는 프랜차이즈 초밥집과 도심 노른자 땅에 알 박은 모텔 모두 남의 돈을 끌어와 벌인 사업이었다. 당시 남편의 두 눈은 늘 충혈되어 있었고 사무실 한쪽 벽을 차지한 대형 달력에는 그가 채웠을 빨간색 숫자들이 빼곡했다.

아들이 프라이머리 스쿨에 입학한 직후라 학교에 가 있는 시간 동안 나는 특별한 일 없이 시간을 보내곤 했다. 그런 나에게 남편은 모텔 운영을 해보지 않겠냐고 제안했다. 종수를 보내줄 테니 그 애를 데리고 쓰면 험한 일은 하지 않아도 될 거야. 나는 망설이지 않고 제안을 받아들였다. 어떤 일이든 간에 나는 그렇게 했을 것이다. 육아로부터 해방되는 기분이었다. 성인들끼리 하는 대화, 공적이고 건조한 업무, 속과 셈이 당연한 세상으로 들어가고 싶었다.

새 일은 청소기가 먼지를 빨아 당기듯 시원하게 진행되지 않았다. 전 주인이 떠나고 남아 있던 직원들은 한 명씩 돌아가며 전화를 걸어와 임금을 올려달라고 했다. 그렇게 하지 않으면 당장 내일부터 출근하지 않겠다고 협박해왔다. 나는 손님들이 떠나고 난 방의 상태를 잘 알고 있었다. 비듬, 머리카락, 구토, 빨지 않은 속옷, 탐폰. 인간의 몸에 붙어 있다 떨어져 나온 것들이란 그 무엇과도 비교할 수 없게 더럽다는 것을 나는 안다. 그것들을 내 손으로 치우고 싶진 않았다.

저녁만 되면 또 다른 전화가 걸려오지나 않을까 신경이 쓰여서 드라마 한 편을 제대로 보지 못했다. 그러나 핸드폰을 쥐고 선 내 꼴은 오히려 그 전화가 오기를 바라는 사람 같기도 했다. 직원들은 나를 우습게 여겼고 내가 모르는 사각지대에서 나를 속였다. 정산 금액은 매번 틀려서 건너왔고 애를 태우는 사람은 나 하나뿐이었다. 종수는 그때 내게 왔다.

"누나, 걱정 마세요. 제가 다 치울게요."

종수는 나를 기만하던 모텔 직원들을 내보냈다. 그 덕에 나는 새롭게 팀을 꾸릴 수 있었다. 전에는 두 사람이 했던 일을 종수 혼자 하게 했고 더 낮은 시급에도 불평하지 않는 인도 사람들을 찾아 청소부로 고용했다. 야간 근무를 서는 직원을 고용하는 것보다 경비 업체를 부르는 편이 이득이라고 하기에 그렇게 했다. 남편에게 회계 장부를 내밀 때 칭찬받고 싶었고 꼭 그것이 아니더라도 모텔은 우리 부부에게 귀속된 큰 재산이었으므로 허투루 굴러가게 할 수 없었다.

모텔 운영은 차츰 자리를 잡아갔다. 남편이 말한 것처럼 종수가 성실한 사람이었기 때문이다. 손재주가 좋은 종수 덕에 쓸데없는 인건비를 줄일 수 있었다. 샤워실이나 부엌의 배수관에 문제가 생기면 종수가 손수 고치곤 했으므로 비용도 절감되었다. 종수는 모텔 곳곳에 설치된 CCTV 카메라를 손봤고 그중 고장 난 채 방치해두었던 몇 개는 선을 새로 따 연결했다.

대체로 무난한 날들이었다고 할 수 있었다. 딱 하나, 종수가 나를 부르는 '누나'라는 말이 거슬렸다는 것 빼고는.

몇 년간 우리 집에 드나들며 나를 그렇게 불러왔으므로 자연스러운 호칭이었는데도 모텔에서 듣게 되자 나는 그 말이 전혀 반갑지 않았다. 남편은 '사장님'이라 부르면서 나는 '누나'라 부르는 것은 이상한 일이었다. 그 말은 잇새에 낀 음식물처럼 까칠거렸다.

종수가 나를 '누나'라 부르는 데엔 그만의 셈법이 있어서였다. 종수는 내가 화장실 청소라도 할라치면 화가 난 얼굴로 달려와 걸레를 빼앗아 갔다. 자기가 보는 앞에서 누나가 궂은일을 하는 것은 싫다고 했다. 몇 번 실랑이 끝에 나는 못 이기는 척 걸레를 내려놓았다. 리셉션에 앉아 예약 손님을 기다리거나 핸드폰을 붙잡고서 게임을 했다. 종수가 청소를 마치면 그를 데리고 리셉션 문을 걸어 닫고 쌀국수나 팟타이 같은 음식을 사 먹었다. 어떤 날에는 전날 집에서 먹고 남은 김치찌개와 계란말이로 도시락을 싸서 종수에게 가져다주기도 했다. 그건 종수가 쓴 '집밥이 먹고 싶다'는 프로필 문구를 봤기 때문이었지만, 누나라면 할 법한 일이기도 했다.

그해 추석 종수에게 고향집 주소를 물었다. 종수의 부모님에게 과일과 고기를 보낼 셈이었다. 종수가 부담스러워하길래 당신 아들과 함께 일하게 되어 감사하다는 인사를 전하고 싶은 거라고 알려주었다. 사실 말은 그렇게 했어도 으스대고 싶었다. 당신 아들에게 월급 주는 사장이 이렇게 괜찮은 사람이라고 표를 내고 싶어 짜낸 생각이었다. 종수는 머뭇거리다 두 개의 주소를 주었다. 속초에는 아버지가, 강화에는 어머니가 살고 있었다. 이혼 후 대한민국의 끝과 끝으로 떨어져 사는 두 사람의 심적 거리는 안 봐도 알 것 같았다. 매정한 동해나 미련 많은 서해의 석양, 양쪽 모두 쓸쓸하긴 마찬가지였을 테니 종수는 바다를 건넜을 거라고 나는 그렇게 짐작했다.

계획했던 것보다 두 배의 값이 들긴 했지만, 양가에 넉넉한 양을 보내고 나자 오히려 내 마음이 두둑하니 불러왔다. 한우, 그것도 특A급으로 골랐다. 일부러 백화점 로고가 박힌 포장지를 사용하도록 요청했고 비용까지 따로 지불했다. 그동안 종수가 아껴준 내 돈이 얼만데, 그건 진심이었다. 나는 종수가 나와 함께 오래 일했으면 바랐다.

보낸 고기를 다 먹지도 못하고 종수 어머니는 장롱 앞에서 까치발을 들다가 그 자리에서 쓰러졌다. 뇌졸중이었다. 어머니와 함께 살고 있던 아저씨가 병수발을 든다고 했다. 나는 풍으로 쓰러진 어머니에게 보내드리라며 종수에게 천 달러를 건넸다. 내 아이디어는 아니었고 소식을 전해 들은 남편이 그렇게 하라고 시킨 일이었다. 어머니가 쓰러졌으므로 한국으로 들어간다고 하지 않을까 걱정됐지만 종수는 모텔에 남았다. 같이 사는 아저씨가 어머니를 보살펴주셔서 괜찮다고 했다. 나 역시 그 아저씨가 어머니 곁에 오래 계셔주었으면 바랐고 그러려면 그에게도 천 달러 정도는 보내야 하는 건 아닐까 아주 잠깐, 생각만 했다.

어머니가 쓰러진 뒤 종수의 심경에 변화가 있었을까. 내 앞에서는 내색하지 않았으므로 나는 모른다. 하지만 그즈음 종수는 7년이나 같이 산 여자와 헤어졌다. 종수는 짐을 싸서 모텔로 들어왔다. 방을 하나 주면 먹고 자면서 밤 근무까지 하겠다길래 나는 두말없이 그러라고 했다. 그렇지 않아도 경비업체로 나가는 돈이 아깝다고 여기고 있던 참이었다. 이제 같이 사는 여자도 없으니, 방값을 아껴 어머니에게 보내드릴 거라고 종수는 말했다.

"누나, 이런 말이 어떻게 들릴지 모르겠는데, 걔랑 섹스 안 한 지가 5년도 넘었어요. 우리가 노인네들도 아닌데 그렇게 계속 사는 건 이상하잖아요, 친구도 아니고.”

“그게 중요해?”

그즈음 종수의 머리카락은 검은색으로 바뀌어 있었다. 종수는 ‘섹스’라고 말할 때 발음을 뭉개 서둘러 뱉은 뒤 고개를 돌렸다. 그에게 그 단어는 중요하면서 동시에 수치스러운 말인 것 같았고 한편으로는 어딘가 억울한 구석이 있는 듯도 보였다. 종수의 달라진 모습을 보자 종수가 왜 여태 염색 머리로 살았는지 알 것 같았다. 잦은 염색 탓에 거칠어진 모발이 검은색으로 변하자, 종수는 털북숭이 아저씨 그 자체였다. 그도 벌써 서른 중반이었다. 나는 털북숭이 종수가 웃겼지만, 실연한 사람의 마음을 생각해 웃지 않으려 꾹 참았다. 종수가 다시 염색도 하고 비비크림도 바르는 날로 돌아가야 할 텐데, ‘섹스’를 하지 못하는 억울함 같은 건 내게 말하지 않아도 되는 그런 날이 와야 할 텐데, 진심으로 바랐다.

섹스. 그건 나도 안 하고 산다. 결혼하고 10년 넘으면 많은 부부가 그렇게 된다. 섹스를 하지 않아도 함께 살아야 할 이유는 차고 넘친다. 종수에게 그 말을 해줄까 하다 관뒀다.

남편과 내가 처음 시드니국제공항에 떨어졌을 때 남편의 학비 2만 달러, 당장 내야 할 집세 2주 치 600달러, 약간의 생활비 천 달러가 우리가 가진 전부였다. 그중 학비 2만 달러와 집세 600달러는 다음 날 바로 통장에서 사라졌다.

넉넉하지 않았던 내 부모가 나를 굶기거나 버리지 않고 30년을 키운 건 기적이었다고 여러 번 남편에게 말했다. 자식의 입에 먹을 것을 넣어주고 비와 바람을 막을 집을 지키기 위해 그들이 했을 노력을 나는 그제서야 알았다. 사람에겐 숨만 쉬어도 돈이 들어간다. 가만히 앉아만 있으려 해도 돈은 필요하다. 돈보다 중요한 건 따로 있다는 말은 말 같지도 않은 소리였다. 학생이던 남편과 나는 그야말로 주경야독했다. 공중화장실, 가정집, 오피스, 공사장, 하수처리장까지 청소부가 필요한 곳이라면 어디든 다녔다. 처음에는 나와 남편 둘이서 일했지만 1년 뒤엔 우리에게서 일을 받는 워커들의 숫자가 50명이 넘어갔다.

남편은 건축공학 공부를 어렵게 마쳤으면서도 전공을 살려 취업하지 않고 오히려 본격적으로 청소 사업을 확장했다. 영어에 자신 없는 워홀러, 유학생 자식을 따라온 부모, 카지노에서 막장을 본 중년, 십수 년째 불법체류 중인 자들이 남편의 청소 회사에서 일했다. 돈 떼먹고 잠적하는 수많은 다른 사장들과 달리 남편은 단 한 번도 임금을 체불한 적이 없어 워커들 사이에선 '확실한 사장님'으로 통했다. 대신 남편은 그들의 임금에서 세금과 연금을 떼고 소개비와 보험료를 뗀 뒤 캐시로 임금을 지불했다. 남편은 정부에 세금을 내지 않았고 2년에 한 번씩 파산 신청을 해 회사를 공중분해시켰다. 나는 남편이 남의 나라 세법을 체득하고 이용하는 요령, 다시 말해 그가 '진짜' 사업가로 진화하는 모든 과정을 옆에서 지켜보았다. 그리고 가장 적극적으로 동조한 사람이다. 남편이 일에 관해 더 이상 나와 상의할 게 없어졌을 때쯤 나는 임신했다. 아이의 백일과 첫돌, 걸음마와 수두, 어린이집 첫날과 마지막 날이 있었다. 셀 수 없이 많은, 사소한 일들이 지나갈 때 나 역시 남편과 상의하지 않았다.

'내가 밥을 꼭 챙겨줘야 하나.'

종수가 모텔에 들어와 산 이후부터 나는 종수와 점심을 먹지 않았다. 한국에서 들어오는 워홀러들 사이에 입소문이 나 예약이 늘어난 탓에 잠깐이라도 리셉션을 닫을 수 없었다. 종수에게 배가 고픈지, 점심을 먹었는지 따위의 질문은 하지 않았다. 내가 보지 않는 곳에서 적당히 해결하기를 바랐고 그렇게 하고 있을 것으로 생각했다. 끼니를 챙긴다는 건 그를 향한 관심과 책임 또한 기꺼이 가져야 한다는 걸 운영 햇수가 늘어남에 따라 알게 되었기 때문이다. 내가 한 일이라곤 종수의 프로필 문구를 확인하는 것이 다였다.

습도 높은 계절이 이어졌다. 행여나 끈적한 살갗이라도 닿을라 피하는 사람들처럼 우리는 서로에게 거리를 둔 채 제자리를 지켰다. 인도인들은 사흘이 멀다고 출근을 하지 않았기에 오래전에 잘라버렸다. 자연스럽게 종수 혼자서 모텔 청소를 했다. 스물다섯 개의 방과 세 개의 공용 화장실, 한 개의 공용 식당을 종수 혼자 쓸고 닦았다. 위생 개념도 없고 신뢰라고는 찾아볼 수 없던 인도인들보다 종수 한 사람이 백배 천배 나았다. 드러내놓고 말은 하지 않았지만, 종수도 나도 서로에게 빚이 있다는 걸 알았다. 나는 종수에게 일을 너무 많이 시킨다는 미안함이 있었고 종수는 내게서 꽤나 빈번하게 가욋돈을 받아 갔으므로 당당하지 못했다. 하지만 종수가 담배를 자주 피우러 나간다 싶은 날엔 모른 척할 수 없었다. 백 달러, 내가 건네는 돈은 늘 그 정도였다. 밥이나 사 먹으라고.

내가 모텔에서 종수와 함께한 기간은 꼬박 3년이다.

세 번째 해부터 종수는 모텔 공용 식당에서 라면을 자주 먹었다. 시뻘겋게 익은 얼굴을 하고서 신라면을 먹는 종수의 배와 가슴에는 전보다 살이 붙어 있었다. 문신은 그대로였지만 손목이 굵어져서 그런지 팔찌가 아니라 수갑처럼 보였다. 종수는 플라스틱 김치통에 핸드폰을 기대어 세워놓고 한국 예능을 보다가 손님이 들어오면 느릿하게 걸어 나갔다.

"갈아치워."

그의 걸음걸이가 이제 너무 느리다는 불평에 남편의 대답은 짧았다. 하지만 그건 쉽지 않은 일이었다. 종수만큼 일 잘하는 사람을 구할 자신이 없었다. 종수와 나 사이에 존재하는 셈을 새 사람에게 가르칠 엄두가 나지 않았다. 3년은 그저 지나간 시간이 아니었다.

식당에는 손님들을 위해 항시 TV를 틀어놨는데 그 주에는 손님이 없어 종수와 나만 TV 앞에 앉아 있었다. 종수는 라면을 먹는 중이었고 나는 종수를 등진 채 일별 매출을 기록한 엑셀 파일을 넘겨보고 있었다. TV 소리만 적막을 가로지를 때 종수와 내 핸드폰으로 예약을 취소하는 알림 소리가 쉬지 않고 울리기 시작했다. TV 화면에 속옷을 마스크처럼 얼굴에 뒤집어쓰고 입국하는 사람들이 잡혔다. 출국하는 사람들은 서로 먼저 나가겠다고 다투었다. 기함할 노릇이었다. 다급한 얼굴로 비행기를 타는 사람들 때문이 아니라 기록표에 처음 보는 숫자들 때문이었다.

최고 낮 기온을 찍었던 1월 25일, 주 정부는 도시를 봉쇄했다. 나갈 수도 들어올 수도 없게 된 도시는 순식간에 고요해졌다. 모텔엔 손님이 단 한 명도 남아 있지 않았고 예약 취소 메일이 쌓여갔다.

정부는 사람들을 가두었다. 일터도 병원도 교회도 가지 말고 집 안에만 있으라 했다. 총리가 뉴스에 나와서 돈은 나라에서 줄 테니 제발 집에 남으라고 호소했다. 돌아다니는 사람이 없어서 상가들도 문을 닫을 수밖에 없었다. 휘발유 가격이 리터당 1달러 아래로 떨어졌다. 그렇게 사람들을 가두어 전염병의 속도를 늦추는 것만이 정부가 할 수 있는 최선책인 듯했다. 집으로부터 반경 20킬로미터 밖으로 나가지 못하게 했고, 집회를 하는 개인과 기관에는 벌금을 물렸다. 벌금이 아니더라도 병에 걸리고 싶지 않았으므로 사람들은 나가지 않았다. 나 또한 마찬가지였다. 집에서 꼼짝하지 않고 뉴스만 쳐다봤다. 어떻게 나갈 수 있었을까. 나 대신 종수가 모텔을 지키고 있었으니 나갈 필요가 없었다. 종수는 때때로 전화를 걸어왔다. 그의 목소리에서 나는 그가 하지 못한 말이 무엇인지 찾아내야 했다. 불만이 있거나 내게 하지 못한 말이 있는 건 아닌지. 그에게 묻지는 않으면서 속을 가늠하느라 우리의 대화는 겉돌았다.

집이 있는 사람들은 집에 가두면 되는데 집이 없는 노숙자들은 가둘 수 없었다. 완전 방역을 계획하는 주 정부 입장에선 상당히 곤란한 상황이었겠지만 그런 사람들은 어느 시대, 어느 도시에서나 존재하기 마련이었다. 주 정부는 그 사람들을 모조리 데려와 호텔과 모텔에 넣었다. 어차피 관광객들 씨가 말라 텅 빈 숙박업소들이었다. 정부는 노숙자를 대상으로 만든 요금표를 일방적으로 지정한 뒤 해당 사업자들에게 통보했다.

"누나, 냄새를 참을 수 없어요."

노숙자들이 찾아온다고 종수는 말했다. 그렇게 더러운 사람들을 모텔에 들여도 되는지 물었다. 차라리 문을 닫는 게 어떻겠냐고 말할 때 종수의 목소리는 기어들어 갔다. 통화를 엿듣던 남편이 화를 냈다. 종수에겐지 나에겐지 알 수 없었다. 팬데믹이 일어났다고 해서 은행에서 빚을 갚지 않아도 된다고 하진 않을 텐데, 그렇게 말하는 남편의 얼굴은 먹빛이었다. 남편의 회전 초밥집에서 돌아가던 은색 레일도 전부 멈춘 상태였다. 초밥집에 점점이 박혀 있던 워홀러들도 뿔뿔이 흩어졌고 대부분은 귀국 비행기를 탔다. 임대료를 내지 않았다는 계약 위반 고지서가 남편 앞으로 하나둘 도착하고 있었다.

"정신 똑바로 차려, 새끼야. 문 닫으면 네 월급은 누가 줄 거야. 거지든 내국인이든, 누구한테 받든 돈을 받아야 할 거 아냐."

남편이 종수에게 전화할 때 나는 아들을 끌어안은 채 옆에 앉아 있었다. 봉쇄 명령이 내려진 마당에 내가 직접 모텔로 갈 수는 없는 노릇이었다.

모텔은 단 하나의 빈방 없이 노숙자들로 채워졌다. 남편이 종수에게 소리 지른 이후 그 사건이 일어날 때까지 모텔은 내내 만실이었다. 장사를 포기해도 이상하지 않은 어려운 시기에 현금은 이전보다 더욱 풍족하게 돌았다. 노숙자들은 정부에서 지급하는 팬데믹 지원

금으로 방값을 냈다. 노숙자들은 캐시로 숙박료를 지불했다. 하나같이 캐시였다. 종수가 일주일에 한 번 자기 몫의 인건비를 제한 뒤 은행으로 가 남은 현금을 송금하면 나는 잘 받았다는 메시지를 남겼다.

나는 모텔에 가지 않았다. 쓸데없이 나갔다가 바이러스라도 묻혀와 이제 일곱 살이 된 통통하고 하얀 내 아들, 스웨덴 왕자처럼 잘생긴 내 아들에게 옮길 수는 없었다. 모텔이 노숙자로 채워졌다는 소식을 종수에게 듣고 난 후, 나는 단 한 차례도 그곳에 가지 않았다. 담뱃불을 끄지 않아 방바닥 카펫이 다 그슬렸단 이야기나, 싸움이 일어 현관문이 부서졌다는 이야기를 듣기는 했지만 종수의 말은 언제나 '이제는 괜찮아요'로 끝났으므로 크게 신경 쓰지 않았다. 당시 누구라도 그러했을 것이다. 전염병보다 무서운 게 또 있었던가.

그러므로 분명하게 말해둘 필요가 있다. 나는 모텔에서 일어난 그 일들, 지금 내가 말하려고 하는 그 일을 직접 보거나 들은 사람이 아니다. 대화는커녕 모텔에 있던 그들과 대면조차 한 적 없다. 종수가 사라졌다고는 하지만 그것은 나와는 상관없는 일이다. 내가 알고 있는 것들은 경찰이 알려준 정보들이고 그들이 넘겨준 CCTV 녹화 파일을 돌려보고 나서야 겨우 짐작하거나 알았을 뿐이다.

◇

그녀의 이름은 리사, 전자 발찌를 하고 있다. 머리카락은 윤기가 없어 뻣뻣한 빗자루 같고 담배를 빨아 당길 때 입 주위에 깊은 주름이 생긴다. 항상 소매 없는 티셔츠를 입고 뒤축이 없는 슬리퍼를 신는다. 매일 다른 남자를 데리고 모텔에 들어와 자기 방에서 함께 시간을 보낸다. 종수는 리사를 불러 외부인을 들이지 말라고 경고하지만, 리사는 종수가 리셉션에 없는 틈을 이용해 남자를 데리고 들어간다.

리사는 그곳에서 매춘을 한다. 리사의 옆 방에는 하관에 문신을 한 남자가 산다. 그는 싸구려 마약을 취급하는 거래상이다. 문신이 하관을 벌리고 활짝 웃으면 종수가 핸드폰으로 하던 게임, 데몬 M에 나오는 우두머리같이 끔찍하다. 리사를 따라 들어온 남자들은 문신에게서 약을 사고 리사의 방에서 술을 마시고 섹스를 한다.

리사의 방에서 사람이 하나 죽는다. 모텔에서 사람이 죽는 건 처음 있는 일이다. 들것에 실려 나가는 남자는 노란 바지를 입고 있다. 노란 바지는 죽기 전날 밤, 문신의 방에 여러 번 드나든다. 그때까지는 리사의 방에 카메라가 없으므로 방 안의 상황은 알 수 없다. 하지만 노란 바지가 죽은 날 종수가 난감해한다는 사실은 화면을 보고 알 수 있다. 종수는 내내 전화기를 붙잡고 리사의 방 앞을 서성인다.

그날 밤 종수는 힘없는 목소리로 내게 전화를 걸어 사람이 죽었다고 알린다. 그건 내 기억에도 있다.

"그래서 지금은?"

내가 궁금했던 건 그런 것이다. 문이 부서지고 불이 날 뻔했더라도 그래서 지금은 어떻게 됐는지가 더 중요하다.

종수는 경찰이 와서 시신을 가져갔다고 말한다.

"누나……."

나는 약에 술까지 섞어 마신 사람이 급사하는 건 대수롭지 않은 일이라며 종수의 입을 막는다.

"그런데 그 사람 눈빛이 자꾸만 생각나요. 제가 눈을 감겨줬어요."

종수는 끝내 자기 말을 한다. 내가 막았는데도 그 애는 그 말을 한다. 데드 바디가 더 이상 거기 있지도 않은데 뭘 자꾸 신경 쓰고 그래, 나는 종수에게 그렇게 말하고 싶다고 생각만 한 채 하지 않았던 것 같기도 하다. 기억나지 않는다.

리셉션 문을 꼭 닫고서 화면을 돌려보고 있는데 어디선가 썩은 냄새가 비집고 안으로 들어온다. 모텔 입구에 발을 들일 때부터 알았다. 냄새가 이곳을 점령한 지 너무나 오래되었다는 것을. 손에 들린 따뜻한 커피에 입을 댈 수가 없다. 커피에서도 냄새가 난다. 내 후각은 좀처럼 이 냄새에 익숙해지질 않는다.

노란 바지가 죽고 난 다음 날 모텔에 있는 CCTV는 열두 개에서 열세 개로 늘어난다. 열세 번째 화면이 리사의 방이다. 카메라는 공용 공간에만 설치해야 하고 개인 방에는 있을 수 없다. 그런데도 열세 번째 카메라가 리사의 방 내부를 찍는다. 그것을 쉬이 이해 못 하는 나에게 경찰이 자세히 설명해준다. 종수가 리사의 방에 직접 카메라를 설치했다는 사실을 리셉션 컴퓨터를 포렌식하여 알아냈단다.

종수는 리사의 방을 녹화하고 파일을 잘라 한국에 있는 IP에 전송했다. 아마 돈을 받은 거래였을 것이다. 개새끼. 나는 종수가 그 더러운 화면을 자르고 붙이는 일을 리셉션 컴퓨터로 하고 저장까지 했다는 사실에 분개한다. 내가 없는 틈을 타 업무에 사용하는 컴퓨터를 더럽혔다니, 견딜 수 없이 화가 난다.

종수는 사라졌다. 경찰이 내게 묻는다. 리사의 방을 녹화한 파일을 계속 팔면 될 텐데 왜 모텔을 버리고 나갔는가. 경찰은 종수가 사건의 어디까지 개입되어 있는지 궁금해한다. 그러나 그건 나도 알지 못한다.

돈이 필요했을 것이다. 리사의 방을 녹화한 이유를 설명하며 경찰은 종수가 불법체류자라고 알려준다. 비자가 만료된 지 3년이 되었다고 하는데 나는 종수의 비자 상태 따위는 궁금하지 않다. 리사의 방을 녹화한 파일을 보내고 종수는 얼마를 받았을까. 내가 종수에게 주었던 용돈보다 많았을까. 전염병이 덮쳐오기 전 나는 종수가 잊을 만하면 용돈을 주었다. 장사가 잘되어서, 일이 많아서, 때로는 그 애가 외로워 보일 때도 돈을 줬다.

내가 모텔에 발길을 끊은 뒤로는 따로 돈을 주지 않았다. 나는 종수가 노숙자에게 받은 숙박료에서 자기 몫의 인건비를 제하고도 일정 금액을 빼돌린 뒤 나에게 이체했을 거라고 생각한다. 남편 말에 따르면 그것은 일종의 기회비용이다. 내가 그곳에 나가 궂은일을 하지 않은 대신 발생한 기회비용 말이다. 만일 내가 모텔에서 일해야 했다면 어땠을까. 노숙자들이 점령한 모텔을 청소하고 역겨운 냄새를 맡으며 그들을 내가 상대해야 했다면, 오장에서부터 구역질이 치민다.

스물다섯 개의 방에 사는 노숙자들은 매일 쓰레기를 가지고 모텔로 들어온다. 열두 개의 카메라는 노숙자들의 생활을 낱낱이 보여준다. 그들은 다리가 부서진 의자, 갓이 찢어진 조명, 비에 젖은 이불을 들고 들어온다. 자선 단체에서 옷과 가방을 가지고 오면 그걸 서로 가지겠다고 싸운다. 그렇게 싸워놓고 옷은 갈아입지 않는다. 샤워도 하지 않는다. 흡연실에 앉아 하루 종일 잎담배를 말아 피우고 술을 마신다. 남이 버리고 간 꽁초를 주워 자기 담배를 말 때 집어넣는다. 그마저도 하기 싫은 사람은 손가락 한 마디도 안 되는 짧은 꽁초를 혀가 델 때까지 빨아댄다. 밥을 해 먹는 사람은 아무도 없고 술을 사 나르는 데는 모두가 아낌없이 돈을 쓴다. 그들은 점심때가 지나야 기상하고 자정이 넘어도 자기 방에 들어가지 않는다. 조금 전까지 웃고 껴안던 사람 둘이서 느닷없이 주먹질을 해댄다. 그리고 운다.

종수는 좀처럼 마스크를 벗지 않는다. 모텔에서 마스크를 쓴 사람은 종수 하나뿐이다. 종수는 모텔에 있는 사람과 겸상하지 않고 흡연실에 들어가지도 않는다. 노숙자들이 더럽혀놓은 모텔을 청소하느라 끊임없이 분주하다. 가끔은 화장실 청소를 하다가 마스크를 벗고 헛구역질을 한다. 그러곤 담배를 피우러 밖으로 나간다.

종수는 그들에게서 방값을 받으면 휴지에 손소독제를 묻혀 한 장 한 장 닦는다. 때로 종수가 카메라의 사각으로 들어가면 화면에 손만 잡힐 때도 있다. 쇠사슬이 새겨진 손목이라면 그건 종수고, 그 손이 닦는 돈은 내 돈이다. 리셉션 모퉁이에 걸터앉아 돈을 닦을 때 종수의 얼굴은 심각하고 신중하다. 종수는 방값을 2주 이상 내지 않는 노숙자들은 가차 없이 내보내고 다음 노숙자들을 들인다. 주 정부에서 운영하는 사회복지 시설에서 아침마다 방이 있냐고 물어 오기에 방을 채우는 데는 전혀 어려움이 없다. '버티는 놈이 이기는 놈'이라는 프로필 문구가 꽤 오래 남아 있었다는 걸 나는 기억한다.

노숙자들을 내보내고 나면 방 청소를 해야 하는데 내다 버려야 할 쓰레기가 너무나 많아서 어떤 날은 하루를 넘기고도 끝내지 못한다. 하지만 종수는 일머리가 있다. 청소만큼은 누구에게도 뒤지지 않는 사람이고 청소 실력으로 지금까지 남의 나라에서 살아남았으니 그 정도는 아무것도 아니다. 결국엔 다 해낸다. 청소 하나는 끝내주게 잘한다. 남편이 물려준 저 애는 큰 힘을 들이지 않아도 무엇이든 슥슥 지우는 매직블록 같다. 하지만 종수가 청소하는 모습을 오래 보고 있자니 지겨워진다. 아무리 카메라를 돌려본다 한들 종수가 사라진 진짜 이유 같은 건 찾을 수 없다.

이따금씩 리사가 리셉션에 있는 종수에게 말을 건다. 종수에게 KFC 치킨을 사다 주고 맥주도 가져온다. 하지만 종수는 좀처럼 리사에게 곁을 주지 않는다. 치킨과 맥주를 가지고 리셉션 안에 들어가서 혼자 먹는다.

어느 날 종수는 리사에게 화를 낸다. 리사는 알겠다고, 뭐를 알겠다는 건지 들리지는 않지만 종수를 향해 양손을 모아 비빈다. 리사는 방값을 낸 지 며칠 되지 않았는데 종수에게 또 돈을 건넨다. 종수는 그 돈을 받아 모텔 장부에 적지 않고 자기 주머니에 넣는다. 손소독제로 닦지도 않은 그 돈을 자기 주머니에 넣는다. 나는 그 장면을 클로즈업해 여러 번 돌려본다. 50달러 지폐가 세 장이다. 다음 주에도 그러는가 싶어 빨리 감기를 하지만 찾지 못한다.

종수는 창고에서 여유분으로 남겨두었던 카메라를 가지고 나온다. 리셉션에서 지붕으로 연결된 공간으로 카메라를 들고 올라간다. 지붕 아래는 건물 단열을 위해 비워둔 공간이 있다. 그곳에 CCTV 선을 깐다는 것쯤은 나도 알고 있다. 종수에게 카메라를 심고 연결하는 일련의 작업은 어려운 일 축에도 못 든다. 종수는 모텔에 대해 가장 잘 아는 사람이고 24시간 거기 사는 사람이기도 하다.

리사의 방에 카메라를 심고 내려온 뒤로 종수는 리사에게 술을 준다. 앱솔루트 보드카를 한 병 주는 날도 있고 두 병 줄 때도 있다. 리사는 이제 종수가 리셉션 앞에 서 있을 때도 남자를 데리고 방으로 들어간다.

종수는 리셉션 문을 닫고 컴퓨터 앞에 앉아 리사의 방을 클로즈업한 뒤 자위를 한다. 리셉션 안에서 카메라에 잡히지 않는 사각이 어디인지 그는 안다. 등 돌린 책상 의자, 화면에 반쯤 잡히는 그의 상체, 규칙적으로 흔들리는 팔과 벌어진 다리를 보던 나는 이 더러운 자식이 어디로 갔는지 내 알 바 아니니 콱 뒈져버리라고 말한다.

다음 날에도 종수는 청소를 게을리하지 않는다. 밤새 술을 마시던 인간들이 현관 앞에 토해놓은 걸 종수가 치운다. 자판기에 콜라를 채우고 흡연실의 재떨이를 비운다. 어디를 봐도 종수는 떠날 사람처럼 보이지 않는다.

다 식은 커피에서 상한 우유 냄새가 난다. 요의가 느껴져 화장실에 다녀올까 싶지만, 아직 노숙자들이 남아 있는 모텔을 돌아다니고 싶지 않다. 리셉션에서 한 발짝도 나가고 싶지 않다. 아랫배가 터질 것 같다. 눈앞에 보이는 이 처참한 상황이 내 모텔, 나와 남편의 이름으로 되어 있는 우리 땅이라는 사실이 기가 막힌다. 마우스에서 손을 떼지 못한 채 다시 앞으로 나아간다.

파일은 다음 날로 넘어간다. 키가 작고 마른 남자가 리사의 방에 있다. 마른 남자는 문신의 방에 다녀온 뒤 리사의 방에서 보드카를 마신다. 남자와 리사는 방 안에서 소꿉 놀이를 하는 사람들처럼 다정하다. 두 사람은 핑크색 머리띠를 쓰고서 춤을 추다가 얼굴에 마스크팩을 붙이고 나란히 누워 담배를 피운다. 저녁을 먹은 종수는 자기 방으로 들어가더니 한 시간도 채 머물지 않고 나온다. 리셉션에 앉아 영화를 보고 일어나 기지개를 켠 뒤 하품을 여러 번 한다. 게임을 하고 엎드려 졸기도 한다. 그러는 중에도 종수는 틈틈이 리사의 방을 클로즈업한다.

5:15 am

리사가 일어난다. 남자를 한번 쳐다보더니 가슴팍에 귀를 갖다 댄다. 손가락을 남자의 콧구멍 아래 갖다 대곤 한참 동안 기다린다. 고개를 절레절레 흔들고 마른세수를 한다. 지겹다는 얼굴이다. 나는 이미 알고 있다. 마른 남자는 죽었다. 모텔에서 죽어 나가는 두 번째 사람이다. 이 남자 때문에 나는 여섯 시간 뒤에 경찰에게 불려 올 것이고 그래서 이렇게 앉아 있다. 마른 남자는 전날 저녁, 모텔에 들어왔다. 그가 모텔에 들어올 때 종수는 리셉션에 서 있었다.

5:21 am

리사는 발목에 채워진 전자 발찌를 푼다. 어떻게 풀 수 있는지 화면을 당겨 봐도 알 수 없다. 리사는 벽에 세워두었던 짐가방을 가져온다. 바퀴가 하나 빠진 슈트케이스라 리사가 끌어당길 때마다 옆으로 쓰러진다. 리사는 한 번도 빨지 않은 것 같은 회색 토끼 인형과 뚜껑 없는 방향제를 그 안에 넣는다. 싸구려 금속 목걸이와 누군가 입다 버린 듯한 티셔츠들도 가방에 넣는다. 남자는 여전히 방에 누워 있다. 그를 그대로 두고 리사는 떠난다. 종수는 그 시각 리셉션 컴퓨터 모니터로 리사가 떠나는 모습을 지켜본다. 남자의 얼굴을 여러 번 확대하고 다시 돌려놓는다.

5:50 am

'섹스&죽음 세트'라고 이메일 제목에 쓴다. 종수는 그 남자가 죽을 거라는 걸 알고 있었던 사람처럼 그 방의 녹화 파일을 자르고 붙인다. 이메일을 전송한 뒤 리사의 방을 멍하니 본다. 마른 남자가 홀로 누워 있는 방을, 자위도 하지 않을 거면서 한참을 들여다본다. 그렇게 앉아 있던 종수는 리셉션에서 이어지는 지붕 위로 기어 올라간다. 끝. 사라의 방은 그걸로 끝이다. 13번 화면이 죽었다.

종수는 죽었다.

종수가 아니라 그의 어머니가 죽었는데 나는 또 이렇게 말한다.

종수의 어머니는 겨울 초입에 죽었다. 그러나 실제로 죽은 자리는 한국이었으므로 겨울이 아닌 초여름이라고 나의 기억을 정정할 필요가 있다. 종수의 어머니가 죽은 그날은 리사가 아직 모텔에 당도하기 전이었다. 갑자기 늘어난 노숙자들 때문에 종수는 걸려오는 전화와 씨름했고 온종일 뛰어다녀야 했다. 어머니의 부고를 들었지만, 종수는 한국에 들어갈 수 없었다. 비행기가 안 되면 배를 타고서라도, 몇 달 아니 몇 년이 걸리더라도 들어가고 싶었겠지만 그를 실어 갈 방도는 어디에도 없었다.

종수의 어머니가 죽은 날 나는 전화를 받았다. 아침저녁으로 일교차가 제법 있어 드문드문 단풍이 들었어도 한낮의 해는 여전히 뜨거웠다. 그렇게 조심했건만 나와 아들에게도 전염병은 닥쳤다. 기침이 쉴 새 없이 터져 나오는 탓에 말을 오래 할 수 없었는데 전화를 건 종수의 말이 길었다. 아니다, 말보다 숨을 더 길게 쉬었던 것 같다. 여느 때처럼 모텔에서 일어난 크고 작은 일들을 알려주고 전화를 끊은 뒤에 입금했다는 문자를 보내왔다. 나는 인터넷 뱅킹을 열어 종수에게 보낼 조의금 백 달러를 입력했다. 백 달러는 돌잔치에 내기에도 멋쩍은 액수가 아닐까 생각하고 있을 때 폐에서 나오지 못한 가래가 목구멍을 긁었다. 또 하나, 한국까지 돌아가는 길이 막혔다는 사실, 그 굳건한 사실이 내 앞에 조용히 멈춰 섰다.

사건이 일어난 그날 종수는 리사가 떠나던 시간까지 잠들지 않고 깨어 있었다. 밤새 게임을 했고 신라면을 끓여 먹었고 영화도 보았으며 한 번씩 CCTV로 리사의 방을 체크했다. 결국 리사가 일어나

짐을 싼 뒤 떠나는 때까지 깨어 있던 종수는 그 모든 걸 모니터로 지켜보았다.

녹화된 파일에 따르면 카메라 선을 잘라내고 리셉션으로 돌아온 종수는 자기 짐을 쌌다. 아직 해는 뜨기 전이었다. 그리고 금고를 열어 그날까지 받아둔 숙박료, 마땅히 내게 건너와야 할 돈을 챙겼다. 짐이 저렇게 없었나 싶을 정도로 작은 배낭 하나가 다였다. 나는 컴퓨터 앞에 앉아 모텔을 떠나는 종수의 마지막 모습을 지켜보았다. 서두르는 기색은 없었다. 쫓기거나 도망하는 사람의 태도도 아니었다.

화면 안에서 이리저리 움직이는 종수를 쫓던 나는 그의 어머니의 부고를 들었던 날 결국 조의금을 보내지 않았다는 사실을 떠올렸다. 보낼지 말지 생각만 하다 결국 보내지 않았다. 모텔에 나가지 않은 지가 6개월이 넘어가고 있을 때였고 모르긴 몰라도 그동안 종수가 해먹은 돈이 적지 않을 거란 계산을 했기 때문이었다. 그 계산을 한 건 종수와 통화를 마치고 다음 날 병원 화장실에서였다. 아들도 나처럼 기침하다 결국 입원했다. 병원에 있는 동안 아들의 몸무게는 3킬로그램이나 빠졌다. 나는 자나 깨나 아들 입에 무엇을 넣어주어야 할까 그 생각밖에 없었다. 보호자 면회가 금지되어 남편을 볼 수 없었고 대체 어디서 뭘 하고 돌아다니는지 연락 두절일 때가 많았다. 그때 나는 신경 쓸 것들이 너무나 많았다. 병원 화장실에 앉아 종수의 프로필을 봤는데 '어머니 좋은 곳으로 가시길'이라는 문구가 적혀 있었다.

종수가 모텔 현관문 손잡이를 잡고 있다. 이유를 알 수 없지만 종수는 하얀 면장갑을 끼고 있다. 그의 손목에 그려져 있을 문신은 장갑 안에 숨어 보이지 않았다. 하얀 손이 작고 동그란 금색 손잡이를 천천히 돌린다. 이제 한 발짝만 떼면 모텔 밖이다. 종수가 모서리를 올려다본다. 일부러 의도했을 것이다. 종수는 카메라가 있다는 걸 알았으니까. 카메라 뒤에 내가 있을 거라는 것도.

종수가 나를 바라본다.

나를 본 채로 종수는 손잡이를 돌려 문을 연다. 아주 완전히는 아니고 조금씩 천천히 손잡이를 돌린다. 겨우 조금이었는데 열린 문틈에서 폭발하듯 산란한 아침 햇빛이 쳐들어온다. 빛은 감당할 수 없을 정도로 쏟아져 들어와 종수와 내 앞으로 엎어지고 만다. 자꾸만, 자꾸만 새 빛이 들어온다.

화면을 보는데도 눈이 부셔서 나는 눈을 감아야 했다. 종수와 나 사이로 시뻘건 말이 날아다녔고 가뭄 든 땅이 갈라졌으며 얼굴을 숨긴 아귀 떼가 끄억끄억 울어댔다.

"종수가 너에게 재산상의 피해를 입혔나?"

경찰이 물었고 나는 없다고 대답한다.

"종수가 리사를 따라갔을 거라고 생각하나?"

그 역시 나는 모르겠다고 대답한다. 카메라는 모텔 밖을 비추지 않았다.

"종수가 리사와 공모했을 거라고 보나?"

나는 그 또한 알 수 없다고 한다. 다만 내가 종수에게 입은 금전적 피해가 없다는 건 확실하다고 말한다. 종수가 가져간 돈은 천 달러쯤 될 것이다. 그 정도는 가져갈 수 있다. 다만 경찰이 아니라 화면 위의 종수에게 말한다.

지금 나는 모텔 앞이다.

종수가 떠난 뒤 나는 모텔에 살던 노숙자들을 모두 내보냈다. 사람이 죽어 나간 곳이라고 떠들 만한 입들은 전부 치웠다. 모텔의 남은 쓰레기를 치우는 데는 일주일이 채 걸리지 않았다. 깨끗하게 청소가 된 모텔은 바로 옥션에 부쳤다. 전염병 때문에 해외로 나갈 수 없는 사람과 자본이 국내 부동산 투자로 몰려드는 유례 없는 호황이었다. 옥션에서 세 팀이나 서로 갖겠다며 다투었다. 당연하게도 나와 남편은 그중 캐시 바이어를 선택했고 계약서에 사인했다.

잔금이 들어오는 날이라 그들에게 모텔 키를 넘겨주어야 했으므로 남편과 나는 이곳에 왔다. 모텔을 운영하는 건 하나도 어렵지 않은 일이라고, 어렵게 생각할 만한 일이 못 된다고, 나는 새 주인을 향해 입을 가리고 웃으면서 그렇게 말했다. 매니저를 하나 두라고 일러주었다. 그리고 방을 채우는 노하우라며 주 정부에서 운영하는 몇 개의 사회복지시설의 연락처를 건넸다.

"다 치웠다."

모텔 후문에 세워둔 차 앞에서 남편은 한결 편안한 얼굴로 담배를 피우고 있었다. 종수가 여섯 개의 대형 쓰레기통을 모두 꺼내 씻어 말리곤 했던 자리다. 종수와 함께 이 자리에서 손님들 흉을 보느라 시간 가는 줄 모르고 서 있다가 석양을 본 적이 있었다. 아마 종수가 검은 머리로 염색하고 난 뒤였을 것이다. 홍시처럼 발갛게 물든 하늘 아래서 이야기를 하다 골목길은 밤이 되었다. 가로등 하나 없는 길 위로 우리 둘이 나누는 한국말 두 줄기가 달빛처럼 떠다녔다. 어둠 속에서 그의 얼굴 윤곽은 흐릿해졌지만, 대신에 눈동자가 선연히 빛났다. 눈이 착하구나. 이 아이를 오래 데리고 있어야겠다고 그때 생각했다. 바람이 불었고 종일 청소했던 종수의 몸에서 시큼한 냄새가 밀려왔다.

이 자리에서 종수는 담배를 피우고 있다가도 골목으로 내 차가 들어오면 얼른 담배를 버렸다. 늘 그랬다. 일을 마치고 내가 모텔을 떠날 땐 종수는 따라 나왔다. 그리고 내 차가 골목 끝까지 나가는 걸 지켜봐주었다. 한 번도 빠짐 없이 바로 이 자리였다.

다시는 이 골목, 이 모텔에 올 일은 없을 것이다. 그때 나는 종수에게 무얼 해주어야 했었나, 남편에게 묻고 싶었다. 백 달러 말고 좀 더 많이 쥐여줬더라면 어땠을까. 달라졌을까? 아니면 좀 더 자주 주었더라면 내 마음이 이렇지는 않았을까. 정말 그것일까. 나는 모르겠는데 남편은 알까. 허나 나는 남편이 종수를 잊었을 거란 확신이 들었다.

종수는 죽었다.

장어는 어디로 가고 어디서 오는가

이건해

신주희가 그 라디오 방송을 들은 것은 순전히 우연이었다. 평소에는 유튜브를 즐겨 보고, 운전할 때면 반드시 인기 가요를 트는 그녀가 라디오 교양 프로그램을 들은 것은 단순히 새로 산 스마트폰에 탑재된 라디오 기능이 잘되는지 한번 시험해봤기 때문이었다. 아마 그때 그 주파수에서 뉴스가 나오고 있었다면 과학 이야기를 귀담아들을 일은 없었을 것이며, 그녀가 마리아나 해구를 찾아갈 일도 없었을 것이다.

그때 라디오 방송에는 해양 생물학자, 장어진 박사가 나와서 누구나 알기 쉽게 장어 이야기를 하고 있었다. 그는 전문 방송인이 아니었고 어조도 대체로 딱딱해서 쉽게 호감을 살 만한 남자도 아니었지만, 중간중간 무심하게 농담을 섞는 게 묘한 매력이 있어 방송을 쉽게 끌 수 없게 만들었다.

주희의 마음을 움직인 것은 방송이 거의 끝나갈 때 나온 이야기였다.

"박사님, 장어가 알을 낳을 때는 다시 바다로 간다면서요?"

"그렇습니다. 우리는 장어를 그저 몸보신에 좋은 생선 정도로 여기고 있지만, 말씀하신 대로 장어, 그중에서 뱀장어는 아주 독특한 습성을 갖고 있습니다. 바다에서 태어나서 강에서 살다가 다시 바다로 돌아가 알을 낳는 것이죠."

"와, 고향을 떠나서 살다가 다시 고향으로 돌아간다는 점에선 연어와 같지만 방향이 반대군요. 왜 그럴까요?"

"말씀드리기 부끄럽습니다만 과학자들이 아직 이 이유를 정확히 규명해내지 못했습니다. 게다가 장어들이 지구에서 가장 깊고 낮은 곳인 마리아나 해구 근처까지 가서 알을 낳는다는 것까진 알아냈지만 정확한 생태를 규명했다고 볼 순 없는 실정이죠."

"허허……. 우리가 아주 익숙하게 먹는 장어가 그렇게 깊은 어둠 속에서 태어나는 줄은 몰랐는데요. 기술이 발달하고 있으니 조만간 장어가 정확히 어디서 태어나는지 알 수 있을까요?"

"그러길 바랍니다만 최근에는 환경 변화로 인해 장어들이 더 깊은 곳으로 내려가고 있다는 보고가 있어서 연구가 더 어려워질 전망입니다. 그러니 저 깊은 어둠 속, 장어의 생태를 알아내는 것은 어쩌면 청취자 여러분이 도와주셔야 가능한 과제가 아닐까요? 심해 탐사에 관심 있으신 분들은 연락 부탁드립니다."

"오늘도 말씀 잘 들었습니다. 박사님의 구인을 끝으로 다음 주에 다시 뵙기로 하고 인사드리겠습니다. 장어진 박사님, 감사합니다."

"고맙습니다."

방송은 장어를 소재로 한 노래로 끝났는데, 노래를 듣는 동안 주희는 장 박사야말로 자신이 찾던 파트너라는 생각에 사로잡혔다. 터무니없는 생각은 아니었다. 로봇 공학을 전공하고 관련 업체에서 잔뼈가 굵은 주희는 직접 회사를 세우고 극한 환경용 드론을 만들어 프로토타입의 실전 테스트를 앞둔 상태였다.

주희가 평생 쌓아온 기술을 모두 투입하여 만들어낸 탐사 드론 '필그림'은 이론상으로는 이미 지구상에서 갈 수 없는 곳이 없다는 게 증명되었다. 탐험가였던 애인 강우가 실종되기 전에 제안했던 조건도 모두 만족했다. 하지만 이렇다 할 실적이 없어 후원을 받고 활약할 기회를 얻지 못하고 있었다. 아무리 정교한 시뮬레이션 결과나 빼어난 스펙을 제시한들 해저 탐사를 하라고 돈을 내주는 곳은 없었던 것이다.

하지만 지속적으로 연구해왔고 방송에 나올 정도로 권위 있는 박사가 합류하면 상당히 강력한 명분이 생긴다. 여기저기 굴러다니던 일개 엔지니어가 실종된 탐험가 애인을 찾아보겠다고 드론을 만들었는데, 꽤 잘 만들었으니까 한 푼 줍쇼, 하는 것보다야 박사가 인류 누구도 알지 못했던 장어의 생태를 규명하겠다고 나서는 게 훨씬 낫지 않겠는가.

◇

밑져야 본전인지라 시간 끌 이유가 없었던 주희는 다음 날 아침 장 박사의 이메일을 알아내 용건에 대해 간략히 이야기했다. 검색할 때 알게 된 것인데, 장 박사는 환경 위기와 해양 생태를 다루는 몇 가지 방송에 출연 중이라 상당히 바쁜 사람이었다. 주희는 답이 오지 않으면 연구소에 전화를 걸거나 방문해봐야겠다고 생각하며 초조한 반나절을 보냈다. 그러나 주희가 전화를 걸 필요는 없었다. 오후에 장 박사가 전화해서 바로 만나자고 한 것이다. 감정을 잘 읽기 힘든 사람이었지만 최소한 부정적인 느낌은 아니었다.

근무하는 대학교 앞 카페에서 만난 장 박사는 목소리와 말투에 어울리게 깡마르고 날카로운 인상인 반면 의외로 동안이라 사십대 초반으로 보였고, 자기 분야를 오래도록 열심히 연구하며 갖은 고난을 겪어온 사람의 원숙함이 있었다. 그는 주희와 인사를 나누자마자 드론에 대해 설명을 요구했고, 주희는 질문을 예상하고 가져간 모형과 자료를 꺼내 필그림이 얼마나 혁신적이고 빼어난 탐사 능력을 갖췄는지 설명했다.

해구 탐사를 하게 될 경우에는 시제품을 만들고 강화 외피를 몇 중으로 추가할 것이며 탄소 섬유로 보강한 케이블이 전원 공급과 통신 역할을 수행하게 되지만 짧은 시간 분리해서 움직일 수도 있다는 설명까지 듣고 난 장 박사는 고개를 제법 깊이 끄덕이곤 물었다.

"그런데 미안하지만, 이 정도 기술이면 군용 장비를 만드는 편이 여러모로 쉬웠을 텐데, 굳이 범용형 탐사용 드론을 만들어낸 이유를 알 수 있겠습니까?"

날카로운 지적이었다. 아마 그 역시 이런저런 연구를 추진하는 동안 돈이 되지 않는 일로는 민간 기업의 후원을 받기가 어렵다는 것을 경험했으리라.

주희는 이번에도 솔직하게 대답하기로 했다.

"감상적인 이유로 들릴지도 모르겠는데…… 탐험가였던 애인이 10년 전에 실종되었습니다."

강우는 어릴 때부터 등산과 잠수를 즐기는 학생이었고, 대학을 졸업한 뒤로는 곧바로 유명 탐험대에 들어갔다. 결코 주변에서 추천할 만한 직업은 아니었지만, 탐험대 대장이 워낙 국제적으로 유명한 사람이었던 데다 고생하면서도 강우의 얼굴엔 활력이 넘쳤기에 주희도 끝까지 말리진 못했다. 그렇게 수년간 활약한 강우는 탐험대에서 탈퇴하고 혼자 활동했다. 돈을 위해 움직이는 게 아니라 위험하더라도 자신이 정말로 찾고 싶은 것을 찾아다니고 싶다는 이유 때문이었다.

강우는 1년을 채우지 못하고 해저 탐사 중 실종되었다. 해저는 지구상에서 인간이 가장 모르는 곳이라고 말하던 그였다. 그가 심해에 깊은 관심을 가지고 있다는 것은 알았지만 왜 그렇게 무리하게 서둘러 직접 잠수했는지 주희는 이해할 수 없었다. 드론 제작 속도가 너무 느려 기다릴 수 없었던 것인지 아니면 '마음이 끌리면 가야 한다'던 입버릇대로 방랑벽 같은 충동에 휘말린 것인지 알 길이 없었다.

"그 사람의 시신을 찾고 싶은 것은 아닙니다. 찾고 싶은 마음이 없는 건 아니지만 기대하진 않아요. 저는…… 무엇이 그 사람을 그렇게까지 이끌었는지 찾고 싶은 게 아닌가 싶습니다."

가만히 듣던 장 박사의 눈에는 지적 호기심과 안타까움이 뒤섞여 있었다.

"애인분이 평소에 찾고 싶어 하던 건 무엇이었죠?"

"기원입니다, 박사님. 그는 늘 우리가 어디서 왔는지를 찾고 싶다고 말했죠. 아마 인류 최초의 유적이나 문명의 발상지 같은 걸 직접 확인하고 받아들일 수 있을 때까지 찾아보고 싶었던 게 아닐까요?"

장 박사는 다소 감탄한 듯한 기색으로 말했다.

"탐구심이 넘치고 실행력도 대단했던 분이군요."

"실행력이 좀 모자랐으면 좋았을 텐데 말이죠."

주희가 쓴웃음을 짓자 장 박사의 눈빛에 깊은 동정심이 깃들었다.

"그래도 사랑하는 사람이 이렇게 그 실행력을 본받아 뜻깊은 일에 도전하려는 거니까, 기왕이면 좋은 쪽으로 생각하시죠. 드론이 말씀하신 성능을 발휘할 수 있다면 이번 일은 분명 성공할 겁니다."

드론이 마음에 들었던 건지 아니면 사라진 애인 이야기가 인상 깊었던 건지 모르겠지만 아무튼 장 박사는 주희의 드론을 쓰기로 한 것이다. 주희는 다소 마음을 놓고 물었다.

"그럼 일정은 어떻게 예상하시죠? 후원을 받아서 누구나 다루기 쉽게 개선한 시제품을 만들려면 반년 이상은 걸릴 것 같은데……."

"올해 8월에서 10월 안에 탐사해야 합니다. 산란기를 놓칠 수 없으니 서둘러야죠."

지금이 6월이니 고작 두 달에서 넉 달 남은 셈이었다. 주희는 당황했다.

"아무리 서둘러도 반년은 걸릴 거예요. 내년은 어려울까요?"

그러자 장 박사는 뭔가 말하려다 그만두고, 잠시 생각한 뒤에 다시 입을 열었다.

“명태가 한국에서 거의 잡히지 않게 된 걸 아시죠? 기후 변화로 해류의 흐름도 예측하기가 점점 어려워지고 있습니다. 순조로운 예측이 가능한 건 올해가 마지막일 겁니다.”

“탐사대원들에게 가르치기 쉽게 조종 방식도 고치고 배터리 효율도 개선해야 합니다만…….”

“프로토타입을 쓰고, 조종은 전부 주희 씨가 직접 하면 되는 일이 아닙니까.”

주희는 그건 안 되겠다는 말부터 할 뻔했다. 처음부터 끝까지 혼자 조종하는 건 체력적인 부담이 심해서 피하고 싶었다. 몸이 편하고 싶은 게 아니라 피로로 인해 실수를 저지르면 그건 곧바로 드론의 파손이나 분실로 이어질 수 있기 때문이다. 심지어 프로토타입을 투입한다면 그 피해는 돌이킬 수 없을 것이다. 제작비도 문제지만 강우의 마지막 눈길이 담겨 있는 기술적 작품을 잃는다는 건 생각하고 싶지도 않았다.

주저하니 장 박사가 낮고 신중한 목소리로 말했다.

“지금밖에 할 수 없는, 가치 있는 일입니다. 장어의 생태라고 하면 시답잖게 들리겠지만 이것 역시 인간이 아직 들여다보지 못한 세상의 비밀이고, 생명의 기원 중에서 특별한 위치를 차지하는 것입니다. 당신이 도와야만 인류는 오래도록 품어온 의문 하나를 해소할 수 있어요.”

주희는 강우라면 어떻게 했을까 생각했고, 그가 입버릇처럼 하던 말을 떠올렸다.

— 모르는 길을 걷지 않으면 새로운 곳으로 갈 수 없다.

답은 간단했다. 그는 알고 싶은 것을 알아내는 걸 무엇보다 사랑했고, 그것을 위해 뭐든 희생할 수 있었다. 실제로 자기 자신마저 희생하지 않았나.

주희는 조심스럽게 손을 내밀었다.

"알았습니다. 바로 준비를 시작할게요."

장 박사는 주희의 손을 힘차게 마주잡았다. 그의 손은 산 사람 같지 않게 차가웠다.

◇

장 박사는 주희가 기대한 것보다 더 유명하고 발이 넓은 사람이었고 수완도 빼어났다. 그가 한 달 안에 해구 장어 탐사 프로젝트의 스폰서를 구해오겠다고 했을 때 주희는 아무리 그래도 말이 되나 싶었는데, 그는 이 사람 저 사람 만나고 다니고 종종 주희도 불러서 인사시키는가 싶더니 정말 한 달만에 국내 최대 기업인 육성전자를 스폰서로 잡아 왔다. 알고 보니 회장이 해적, 보물선 따위에 로망을 품고 있어서 이미 해저 탐사에 적지 않은 돈을 투자한 전력이 있었다. 물론 원금 회수조차 제대로 되지 않은 투자가 태반이었지만, 회장이 취미 삼아 하고 싶어서 하는 일이니 문제될 것도 없었다.

일은 일사천리로 진행되어 주희와 장 박사는 악수한 지 석 달 만에 전문가들을 모아 마리아나 해구 위에 탐사선을 띄울 수 있었다. 침몰한 무역선을 찾아서 금은보화를 건져내겠다는 것도 아니고, 그저 장어가 어떻게 짝짓고 알 낳고 태어나는지 보겠다는 프로젝트인데 이렇게 사람도 물자도 빠르게 모였다는 게 주희는 이해가 되지 않았다.

주희의 의문에 장 박사는 점잖게 가르쳐주었다.

"연구자란 대체로 그렇게 불합리한 짓을 열심히 하는 종자들이죠. 평생 들어본 적 없는 생물이 알을 한 번에 얼마나 낳나…… 그런 일상생활에 하등 쓸모없는 지식을 인류의 그 누구보다 먼저 알아내겠다는 일념만으로 목숨을 겁니다. 탐험가들이 오지에 앞다투어 뛰어드는 것과 비슷하다고 할까요. 그러니 우리에게 익숙하고 산업에도 도움이 될 장어의 생태를 엿보는 일이면 얼마나 가슴 뛰겠습니까."

그런 장 박사의 말 뒤에는 강우가 헛되이 죽은 게 아니라는 뜻이 감춰진 듯싶었다. 주희 스스로도 그렇게 생각하려 애써왔지만 타인이 그렇게 위로해주는 것은 전혀 다른 힘을 가지고 있었다. 마음 한구석에 항상 강우를 무의미한 구덩이에 빼앗긴 게 아닌가 하는 의심이 숨 쉬고 있었기 때문이다. 주희는 그날 처음으로 장 박사에게 비즈니스 관계와 무관한 인간적 존경심을 느꼈다.

한편, 순풍에 돛 단 듯 진행되던 조사가 끝까지 순탄치는 않을 모양이었다. 필그림의 최종 테스트에서 통신 이상이 감지되어 하루를 연기하고 회로를 교체해야 했고, 다음 날은 장 박사가 심한 식중독에 걸려 잠항 테스트만 더 하게 되었다. 장 박사가 몸을 추스른 뒤에는 공교롭게도 전혀 예상하지 못한 풍랑이 몰려와서 탐사대가 아예 철수해야 했다.

풍랑이 지나가길 기다리는 사흘 동안 주희는 시간이 난 김에 대원들과 친분을 쌓을 겸 장어의 생태를 알아보는 일에 지원한 이유를 묻곤 했다. 그런데 뜻밖에도 장 박사가 했던 말처럼 어떤 지식을 최초로 안다는 기쁨을 누리려는 사람은 없었다. 단순히 돈이 필요하거나 무슨 연구 성과를 내긴 내야 하는데 달리 해볼 만한 게 없어서 온 사람이 태반이었다.

탐사선의 선장, 브란델만이 좀 특별한 이유를 댔다.

"오지 탐험가였던 부모님이 사고로 돌아가신 뒤부터 탐험가들을 돕고 올바른 길로 이끌고 싶다고 생각했습니다. 그래서 온갖 탈것을 운전했고 수많은 탐험가들을 인도해왔죠. 이번에도 마찬가지입니다. 장어가 궁금해서가 아니라 인도하려고 온 겁니다."

그는 백금발의 훤칠한 백인 남자로 귀티가 흐르는 인상인 반면에 몸 곳곳의 문신과 흉터가 관록을 느끼게 했다. 주희는 깊고 푸른 그의 눈에서 갈무리된 슬픔을 보았다.

"탐험을 성공으로 이끄는 게 당신이 상실의 고통을 극복하기 위해 찾아낸 방법인가요?"

"내가 찾아낸 게 아니라 신이 계시한 방법이죠."

탐험가 중에 신앙을 가진 사람은 얼마든지 있다. 그러나 자신의 힘만을 믿을 것 같은 사람도 계시 운운할 정도로 종교에 의지한다는 사실은 놀라웠다.

"신이 어떤 계시를 주던가요?"

"설명할 수 없군요. 그건 그냥 알게 되는 겁니다. 마음속의 나침반이 자력에 의해 정렬되는 걸 느낀달까요."

그는 쓴웃음을 지으며 덧붙였다.

"그런데 탐험가들을 항상 성공으로 이끌 수는 없습니다. 준비가 덜 되었거나 적당한 때를 맞이하지 못한 자는 실패할 수밖에 없죠. 그런 실패를 추스르는 것도 제 소명이라고 느낍니다."

주희는 그 말에서 반감을 느꼈다. 타인의 탐험을 자아도취의 도구로 여기는 듯한 느낌이 들었던 것이다. 때문에 그녀는 다소 삐딱한 질문을 던졌다.

"그럼 이번 탐험은 어떻게 될 것 같으세요? 계시가 있었나요?"

그러자 브란델은 조용히 미소지었다. 마치 성자처럼 온화한 미소였다.

"아직 계시는 없지만 불안한 감이 있군요. 물론 어디까지나 개인적인 느낌입니다."

주희는 마지막으로 장 박사를 찾았다. 이성적인 사람과 대화해야 브란델에게서 받은 찜찜함을 지울 수 있을 것 같았다. 바쁘게 프로젝트를 추진하다 보니 정작 장 박사가 장어를 통해 개인적으로 추구하는 것이 뭔지 진지하게 이야기를 나눠보지 않았다는 것도 마음에 걸렸다.

자료를 검토하던 장 박사는 질문을 듣자 재떨이에 담배를 비벼 끄며 답했다.

"주희 씨, 뜬금없는 소리지만 나는 학자로서 함량 미달입니다."

갑작스러운 자기 비하에 주희는 당황하면서도, 대체로 냉철한 장 박사가 그렇게 말한다면 이유가 있겠지 싶었다. 그렇지만 부정하지 않으면 실례일 것 같아서 마지못해 말했다.

"전문가로서 방송도 자주 나가시는 분이 왜 그런 생각을 하시죠?"

"아는 일의 기쁨을 위해 평생을 썼지만 알아낸 건 나의 한계뿐입니다. 무리해서 방송에 나가는 건 석학 대우를 받는 게 상처 입은 자존감을 달래주기 때문일 뿐이죠."

그의 절망은 오랜 기간에 걸쳐 영혼에 스민 듯했다. 주희가 고개만 살짝 끄덕이자 장 박사는 쓴웃음을 지었다.

"그런데…… 이번에는 다른 느낌이 들어요. 평생 쫓은 신기루 너머를 장어의 고향에서 볼 수 있을 것 같습니다. 그걸 확인하면 나도 얼마 남지 않은 시간을 만족스럽게 마무리할 수 있겠죠."

"어디 안 좋은 곳이라도……."

장 박사는 망설이듯 주변을 둘러보았다. 펜을 만지작대던 그는 낮은 목소리로 조심스럽게 말했다.

"일정을 서두르며 기후 변화 탓을 했는데, 사실 그건 과장이었습니다. 내년 이맘때쯤에는 내가 일상생활을 할 수 없게 될 예정이라는 게 진짜 이유였죠. 미안합니다."

주희는 무슨 대답을 하면 좋을지 알 수 없었다.

"너무 심각하게 생각하지 말아요. 나는 이미 한참 전에 받아들인 일이니까."

장 박사는 뭔가를 떨치려는 듯 짧게 웃다가 새삼 마음을 고쳐먹은 듯 주희를 응시했다.

"주희 씨, 당신은 젊고 건강하고 가능성이 넘치는 사람입니다. 심지어 힘과 능력도 있죠. 늙은이의 평가라 생각할지도 모르겠지만 객관적으로 하는 말입니다. 슬픔을 에너지로 바꾸는 건 아무에게나 가능한 일이 아니죠. 그건 대단한 자산이에요. 그러니 이번 일이 끝나면 과거에서 벗어나는 걸 고려해보길 바랍니다. 나는 이 탐사가 마지막 경력이 되겠지만 당신의 경력에선 전환점이 되길 빌고 있어요. 강우 씨도 그러길 바랄 겁니다. 그러니 잘해봅시다."

주희는 자신이 살아오며 들었던 격려와 칭찬과 아첨들을 떠올렸다. 누군가는 원만한 관계를 위해서, 누군가는 자신에게 이익이 돌아오길 원해서 그런 말을 했다. 그러나 장 박사의 말에는 그런 목적 설정이 없었다. 그는 이미 받아들인 삶의 종국 앞에 서서 속으로 휘청이는 주희의 삶을 순수히 응원하고 있었다. 주희는 그 마음이 고마운 한편으로 장 박사가 맞이한 마지막 국면의 키를 자신이 쥐고 있다는 사실이 무겁게 느껴졌다.

◇

장 박사의 운명을 헤아리기라도 한 것처럼 다음 날 날씨는 말끔하고 깨끗했고, 바다는 뱃사람들의 표현처럼 장판이라도 깐 듯 잔잔하고 매끄러웠다. 탐사대는 아침 일찍 출항해서 예정된 자리로 이동했다. 필그림도 아무 이상이 없었다. 주희는 곧장 필그림을 잠수시켰다. 릴에서 케이블 풀리는 소리가 요란하게 들려왔다.

계기에도 케이블을 통해 송출되는 영상에도 문제가 없었다. 장 박사를 비롯해서 대원들 모두가 박수를 치고 껄껄 웃었다. 하지만 그런 환호도 잠시. 시간이 지나면서 선실은 빠르게 조용해졌다. 별다른 이상도 없고 바닷속 풍경이야 다들 익숙한지라 드론의 무사를 비는 것 말고 할 일이 없게 된 탓이다. 이곳에 있어선 안 된다는 해파리떼를 발견해서 잠시 관찰한 것과 희귀한 심해 생물 몇 가지, 돌연변이 두어 마리를 발견한 것 외에는 특별한 일이 없었다.

장 박사는 더 빨리 내려가면 안 되겠느냐는 말이 턱 끝까지 나온 것 같았지만, 다른 전문가를 존중하는 진짜 전문가답게 주희를 채근하지 않았다. 얼마나 시간이 지났을까, 진짜 해구가 시작되는 수심 6천 미터에 도달하자 모두의 눈빛이 변했다. 주희도 소나 화면에 한층 집중하며 조종간을 고쳐 잡았다. 언제든 조명을 켜고 카메라를 돌릴 준비도 잊지 않았다.

그때 각종 계기를 노려보던 장 박사가 외쳤다.

"위!"

주희는 곧장 드론을 세우며 반사적으로 조종간을 당겨 위를 향했다. 검게 번들대는 거대한 물고기가 유유히 헤엄치고 있었다. 아니, 자세히 보니 그건 물고기 한 마리가 아니었다. 수백 마리의 장어가 떼 지어 헤엄치는 모습이었다. 모두가 그 경이로운 모습에 압도되어 잠시 말을 잃었지만, 학문적인 소양이 적은 데다 매 순간 조종에 심혈을 기울여야 하는 주희는 비교적 침착했다.

"장어도 저렇게 군집으로 움직이는군요."

"저건 이례적으로 거대하고 형상이 또렷한 군집이군요. 이런 건 처음 봅니다."

장 박사가 입을 가린 채 화면을 노려보았다. 주희는 드론과 카메라를 조작해서 장어의 군집을 추적하며 대기했다. 장어 떼는 갑작스러운 빛에 놀란 것인지 이리저리 어지럽게 움직이는가 싶더니, 곧 원래의 모양대로 돌아가서 더 깊은 곳으로 비스듬히 내려가기 시작했다.

장 박사가 침착하게 지시했다.

"놓치지 말고 따라갑시다."

앞선 차를 미행해달라는 부탁을 받은 택시기사가 된 것 같았다. 주희는 마음속의 농담으로 긴장감을 풀며 드론을 조종했다. 그러나 장어 떼는 마리아나 해구의 밑바닥에 도달해야만 안심할 모양인지 쉬지 않고 밑으로 밑으로 헤엄쳐 내려갔고, 주희는 붉은 영역으로 들어가는 계기판을 보며 슬슬 이전에 느껴본 적 없는 압박에 사로잡히기 시작했다.

수심 8000미터. 800기압이다. 수치상으론 안정권이지만 무슨 공격을 당한다든가 돌발 상황이 일어나면 어찌 될지 알 수 없었다. 주희는 아무것도 보이지 않는 어두운 계곡 밑으로 내려가는 장어들의 뒤를 쫓으며 마른침을 삼켰다.

"장어가 이렇게까지 깊은 바다에서 버틸 수 있는 생물이었을 줄이야……."

장 박사가 경탄과 탄식이 섞인 투로 말했다.

"바다가 점점 뜨거워지고 환경이 불안정해지니까 안전한 곳에서 번식하고 생존할 수 있도록 진화한 겁니다."

다른 동료들이 박사의 설명에 한숨 쉬었다.

"그냥 생태만 파악하게 된 게 아니라, 인간의 무분별한 발전에 의해 장어가 얼마나 피해를 입었는지 확인하게 된 셈이군요."

이윽고 필그림은 마리아나 해구의 밑바닥에 도착했다. 해저 11000미터. 지독한 어둠이 조여드는 듯한 기분이 들었다. 인간이 정복한 지 한참 된 곳이기에 탄성을 흘릴 것도 없었지만, 주희는 드론이 제 능력을 증명했다는 사실에 만족감을 느꼈다. 장어 떼는 멈추지 않고 계속 바닥을 따라 움직였다. 주희는 숨 돌릴 틈도 없이 뒤를 따라잡았다.

"슬슬 산란을 해주면 안 되겠니……."

주희가 중얼거렸다. 그러나 장어 떼는 그런 바람을 비웃듯 대형을 바꾸어 해구의 기슭에 난 비좁은 구멍으로 빨려들 듯 들어갔다. 더 깊은 곳으로 향하는 비스듬한 구멍이었다. 그때, 텅 하고 케이블이 걸리는 소리가 났다. 릴이 다 풀린 것이다.

"박사님, 이게 한계입니다. 유감이지만……."

주희의 말에 모두가 입맛이 쓰다는 표정이었다. 하지만 장 박사는 아직도 눈빛이 형형했다.

"주희 씨, 무선 조종이 가능하지 않습니까?"

심장이 내려앉는 듯했다. 주희는 망설이다 겨우 대답했다.

"5분 이동하고 5분 돌아와서 케이블에 재연결한다고 치면 불가능하진 않지만……."

터무니없는 소리는 아니었다. 하지만 만약 회수에 실패한다면 주희는 강우를 두 번 잃는 듯한 기분을 맛볼 게 분명했다.

주희가 하지 못한 말을 짐작한 장 박사가 말했다.

"문제는 모두 내가 책임집니다."

배터리 팩을 바꿔서 다시 내려간다는 선택지도 있긴 했다. 하지만 그랬다간 장어 떼의 산란 순간을 영영 놓칠지도 모른다는 사실, 그리고 장 박사에게 기회가 또 오지 않을 수 있다는 사실에 주희는 결단을 내렸다.

"케이블 분리하겠습니다."

5분의 타이머가 돌아가기 시작했다. 주희는 장어들이 들어간 동굴로 드론을 몰았다. 좁고 구불대는 동굴 때문에 한층 더 입체적인 감각이 필요했던 주희는 VR 고글로 디스플레이를 전환하고 조종에 심혈을 기울였다. 덕분에 조종은 정교해졌다. 그러나 지나친 현실감 때문에 주희는 자기 자신이 저 아래 지구에서 가장 깊은 동굴 사이로 기어가는 듯한 기분을 느꼈다. 머리가 조여드는 듯한, 온몸이 오그라드는 듯한 고통이 서서히 몸을 잠식했다. 이게 바로 폐소공포증일까.

"주희 씨, 괜찮아요?"

동료들이 걱정했고 브란델이 기도를 하는지 중얼대며 어깨를 가볍게 짚었다. 하지만 조금만 더 버티면 될 일이었다. 주희는 고개를 끄덕여 보이고 앞으로 나아갔다. 3분쯤 그렇게 나아간 뒤, 통로가 사라지고 아무것도 보이지 않는 공간이 나타났다. 주희는 소나를 확인했다. 공동인데 신호가 불안정해서 끝을 알 수 없었다.

“지구에서 가장 깊은 곳에 이렇게 큰 공동이 있다니, 믿기 어렵군요. 아마 여기가 목적지일 것 같습니다.”

장 박사가 상기된 얼굴로 주희에게 물었다. 아니, 요구했다.

“주희 씨, 내가 그 광경을 가장 먼저 보게 해줄 수 없겠습니까?”

시간을 생각하면 아슬아슬했지만 장 박사가 어제 했던 말을 떠올리면 역시 도저히 무시할 수 없었다. 게다가 현기증과 구역감 때문에 몇 초만이라도 쉬는 게 좋을 것 같기도 했다. 실수를 저질러 드론을 잃는 것보다는 기본적인 조종법을 배운 장 박사에게 잠깐이라도 조종간을 넘기는 게 나을 수도 있었다. 한편으로 주희는 그 판단이 도망을 합리화하는 게 아닐까 하는 의심이 들기도 했다. 올바른 결정을 하는 게 아니라 그저 압박감이 극에 달한 순간에 드론을 지킨다는 책임으로부터, 미지의 광경을 발견한다는 임무로부터 벗어나고 싶을 뿐이 아닐까.

망설이는 그녀의 귀에 브란델의 낮은 목소리가 들려왔다.

“오늘은 이만 물러나는 게 좋을 것 같습니다. 예감이 좋지 않아요.”

주희는 순간 그 말이 자기가 원하던 것이라는 느낌을 받았다. 이렇게 중요한 결정을 당장 하고 싶지 않았고, 지금 이 상황에서 벗어날 수 있다면 뭐든 상관없다는 생각도 들었다.

그러나 그녀가 무슨 말을 하기 전에 장 박사가 언성을 높였다.

"탐사를 하고 말고는 당신이 관여할 문제가 아닙니다, 선장. 그리고 그런 말을 하고 싶으면 최소한 합리적 근거를 가져와요."

장 박사가 그답지 않게 쏘아붙이자 브란델은 어깨를 으쓱하고는 반걸음 뒤로 물러났다. 주희는 숨을 멈추고 장 박사를 보았다. 그의 눈은 분노와 열망으로 타오르고 있었다.

"주희 씨, 당신은 과거의 죽음을 돌아볼 시간이 있겠지만 지금 내 눈에 보이는 건 다가올 죽음뿐입니다."

주희는 자리에서 일어나 장 박사에게 고글을 넘겼다. 자신의 두려움이 장 박사의 절박함을 이길 정도는 아니었고, 그의 말대로 죽은 사람과의 추억에 매달리느라 죽음을 앞둔 사람의 숙원을 외면하는 건 어리석고 잔인한 일일 터였다.

장 박사는 환희를 억누른 표정으로 조종석에 앉아 고글을 쓰고 드론을 빠르게 전진시켰다. 걱정스러울 정도로 빠른 돌진이었다. 주희는 뜯어말리고 싶었으나 장 박사의 마음을 헤아려 일단 참기로 했다. 과부하 방지를 위해 광학 카메라로 받는 정보는 모두 고글로 송출하고 있었으므로 구체적인 상황을 알 수 없었다. 주희와 동료들은 이제 장 박사에게 말로 설명해달라고 부탁해야 했다.

"박사님, 뭔가가 보입니까?"

장 박사는 조종간을 움직이고 주변을 둘러보며 중얼대듯 말했다.

"오, 세상에, 이거야 바로 이거였어! 유레카!"

장 박사의 혼잣말은 경탄과 환희가 가득 찬 외침으로 변했다. 유레카는 원래 아르키메데스가 왕관의 순도를 알아낼 방법을 깨닫고 터뜨린 탄성이었지만 지금 장 박사가 느끼는 기쁨은 영원히 살 방법이나 광속을 초월할 방법을 알아낸 사람이 느낄 법한 것으로 보였다. 아니, 단순히 기쁜 것을 넘어서서 환희의 열기가 심한 나머지 영혼의 일부가 변질된 것처럼 보일 지경이었다. 웃으면서도 탄성을 지르고 눈물을 줄줄 흘리는 모습은 적어도 주희에게는 그렇게 비쳤다.

주희는 그 모습에 몸이 굳어지는 듯했지만, 모두가 뭐가 보이냐고 채근하는 가운데 점멸하는 타이머를 보고 정신을 차렸다. 돌이킬 수 없을 상실의 공포가 그녀를 깨웠다. 주희는 장 박사의 어깨를 흔들었다.

"박사님! 이제 필그림을 회수해야 합니다, 나오세요! 박사님!"

장 박사는 웃어대기 시작했다. 미친 듯한 발작적 웃음은 아니었다. 손주가 태어났다는 소식을 들은 노인처럼 행복과 감사에 젖은, 아름답기까지 한 웃음이었다. 그러나 영문 모를 맥락의 웃음이기에 몹시 두려웠고, 주희는 뭐가 잘못되어도 단단히 잘못되었다는 느낌을 받으며 장 박사를 자리에서 끌어냈다. 그 와중에 웃음이 그쳤다. 박사는 기절한 듯 늘어졌다.

장 박사의 상태가 걱정이었지만 동료들에게 맡겨야 했다. 드론을 구해낼 수 있는 것은 주희 자신뿐이었다. 주희는 고글을 빼앗아 쓰기도 전에 조종간으로 드론의 방향을 반전시키며 가속 버튼을 눌렀다. 고글을 쓴 것은 그 직후였다.

'할 수 있을 거야, 분명 빼낼 수…….'

하지만 반전이 끝나자마자 반응이 끊어졌다. 신호가 잡히지 않는다는 경고 아이콘이 점멸했다. 재접속 버튼을 몇 번이고 눌러봤지만 소용이 없었다. 온몸이 오그라들며 식은땀이 배는 듯했다. 현기증이 심했다. 주희는 마지막으로 버튼을 다시 눌러보고 깨달았다. 포기하지 않으면 분명 기적이 일어날 거라는 기대가 꺾였다.

주희는 드론을 장어의 고향에 수장한 셈이었다. 상실을 받아들이며 고글을 벗었다. 그제야 동료들이 박사에게 제세동기를 쓰는 모습이 보였다. 반응이 없는 것은 박사도 마찬가지였다. 주희는 브란델과 눈이 마주쳤다. 그는 두 손을 모은 채 한 번도 들어본 적 없는 언어로 구슬픈 노래를 부르기 시작했다.

주희는 어찌할 바를 모르고 꿈결 같은 절망 앞에 주저앉았다.

장 박사의 죽음과 함께 프로젝트는 마지막 페이지가 찢긴 것처럼 끝나버렸고, 주희는 빈손으로 차가운 거리에 내몰린 듯한 심정을 맛보았다. 필그림을 다시 만들 기술이야 있지만 비용을 충당할 길이 없었다. 육성전자가 후원을 중단했다. 핵심 인물이었던 장 박사가 죽은 것은 이유가 아니었다. 사람 하나가 죽고 탐사 드론도 잃어버린 조사에서 그럴듯한 결과물이 없었다는 게 진짜 이유였다. 그 깊은 곳으로 장어 떼를 쫓아간 것까지는 괜찮았으나, 드론이 무선으로 활동하기 시작한 시점부터는 모든 기록에 노이즈밖에 남지 않았다. 가장 중요한 발견이자 신기록인 해구 밑 동굴 탐사 사실은 증명할 길이 없게 되었고 그 자리엔 비웃음만이 채워졌다.

전부 책임지겠다던 사람이 죽어버리면 어쩌란 말인가. 주희는 장 박사를 생각하면 씁쓸하고 허망했다. 그의 숙원을 들어준 덕분에 모든 것이 실패로 돌아갔고, 그녀는 강우와의 연결점이었던 드론을 상실하고 말았다. 드론을 분실한 것은 두려워하던 것보다 덜 고통스러웠으나 그렇다고 괜찮지는 않았다. 마치 평소에 별로 신경 쓰지 않던 신체 일부, 이를테면 배꼽 따위가 사라진 기분이었다.

없어도 되지만 당연하게 있던 것을 잃어버렸다. 주희는 그 사실을 떠올릴 때마다 몸속 어딘가 그러면 안 될 곳에 피가 흐르는 듯한 느낌이 들었다. 장기에 낫지 않는 상처가 난 것처럼. 물론 그건 착각에 불과하고 장 박사의 말대로 지나간 죽음에 대한 집착이 분명할 것이다. 결정적인 순간에 목숨줄 같은 장비의 조종간을 내준 것은 자기니까 남 탓할 일도 아니었다. 그러나 그 느낌, 일종의 환상통은 영원히 낫지 않으리라는 걸 주희는 알 수 있었다.

장 박사의 사인은 심장마비였다. 원래부터 판막에 이상이 있었던 데다, 폐암도 심각하게 진행된 상태라 본인이 털어놓은 대로 한두 해를 넘기기 힘들 처지였다고 들었다. 그런 그가 원하던 것을 보긴 한 것 같았는데, 그런 광경을 몰입도 높은 장비로 보여준 것이 죽음을 앞당긴 실수였는지, 아니면 마지막 소원을 잘 풀어준 것이었는지 주희는 판단할 수 없었다.

대원들은 장례를 치르고 흩어졌다. 장 박사는 가족도 친척도 없어 장례식장이 버려진 무덤 같았다. 식장을 떠나면서 유독 슬프게 우는 대원도 있었는데, 알고 보니 장 박사의 기록을 맡아서 정리하던 대학원생이라 했다. 주희는 뭐라 위로하지 못했다.

모두가 헤어지기 전, 브란델은 주희를 보고 따뜻한 목소리로 말했다.

"너무 슬퍼하지 마세요. 박사님은 충분한 고난 끝에 보상을 받은 겁니다. 장어의 생태에서 희망을 느끼고 계셨으니 그것을 확인한 순간에 신을 영접한 것이나 다름없었겠죠."

"결과적으로 그 희망과는 반대 결과를 얻게 되셨는데도요?"

브란델은 사뭇 진지한 표정으로 되물었다.

"그가 원하는 것을 얻지 못하고 죽었다고 생각하십니까?"

주희는 훌륭한 탐험가로 남지 못한 강우가 생각나 언성을 높였다.

"박사님은 결국 학계에 보고할 결과를 남기지 못했고, 위축감을 극복하지도 못한 채로 눈을 감았어요. 원하는 것은 아무것도 이루지 못했죠."

"그게 이성적으로 올바른 판단일지도 모르죠. 그러나 저는 때가 되어 간 분을 실패자로 남기기보다는 행복한 결말까지 함께했다고 기억하고 싶습니다."

주희는 반박하려다 입을 다물었다. 그의 말대로 병사할 운명에서 벗어나서 보고 싶은 것을 보고 웃다 간 장 박사의 죽음은 완전한 비극은 아니었을지도 모른다. 강우의 죽음에 의미가 있었다고 자신을 설득했듯 장 박사의 죽음도 윤색하는 편이 모두에게 이로울 것이다.

브란델은 주희가 반박하지 못하자 빙긋 웃고는 악수를 청했다.

“건강하시고 언젠가 다시 만날 수 있으면 좋겠군요.”

주희는 그의 손을 잡으며 작게 한숨을 쉬었다.

“또 탐험을 도우러 가시나요?”

“그래야죠. 그게 제 일이니까요.”

“다음 탐험에서는 좋은 계시를 받으면 좋겠네요.”

브란델은 웃음으로 대답을 대신했다.

브란델이 떠난 뒤로 주희는 간신히 택배 드론 조종 겸 관리자 자리를 구했다. 특수한 드론을 만들어 운용해본 경험이 인공지능과 겨룰 만했다. 보람이나 희망이 넘치진 않았지만 새로운 국면이긴 했다. 주희는 빚을 갚으며 드론 개발과 탐사 말고 다른 길을 찾을 것인지 고민을 질질 끌었다. 사실 필그림으로 마리아나 해구를 탐사한 기록은 있으니까 군수 업체든 해저 케이블을 다루는 기업이든 거래처가 없진 않을 것이었다. 어둠 속에서 신기루나 무지개를 좇는 짓을 그만두고 명백히 밝혀진 영역에서 자기가 잘할 수 있는 일로 삶을 꾸려가는 게 옳다는 방향으로 마음이 크게 기울기도 했다.

그런데 선뜻 그쪽을 택하지 못한 것은 자신이 볼 수도 있었을, 지구에서 가장 낮고 깊은 동굴에서 장 박사가 봤을 광경, 강우가 알고 싶어 했던 광경이 마음에 걸리기 때문이었다. 망설임 앞에서 주희는 자신이 결국 강우나 장 박사와 같은 부류임을 실감했는데, 그 실감은 그녀를 한없이 어두운 곳으로 이끌었다. 버릴 수 없는 기질 때문에 어디서도 벗어날 수 없으리라는 생각이 생활의 걸음걸음에 휘감겼다.

주희가 탐사 제안을 다시 받은 것은 장 박사가 죽고 반년이 지난 뒤였다.

◇

주희에게 연락한 것은 놀랍게도 세계 최대의 전기 자동차 회사인 타불라의 대표, 머스킷이었다. 주희는 인연이라곤 눈곱만큼도 생각지 않은 유명 인사를 만난 것도 어안이 벙벙할 지경이었는데, 그가 해구 탐사에 대원으로 참여해달라고 하기에 무슨 닮은꼴 연기자를 이용한 사기가 아닌가 의심까지 했다. 오래지 않아 머스킷의 수직 이착륙 전용기를 보고는 이게 사기라면 당하는 수밖에 없다고 생각하게 되었지만.

머스킷은 우주 탐사에 돈을 아낌없이 쓰기로 유명한 사람이었으나, 알고 보니 해저 탐사에도 관심이 적지 않았다. 해저의 희토류를 확보하는 것도 자기 회사와 인류 발전에 도움이 되는 일이라 생각한 탓이다. 그렇기에 지속적으로 해저 탐사자들을 찾아다녔고 얼마 전 장 박사의 제자가 SNS에 업로드한 탐사 실패 수기를 보고 연락해서 탐사대를 조직한 것이었다.

덕분에 프로젝트는 육성전자가 나섰을 때 못지 않은 속도로 진행되었다. 머스킷은 해구 밑바닥에서 정말로 동굴을 발견했는지 증언도 확인할 겸 예전 대원들에게 프로젝트에 다시 참가하겠느냐 연락했고, 대부분이 흔쾌히 승낙하고 모였다. 이번에도 브란델은 탐사선의 키를 잡았고 주희는 필그림을 조종할 예정이었다.

모든 게 완벽해 보였다. 오로지 주희만이 문제였다. 그녀는 참가를 결정하는 마지막 단계 앞에서 멈춰 서 있었다. 그동안 포기를 택하지 못했던 것처럼 탐사도 쉽게 택할 수 없었다. 끝난 줄 알았던 일이 다시 궤도에 오르고 술술 풀리는 모습을 봤을 때는 이게 바로 운명인가 싶었지만, 그 운명이 성공으로 가는 길이라는 보장은 어디에도 없었다. 브란델이 생각하듯 신이 있어서 길을 마련했다고 쳐도 그 길이 실패와 좌절로 이어져 있을지도 모르는 일이고, 어쩌면 장 박사가 맞이한 '행복한 안식'으로 이어져 있을지도 모르는 일이었다. 반면에 장 박사가 봤을 광경을 확인한다고 해서 대단한 정신적 만족과 사회적 성공, 혹은 대단한 부가 굴러들어 올 가능성은 없어 보였다.

망설임의 이유를 들은 머스킷은 시원스럽게 웃어 보였다.

"탐사라는 선택지를 놓지 않은 것은 그때 장 박사님이 봤을 광경을 확인하고 싶어서인데, 확인해봤자 좋을 건 아무것도 없을 것 같다는 말이군요. 어쩌면 비극적인 결말이 찾아올지도 모른다는 두려움도 있고. 이를테면 외국에서 생전 처음 보는, 상당히 냄새나는 음식을 먹을까 말까 고민하는 것과 비슷한 상황 같네요."

가벼운 비유에 주희는 당황했다.

"아니, 그렇다기엔 좀 더 심각한데요……."

"결국은 같은 문제죠. 외국 특산품이라 먹어볼 기회가 또 올 것 같진 않고, 덥썩 먹자니 뒷일이 걱정되고, 맛있어봐야 한계가 있어 보이는 거죠. 미지에 대한 두려움과 불안감이 느껴지는 건 당연합니다. 하지만 주희 씨는 꼭 장 박사 때문이 아니더라도 항상 이 길을 마음속 한구석에서 치워버리지 못하고 안고 있었습니다. 지금까지 줄곧 그랬으니 앞으로도 마찬가지겠죠. 그런 마음의 짐을 안고 살면 언젠가는 그것을 해결하기 위해 원점으로 돌아오게 되어 있습니다. '그때 거기까지 간 김에 무슨 맛인지 먹어보기나 할걸' 하고 후회하는 여행자처럼 말이죠. 그런 응어리를 견디지 못하는 게 바로 우리가 가진 본성입니다."

"그런 본성을 억누른 사람만이 오래 살아서 우리의 조상이 될 수 있었던 건 아닐까요?"

"하하, 날카로운 지적이군요. 하지만 그렇기에 성공하는 사람, 선도하는 사람이 소수인 겁니다. 나를 봐요. 달에서 얼음 지대를 찾아내기 직전까지 실패가 계속된 덕에 나는 파산 직전이었습니다. 대원 다섯 명이 죽었고, 인망은 땅에 떨어졌죠. 하지만 결국 성공했고 이 자리에 있어요. 그 미친 짓을 한 건 돈이나 발견에 대한 확신 때문이 아니라 응어리를 무시할 수 없는 마음 때문이었습니다. 그러니 당신도 다시 조종간을 잡아요. 직접 내려가는 것도 재산을 건 것도 아니지 않습니까? 실패해도 잃을 건 아무것도 없을 거라고 장담하죠. 전문가답게 이성적으로 생각해요. 이건 남들이 피를 토하도록 간절히 원해도 누릴 수 없는 기회입니다."

머스킷이 의도하진 않았겠지만 주희는 '남들'이라는 말에서 죽은 강우를 떠올렸다. 아마 그가 있었다면 생각할 겨를도 없이 쌍수를 들고 환영했을 기회가 분명했다. 아마 정말로 죽을 위험이 뻔히 보여도 뛰어들었으리라. 주희는 그 상상을 외면할 수 없었고, 불확실한 공포와 불안감에 시달리며 고민을 길게 끄는 건 멍청한 짓이라는 생각에 결국 머스킷의 제안을 받아들였다.

모든 것이 확정되자 프로젝트는 예전과 동일하게, 다만 더 큰 규모로 진행되었다. 그리고 '더 큰 규모'에는 방송이라는 요소가 포함되었다. 머스킷은 탐사 과정을 자사 인공 위성을 통해 실시간으로 송출하자고 했다. 제안이 아니라 확정 사항이었다. 그는 원래부터 자신을 포장하고 자랑하는 일에 목숨을 걸어왔고, 부단한 홍보가 그를 지금의 위치까지 끌어올린 것도 사실이므로 어쩔 수 없었다. 탐사선에는 방송용 통신 장비 여럿과 이를 관리하는 엔지니어들이 추가되었다.

주희는 솔직히 라이브 방송에 회의적이었다. 많은 사람이 자기 작업을 지켜보고 있으면 집중하기 어려울 것 같았고, 보여선 안 될 것이 방송으로 나가면 어쩌나 싶기도 했다. 돌발 상황에 나올 수 있는 욕설부터 직업적 신뢰도를 깎아 먹을 장비 오류까지, 문제가 될 건 많았다.

게다가 장 박사의 마지막을 생각해봐도 걱정이었다. 만약 노약자가 감당하기 버거울 정도로 놀랍거나 끔찍한 광경이 나오면 어쩔 것인가. 하지만 머스킷은 생방송을 하되 기본적으로 5초 정도의 시차를 둬서 긴급 상황에 대응할 것이며, 문제가 터진다 해도 돈으로 해결할 수 있으니 신경 쓸 것 없다고 장담했다. 이 역시 그가 추문에 대응한 경력에 비추어보면 허황된 소리는 아니었다.

그리하여 1년 만에 다시 모인 탐사대는 마리아나 해구 위에 탐사선을 띄우고 드론을 잠수시켰다. 저번에는 어쩔 수 없이 드론을 무선 모드로 조종하다 잃어버렸다는 기록을 확인한 머스킷이 여차하면 연장할 수 있는 케이블과 여분의 드론, 불상사를 대비한 드론 조종사와 의료팀까지 준비했으므로 사고 때문에 일이 중단될 걱정은 없었다. 주희는 그 모든 준비를 보며 어쩌면 피할 수 있었을지도 몰랐을 장 박사의 죽음에 다시금 괴로워졌다. 그러나 탐사라는 일이 본래 실패와 죽음을 디딤돌로 삼아 이루어진다는 점을 생각하면 장 박사의 죽음도 어쩔 수 없는 일이고, 아무리 준비를 한들 어떤 사고가 또 일어나 새로이 디딤돌이 될지 모르는 일이겠구나 싶었다.

필그림의 잠수는 예전보다 순조로웠다. 자잘한 트러블도 일어나지 않았고, 대원들도 탐사대 규모가 커진 것치곤 문제 없이 지냈다. 굳이 문제를 뽑자면 머스킷이 라이브 방송을 한다고 들떠서 카메라를 들고 다니며 프로젝트의 의미와 상황에 대한 설명을 요구하거나 자기가 얼마나 큰 결심을 하고 돈을 썼는지 자랑해대느라 정신이 사나웠다는 것 정도였다.

머스킷은 특히 휴식 시간에 럼주를 마시다 묘하게 가까워진 브란델에게 종교적인 견해를 묻곤 했는데, 그러면 브란델은 난처해하면서도 적당한 답을 해주었다. 드론이 잠수를 시작한 뒤에도 머스킷은 라이브 방송으로 그런 질문을 던졌다.

"브란델, 작년 이전에도 심해 탐사의 탐사선을 몬 적이 있다고 들었는데요. 탐사에는 성공했습니까?"

"안타깝게도 실패였습니다. 이번에는 성공해야 이 일을 계속할 수 있을 것 같군요."

"그때는 왜 실패했을까요? 신이 조사를 원치 않았던 것일까요?"

브란델은 잠시 망설이는 듯하더니 다소 강한 어조로 말했다.

"그렇다고 봅니다. 실패자들은 모두 조심성도 없고 겸허하지도 않았죠. 우리가 아는 범위를 넘어서는 일의 위험성을 인지하지 못했고, 우리보다 거대한 존재 앞에서 몸을 낮추지도 않았습니다. 내가 몇 차례 경고했지만 정신 나간 소리로 치부하더군요."

"장 박사 이전에 안내한 탐사자가 경고를 무시한 뒤에 어떻게 실패했는지 구체적으로 알 수 있을까요?"

"고인의 명예를 위해 구체적인 부분은 말할 수 없지만, 목적지까지 무사히 도착해서 잠수가 시작된 이후에 이상한 해류가 느껴지더군요. 멈춰서 돌아오기를 권했지만 그들은 잠수를 강행했죠. 이후에 해저 화산의 이상 활동으로 용암이 분출되어 모두 실종되었고, 저는 간신히 목숨만 건졌습니다."

"저런, 피할 수 있었을 비극으로 걸어 들어갔다니 안타깝군요. 혹시 그런 신호를 포착하는 요령이 있을까요?"

"주어진 것에 감사하고 욕망을 경계하십시오. 그리고 용기와 만용을 구분하십시오. 그러면 넘어선 안 될 선을 알게 될 겁니다."

브란델은 그렇게 말하더니 피식 웃어 보였다.

"물론 그건 너무 고리타분한 이야기니까 제 말에 귀를 기울여주시는 게 가장 좋겠죠."

"와우, 진지하게 고려해보죠."

머스킷은 재미있는 괴담을 다루듯 인터뷰를 마무리했다. 라이브 방송 시청자 반응도 좋다고 했다. 그러나 주희는 경고를 무시해서 사고를 당한 탐험가들이 또 있었다는 말에 불길한 느낌이 가슴속에 엉겨 붙는 것을 느꼈다.

인터뷰가 진행되는 동안 필그림은 심해의 어둠에 감싸인 채 기기묘묘한 생물들을 일별하며 마리아나 해구에 접어들었다. 센서가 전보다 훨씬 나아졌기에 깊은 곳으로 내려가는 장어 떼를 발견하기는 그리 어렵지 않았다. 여차하면 터져 나오는, 어메이징이니 언빌리버블이니 하는 감탄사가 시끄러웠다. 주희는 한숨 지으며 장어를 따라 드론을 조종했다. 만약 해구 밑바닥의 동굴에 신이 있고 장어 떼가 탐사대를 인도하는 중이라면 장어 떼야말로 가장 신실한 존재가 아닐까 싶었다.

다시 찾은 해구의 밑바닥은 전처럼 경이롭게 느껴지지는 않았다. 대신 버려진 묘지에 온 것 같은 희미한 공포가 감돌았는데, 주희는 표정이 어두워진 것이 예전 대원들뿐이라는 것을 확인하고 그 공포가 해구에서 온 게 아니라 장 박사에 대한 기억에서 왔음을 알았다. 그러나 그런 분위기는 누가 굳이 말하지 않아도 자연히 느낄 수밖에 없는 것인 듯, 머스킷을 비롯한 새 대원들도 슬슬 말을 삼갔다. 스피커를 통해 전해지는 심해의 먹먹한 고요 위로 파도 소리와 멀리서 전해지는 엔진음, 그리고 컴퓨터 팬 소음과 릴 풀리는 소리 따위가 웅웅거렸다. 품에서 종이를 꺼내 보며 기도문인지 뭔지 모를 소리를 속삭이던 브란델까지 입을 다물었다.

심해의 압력처럼 선실을 짓누르는 침묵을 뚫고 말을 꺼낸 것은, 지극히 이성적이고 맡은 일에 책임을 다하는 새 연구원이었다.

"온도가 너무 낮아요. 아무리 환경 변화에 적응했다 해도 겨우 버틸 수 있는 온도에서 알을 낳지는 않을 텐데, 어디로 가는 걸까요……."

옳은 지적이었다. 작년에는 장어 떼를 쫓느라 급급해서 신경 쓰지 못했는데, 당장 얼어붙어도 이상하지 않을 온도에 산란할 이유는 없을 것 같았다.

"끝까지 따라가보는 수밖에 없겠죠."

주희는 조종간을 움직여 장어 떼를 뒤쫓았고 이윽고 문제의 심해 동굴에 도착했다. 전에는 여기서 케이블을 탈착할 수밖에 없었지만 이번에는 애초에 긴 케이블을 준비해서 그대로 갈 수 있었다. 대원들의 증언으로만 전해 들었던 심해 동굴이 눈앞에 나오자 머스킷은 적잖이 흥분한듯 얼굴이 상기되었으나, 방송으로 축구 중계하듯 마구 떠들 때가 아니라는 사실은 아는 듯 키보드를 두드려 지구의 최심부가 눈앞에 있다고 자막을 띄웠다.

그사이에 주희는 심호흡했다. 결정할 시간이었다. 대신할 사람이 있으니 여기서 손을 놓고 지켜보기만 하거나 아예 도망쳤다가 결과만 들을 수도 있었다. 그러지 않고 계속 조종한다면…… 주희는 죽은 장 박사와 그의 웃음을 떠올렸다.

'나는 지금 칠흑 같은 죽음에 머리를 들이밀고 있다.'

주희는 이성적이지 못하다는 것을 알면서도 그 생각에서 벗어나지 못했다. 손이 식었는지 손가락 사이로 한기가 스며들었다.

그때 등뒤에서 브란델의 낮은 목소리가 들렸다.

"지친 것 같으니 교대하는 게 좋겠습니다."

돌아보니 그는 손에 김이 나는 찻잔을 들고 있었다. 여기서 물러나 두 발을 뻗고 따뜻한 차를 마시면 얼마나 낙원 같을까 생각하면서도 주희는 반사적으로 거부했다.

"아뇨."

어째서일까? 주희는 스스로도 알 수 없었지만 몸은 그동안 연습한 대로 움직이고 있었다.

"그럼 진입합니다."

주희는 고글을 끼고 숨죽인 채 조종간을 움직여 필그림을 동굴 안으로 진입시켰다.

대역폭과 처리 속도 등 통신 문제도 해결되어 전처럼 조종자만 광학 카메라 정보를 받아보는 게 아니라 선실 메인 모니터는 물론이고 유튜브에도 화상을 동시 송출하고 있었다. 전보다 더 밝아진 라이트로 비춰보는 동굴은 비좁고 울퉁불퉁해서 작년에 문제 없이 지나간 게 기적이다 싶었다. 그리고 여차하면 무선 통신이 끊기는 것도 이상한 현상은 아닐 것이었다.

주희는 마른침을 삼키며 가속과 감속을 반복했다. 반년간 하루에 열 시간씩 드론 조종만 한 탓에 조작도 섬세해졌고 집중력도 높아졌다. 다만 높아진 집중력 때문인지 동굴을 기어가는 동안 온몸이 짓눌려 뭉개지는 듯한 감각도 기억하는 것보다 훨씬 심했다. 주희는 결국 드론을 잠깐 세워놓고 치미는 것을 토해냈다. 동료들이 기겁하며 조종사를 바꾸자고 했지만 주희는 조종간을 잡은 채로 괜찮다고 거절했다. 브란델이 와서 토사물을 닦아내고 차를 권하며 말했다.

"한계를 넘어서고 있습니다. 예감도 좋지 않으니 그만두는 게 좋겠어요. 살아 있으면 다음 기회는 오기 마련입니다."

주희는 신비로운 향기가 나는 차 한 모금으로 목만 축이고 심호흡을 했다. 그러자니 머스킷이 다가와 그녀의 앞에 쪼그려 앉았다.

"힘들면 내가 대신할 수도 있어요. 나도 비상시를 대비한 드론 조종사니까 부담 가질 거 없습니다."

"저는……."

주희가 말을 이으려 하는데 브란델이 끼어들었다.

"솔직히 말하자면 오늘은 탐사를 그만두는 게 좋을 것 같습니다. 흐름이 좋지 않아요. 문제가 생기기 전에 일단 준비를 과신한 게 아닌지 점검하는 게……"

머스킷이 당장 그의 말을 자르며 언성을 높였다.

"탐사 한 번에 돈이 얼마가 들어가는지 계산이나 해보고 말해요! 과학을 그 염병할 놈의 느낌으로 가로막지 말고."

브란델이 어깨를 으쓱이고는 뒤로 물러났고, 머스킷은 작게 한숨을 쉬었다. 주희는 강한 기시감 속에서 조종간을 단단히 잡았다.

그 모습에서 결의를 읽은 듯 머스킷이 격려했다.

"그래요, 할 수 있어요. 용기 있는 시도와 부단한 노력이 발견과 발전의 역사를 써나가는 겁니다."

그러나 주희는 다른 생각을 하느라 듣지 못했다.

저번 탐사도 이런 식이었다. 장 박사는 탐사를 중지하자는 브란델의 제안을 무시했고, 자신은 압박감과 두려움 때문에 장 박사의 부탁을 핑계로 조종간을 넘겼으며, 결국은 드론도 잃고 장 박사도 죽었다. 그러니 탐사를 중지할 수 없는 이상 조종이라도 자신이 해야 했다. 그래야 최소한 다른 사람이 죽지는 않을 것이다. 그리고 장 박사가 무엇을 보고 죽음을 맞이한 것인지, 심해의 무엇이 강우를 그토록 이끌었는지 목도하려면 그만둘 수 없었다.

주희는 곧바로 고글을 쓰고 가속 버튼을 눌렀다. 기묘한 현기증을 강한 집중력으로 억누르고 소나에서도 사라지려는 마지막 장어를 좇아서 속도를 냈다. 예전에 다다랐던 그곳, 가장 깊은 공동에 도착하기까지는 오래 걸리지 않았다. 머스킷을 비롯하여 동료들이 환호를 억누르는 소리가 들려왔다. 덕분에 죽음의 공포 같은 압박감도 조금 줄어들었다.

고요를 깬 것은 이번에도 새 연구원이었다.

"2도……. 수온이 조금 높아졌어요. 이곳 어딘가에 열원이 있겠군요."

지상에 온천이나 화산이 있듯이, 심해에도 열이 솟구치는 지점이 있다. 그렇다면 장어가 깊고 안전하면서도 얼어죽지 않을 지역을 찾아 산란하는 것도 가능하리라. 주희는 한결 가벼워진 마음으로 전진했다. 장비에 이상이 없기에 걱정도 덜했다. 하지만 안정적으로 작동하는 고성능 장비 덕에 지금 이곳이 얼마나 경악스러운 공간인지 똑똑히 알게 되자 마음이 점점 어지러워지기 시작했다.

심해 공동. 그곳은 막대한 에너지가 분출되며 만들어진 듯, 당장 보이는 최대 지름이 160미터에 가까운 공간이었다. 끝이 없는 밑으로 내려갈수록 온도가 빠르게 높아졌고, 장어 떼 말고도 다양한 생물종이 분포하고 있어서 정신이 없을 지경이었다. 광학 카메라 영상을 지켜보는 대원들의 경악에 찬 탄성이 그치질 않았다. 머스킷도 별세계를 만난 탐험가가 할 만한 소리들을 참지 못하고 외쳐댔다. 주희는 그 와중에도 장어 떼를 추적해서 마침내 그것들이 어두운 기슭에 알을 낳는 모습을 발견하고야 말았다.

"여러분, 드디어 장어의 고향을 발견했습니다. 기후 위기를 피해서 깊고 깊은 곳으로 내려온 장어는 바로 이 심해 동굴을 최후의 보금자리로 삼은 것이었습니다."

머스킷이 마음껏 떠들어댈 수 있도록 장어의 산란을 집중해서 찍던 주희는 한숨 돌렸다. 커다란 짐을 내려놓은 듯한 안도감이 공허했던 가슴 속에 차오르고 있었다. 그러나 이상하게도 어쩐지 완전히 마음이 놓이지는 않았다. 위화감에 가까운 불쾌감, 혹은 일종의 부적절감을 떨쳐버릴 수 없었다.

'장 박사가 고작 이런 것을 보고 그토록 기쁨을 느끼며 죽었을까?'

사람의 심리나 육체적 상황은 다 다르니 이만한 경이만으로도 죽을 수 있겠지만 주희는 받아들일 수 없었다. 분명 장 박사는 이보다 더 진입했을 것이다. 주희는 계기를 확인했다. 아직 여유가 충분했다. 더 깊은 곳으로 갈 수 있다.

아니, 가야만 한다.

주희는 마음 깊은 곳의 불안과 충동을 확인하며 장어의 산란에 대한 기록이 끝나길 기다렸다. 15분쯤 지나자 알을 낳은 장어들이 다시 헤엄치는 모습이 보였다. 인근을 헤매는 녀석들도 있고 온 길을 되짚어 가는 녀석들도 있었는데, 일부는 더 깊은 곳으로 내려가기 시작했다.

주희는 그것들이 길을 인도하는 듯한 느낌을 받았다.

"그럼 더 내려가보겠습니다."

사람이 직접 내려가는 것도 아니고, 인류사에 기념할 만한 업적을 세우고 있으니 누구도 반대할 이유가 없었다. 주희는 사면을 따라 가속했다. 사면의 생태를 카메라로 확인하며 나아가는 동안, 주희는 물론이고 화면을 지켜보는 모두가 경악했다. 해양 생물에 관한 지식이 있든 없든 충분히 느낄 만한 경악이었다.

사면을 내려갈수록 처음 보는 심해 생물이 늘어나는 것까진 그저 경탄스러웠다. 하지만 그 형상이 차츰 원시적인 형태도 모자라서 빛의 덩어리 같은 것으로 변하는 상황은 누구도 예상치 못한 광경이었다. 자신이 아는 영역에서 하나하나 설명하던 심해 생물 전공 연구원들이 어느 시점부터는 입을 틀어막았고, 죽음이 닥친다 해도 자기 업적을 자랑할 듯했던 머스킷도 잠잠해졌다. 대신에 브란델이 중얼대는 기도가 점점 크게 들려왔다.

수온은 어느새 40도를 넘어가고 있었다. 적외선으로 확인하니 사면 밑으로 계속 내려가면 100도 이상으로 올라갈 모양이었다. 어쩌면 사면은 영원히 이어지고, 온도도 영원히 올라갈지도 모른다.

주희는 이제 걷잡을 수 없는 감정에 짓눌리기 시작했다. 그 감정은 경탄이라기엔 마냥 반갑지 않았고, 기쁨이라기엔 두려웠으며, 공포라기엔 아름다웠다. 그것은 평범한 사람이 감당하기엔 지나치게 방대하고 무거운 감정이었다. 토할 게 남아 있었다면 다시 한번 게워냈을 것이다. 하지만 이미 속이 비어 있었고, 주희는 앞으로 나아가야 했다. 이런 돌덩이들을 마음 깊이 남겨두고 싶지 않았다. 그 끝에 있는 것을 확인해야만 했다.

주희는 누구의 허락도 구하지 않고 속도를 최고로 높였다. 그러자 사면에 보이는 생물들, 혹은 빛덩이의 형상도 빠르게 변했는데, 변하고 또 변해 나타난 어떤 생물들은 보기에 따라선 영혼이나 에너지 그 자체를 형상화한 모습 같기도 했다. 뒤에서 몇몇 사람들이 탄식하는 소리가 들려왔다. 그것은 새로운 세계를 마주한 자의 기쁨인 동시에 자신이 알던 세계가 무너지는 모습을 본 자의 절망임을 주희는 알았다.

정신없이 달리던 주희는 케이블이 한계에 달한 곳에서 결국 멈춰 섰다. 그곳은 공동의 끝에서 수백 미터는 더 내려간 동굴이었다. 다시 비좁아진 구멍의 저편에는 불그스름하게 들끓는 어둠의 구체가 있었다. 주희는 그 구체를 목격하는 순간 시야와 사고에서 모든 게 다 사라지는 것을 느꼈다. 그 거대한 구체는 핏덩이처럼 검붉고 짙으면서도 반투명했는데, 안쪽 깊은 곳에서 정체 모를 광원들이 뒤섞이듯 이리저리 움직이며 흐릿한 경계면 안쪽에 숨어서 움직이는 형상들을 비추곤 했다.

주희는 입을 틀어막지 않기 위해 조종간을 단단히 붙잡았다. 앞서 헤엄치던 장어들이 아무 망설임 없이 구체에 뛰어드는 모습이 보였다. 경계를 넘어간 장어들은 희고 흐릿한 그림자 같은 형상이 되더니 물 속에 떨어뜨린 잉크처럼 흩어졌다. 주희는 그렇게 흐려지고 뒤섞이는 형상을 응시하다가 사람의 얼굴 같은 음영을 보았다. 눈이 마주쳤다.

강우였다.

주희는 착각이라 생각했다가 강우가 등반 중에 얻었던 이마의 흉터를 발견하고 숨을 멈췄다. 강우는 미소 지었다. 주희는 그 모습을 보며 결국 오른손으로 입을 틀어막았고, 그사이에 강우의 형상은 흩어지고 또다른 얼굴이 스쳐지나갔다. 지적이면서 깐깐해 보이는 중년 남성의 실루엣. 장 박사였다. 기쁨에 차서 웃어대다 흩어지는 그 모습을 보고, 주희는 두 사람이 그토록 찾아헤매던 답에 도달했음을, 마찬가지로 자신도 알고 싶던 것을 알게 되었음을 깨달았다.

어떤 답이든 저기에 있었다. 생명의 신비든, 죽음의 공포든, 신의 존재든, 영혼의 고향이든, 모든 것의 기원이 저 검붉은 구체 너머에서 하나로 뒤섞이고 있었던 것이다. 주희는 장대한 탐색의 결말이 몸속으로 스며드는 것을 느끼기 시작했다.

모든 것이 캄캄해진 것은 그때였다. 초월적인 감각의 일종은 아니었다. 단순히 필그림에서 오는 정보가 차단된 것이다. 전력 문제일까? 주희는 고글을 벗어던지고 전투기 조종석을 닮은 모양으로 만들어진 콕핏에서 나왔다. 그리고 좀전과는 다른 방식으로 경악했다. 메인스크린을 보고 경탄하면서 각자의 작업에 몰두하고 있었을 동료 모두가 쓰러져 있었던 것이다.

단 한 명, 브란델을 제외하고.

그는 중앙 컴퓨터를 옆에서 일어나 주희에게 걸어왔다. 평소보다 긴장된 표정이었다.

"대체 뭐가 어떻게 된 거죠?"

"정신적 충격으로 졸도하는 사람들이 생겨서 급히 전원을 차단했습니다. 늦은 것 같군요. 그래도 주희 씨는 의식이 있으니 다행입니다. 괜찮으시죠?"

"네, 조금 어지럽지만……."

주희는 구역질이 치미는 느낌이 들었지만 겨우 눌러 참았다. 콕핏에 걸터앉은 그녀를 보고 브란델이 한숨을 쉬었다.

"역시 일찌감치 그만두는 게 맞았습니다. 장 박사의 죽음을 초래한 건 바로 저 기괴한 광경이었던 겁니다. 저게 어떤 의미를 갖는 것이든 봐선 안 되는 것이었어요. 드론을 빨리 회수하고 철수하죠. 전원을 넣을 테니 자동 회수 버튼을 눌러요."

주희는 주변을 둘러보았다. 붉은 비상등만 켜진 조종실 바닥에 쓰러진 사람들의 얼굴에는 경악의 흔적이 희미하게 남아 있었다. 심지어 머스킷은 눈을 반쯤 뜬 채로 입에서 거품을 흘리고 있었다. 주희는 심장이 내려앉는 기분이었다. 또 잘못 선택한 것이다. 애초에 여기 오지 말았어야 했다. 어쩌면 드론을 만든 것부터 틀려먹은 짓이었을지도 모른다.

주희가 다시 콕핏에 주저앉자 브란델은 중앙 컴퓨터에서 드론의 전원 공급 버튼을 눌렀다. 드론의 카메라는 작동하게 되었지만 탐사선 디스플레이의 전원도 인터넷 송출도 연결되지 않았으므로 저 밑에서 어떤 광경이 펼쳐져 있는지는 이제 알 수 없었다. 주희는 떨리는 손으로 자동 회수 버튼을 눌렀다. 드론 분실을 막기 위해 추가한 자동 주행 시스템 덕분에 필그림은 저장된 경로를 천천히 거슬러 올라오기 시작했다.

주희는 망연히 앉아서 케이블 감기는 소리를 들었다. 전보다 더 묵직해진 소리에 그녀는 드론을 잃진 않았으니 그나마 다행이라고 생각했다. 그러다 그게 대체 무슨 소용인가 싶어 다시 마음이 싸늘해졌다.

드론을 회수한들 강우가 봐줬던 물건도 아니고, 나는 이제 탐사 따위 위험한 일도 하지 않을 것이다. 이런 식의 사고도 실패도 공포도 지긋지긋하다. 이제 이런 일에선 가능한 한 멀리 떨어지고 싶다. 애초에 안온한 삶을 추구했던 내가 대체 무엇을 위해 필그림을 만들었던 걸까? 주희는 뒤늦은 눈물이 왈칵 쏟아지려는 것을 참으며 생각했다.

정말로 대체 무엇을 위해 여기 뛰어들었을까?

"당신이라도 무사해서 다행입니다."

콕핏에서 고개를 내밀어 보니 브란델이 쓰러진 머스킷의 맥을 짚어보고 있었다. 주희는 황급히 콕핏에서 나왔다. 낙담한 나머지 쓰러진 사람들을 챙기는 걸 잊고 있었다.

"사람들은 괜찮은 건가요?"

"걱정할 거 없습니다. 놀라서 기절했을 뿐이니 곧 깨어날 겁니다."

그 말에 주희는 일단 안도했지만 예전과 다른 양상이 의아하게 느껴졌다. 드론이 보여주는 광경을 가장 생생하게 본 건 고글을 쓴 그녀 자신인데 왜 다른 사람들만 쓰러졌단 말인가.

"메인 디스플레이로는 뭐가 보였길래 이렇게 된 거죠?"

그러자 브란델은 쓴웃음을 지었다.

"전 거의 눈을 감고 기도하고 있어서 잘 보지 못했습니다. 얼핏 보긴 했지만…… 별로 다시 떠올리고 싶지 않군요. 무슨 일이 있을지 모르니, 주희 씨도 기억을 더듬지는 말길 바랍니다."

"하지만……."

"너무 깊이 내려갔어요. 본래대로라면 알 길도 없고 봐서도 안 되는 것을 알아내려 했기에 신이 경고한 겁니다. 벌써 두 번째 경고라는 걸 생각하면 빨리 물러나야 합니다. 이 정도로 그친 것도 다행이에요."

주희는 쓰러진 사람들을 다시 한번 둘러보며, 피가 식는 기분으로 쓰러지든 죽든 자기가 먼저 당하는 게 맞았다는 생각을 다시 했다. 그러나 이제는 두려움보다 의문이 더 컸다.

'쓰러진 사람들과 나 사이에 어떤 차이가 있을까.'

주변을 필사적으로 살피던 그녀의 눈에 들어온 게 있었다. 조종실 중앙 테이블에 놓인 찻주전자였다. 강화유리로 만들어져 내용물이 보이는 그 주전자는 거의 비어 있었고, 주변에는 종이컵 여러 개가 놓여 있었다. 주희는 자신이 구토한 뒤에 브란델이 준 차를 한 모금 마셨던 것을 떠올렸다. 처음 맡아보는 신기한 향이 나던 차…….

가슴속이 얼어붙는 듯한 기분이 드는 동시에 뜨거운 분노가 머릿속을 가득 채웠다.

"차에 약을 탔군요."

흠칫 멈춰 선 브란델이 평소와 마찬가지로 부드러운 미소를 지어 보였다.

"네, 저 깊은 해저를 봐도 된다는 계시는 없었으니까요."

너무나도 당연하다는 태도에 주희는 귀를 의심했다. 내부자가 이런 식으로 방해할 거라곤 누구도 생각지 못했으리라. 인류가 가본 적이 없는 심해를 보기로 하긴 했지만, 가장 큰 목적은 장어의 생태를 알아본다는 소박한 것이었으니까.

"고작 그런 이유로…… 장 박사님까지 죽인 건 아니겠죠?"

브란델은 천천히 다가오다 당장 위협이 되지 않을 만한 지점에 멈춰섰다.

"장 박사님은 운명대로 가신 겁니다. 신께 맹세코 제가 한 짓이 아닙니다."

그의 말을 다 믿을 수 있을 리가 없었다. 주희는 뒤로 물러나며 몸을 보호할 만한 물건을 찾았다. 그러나 해적 조우 등의 교전 상황에 대한 대처는 호위선이 전담하고 있었으므로 무기를 찾을 순 없었다.

"당신이 뭘 믿든 전 상관없어요. 하지만 당신의 믿음이 어떻든 남의 소원을 짓밟고 망칠 권리가 생기는 건 아니잖아요."

브란델은 허탈한 웃음을 지으며 고개를 저었다.

"전 그저 알아도 되는 것만 알 수 있게 선별해서 인간을 지키려는 겁니다. 세상엔 인간이 알아선 안 되는 것도 있는 법이니까요. 하지만 머스킷이 설명한다고 들을 사람은 아니니까 강제적인 방법을 썼습니다."

머스킷이 설득될 사람이 아니라는 것만은 동감이었다. 하지만 주희는 여전히 브란델의 주장을 잘 알 수 없었다.

"대체 왜 저걸 인간이 알아선 안 된다는 거죠? 저건 인간이 알고자 했던 모든 것 중에서 가장 중요한 거예요."

브란델은 쓰라린 표정으로 주희의 얼굴을 가리켰다.

"주희 당신도 이 광경을 보고 큰 충격을 받았죠. 장 박사처럼 흘린 눈물이 증명하고 있습니다. 어쩌면 차단이 조금만 늦었어도 당신까지 죽었을지도 몰라요. 그토록 오랜 고난을 겪으며 답을 찾아온 장 박사와 당신도 이 정도인데, 모두가 그 광경을 받아들일 수 있을까요?"

주희는 뺨을 만져보고 자신이 통곡한 듯 눈물투성이라는 사실에 놀랐다. 하지만 그렇다고 브란델의 걱정이 합당해지는 것은 아니었다.

"브란델, 장 박사님은 원래 몸이 안 좋은 분이었어요. 심장에도 이상이 있었고. 저 밑에 있는 게 아무리 경천동지할 광경이라 해도 보는 것만으로 사람이 잘못되진 않아요."

"아니요, 잘못됩니다. 결과적으론 모두 다 잘못될 겁니다."

브란델이 다소 격앙되어 답했다.

"인간은 답을 찾아선 안 됩니다. 신께서 허락하는 건 답을 찾는 과정의 발전과 즐거움이지 답이 아닙니다. 우리가 어디서 오고 어디로 가는지 아는 순간 인류는 신의 품을 벗어나게 됩니다."

주희는 브란델의 말이 아무 근거도 없는 헛소리라고 생각하진 않았다. 적어도 종교의 근간이 흔들릴 것이었다. 그러나 그렇다고 해서 브란델의 행동이 합당한 것은 아니었다. 강우가 목숨을 잃을 때까지 찾고 싶어 했던 답을 찾아놓고 모른 척할 수는 없었다. 장 박사를 생각해도 그랬다. 이 발견을 덮어놓는 건 두 사람의 영혼을 죽이는 행위다.

"이미 알려진 길 너머로 가도 되는지 알려달라고 아무도 부탁한 적 없어요. 그건 당신 역할이 아니에요."

"하지만 명백히 위험……."

"계시도 예감도 당신 것이지, 우리 것이 아니에요. 물론 정말로 위험할 수도 있죠. 우리 영혼을 갈가리 찢어놓는 결과로 이어질지도 몰라요."

그 순간 주희는 선실의 붉은 어둠 속에서 두 사람의 그림자가 미소 지은 채 고개를 끄덕이는 모습을 본 듯했다. 아니, 보았다. 피처럼 따뜻한 확신이 마음속에서 맥동했다. 주희는 자기도 모르게 고개를 끄덕이고 말했다.

"그렇다 해도 우리는 알아야만 해요. 모르는 길을 걷지 않으면 새로운 곳으로 갈 수 없으니까."

다소 창백해진 브란델이 물었다.

"지금 누굴 본 거죠?"

주희는 답하지 않고 시스템을 관리하는 메인 컴퓨터를 힐끗 보았다. 브란델의 표정이 굳어졌다. 그는 주희의 등 뒤에 있는 메인 스크린, 그 너머의 무엇인가를 본 뒤에 주희를 향해 걸어오기 시작했다.

"신께서 용납하지 않으실 겁니다."

주희는 확신에 차서 사람을 죽이려는 사람이 어떤 모습인지 처음으로 알았다. 그러나 마음은 이상하게 편해졌다. 올 것이 오고, 갈 것이 갈 것이다.

"날 죽일 건가요?"

"이제 갈 길을 아시지 않습니까."

추격은 그의 말만큼 정중하지 않았다. 브란델은 조종석 너머로 도망치려는 주희를 끌어당겨 바닥에 쓰러뜨리고 목을 조르기 시작했다. 눈이 뽑히고 머리가 터져나갈 것 같은 끔찍한 압박감 속에서 주희는 떨어진 고글을 쥐고 브란델의 머리를 내리쳤다. 고글이 부서질 정도였지만 그는 움찔할 따름이었다. 주희는 순간 깜깜한 두려움을 느꼈다. 그러나 그때 어둠 속에서 뭔가에 튕긴 고글 조각이 그녀의 손에 들어왔다. 주희는 그것을 쥐고 브란델의 목을 두 번 찔렀다. 브란델은 비명을 흘리며 쓰러졌다.

피 웅덩이의 중심이 되어가는 브란델은 고통스러워 보였다. 그는 이제 자신의 목을 누르며 피거품이 섞인 말을 쏟아냈다.

"이번에는…… 죄송……."

신에 대한 사죄일까. 주희는 브란델이 계속해서 탐사대들을 강제로 막아왔을 거라 확신했다. 어쩌면 그중에 강우가 끼어 있을지도 모른다. 주희는 그 의심에 분노해야 마땅하다고 생각했지만 이상하게도 그런 또렷한 감정이 몰려오지 않았다. 이제 끝이 보이지 않는 탐색에 종지부를 찍었으니 상관없는 일이었다.

주희는 고글 조각을 고쳐 쥐고 브란델의 목둘레를 둥글게 베었다. 그의 목에서 빠져나온 기운이 어둠 속으로 흩어지는 모습을 본 것 같기도 했고, 아닌 것 같기도 했다. 주희는 메인 컴퓨터에 가서 시스템과 인터넷 송출을 복구한 뒤에 필그림을 빠르게 전진시켰다. 메인 스크린이 작동하여 검붉고 찬란한 구체가 다시 나타났다. 모든 마음을 녹이는 듯한 풍경 속에는 주희가 평생에 걸쳐 사랑했지만 떠나간 모든 사람의 모습이 뒤섞여 있었다.

주희는 그들을 향해 손을 흔들었다. 그녀가 손을 흔들어봤자 보이지 않을 테지만 그렇게 할 수밖에 없었다. 주희의 마음은 이미 저 깊은 바다 밑, 이 세상이 아닌 듯한 기원에 잠겨 있었다. 영원 같은 방황의 결말이 되며, 주희는 그녀 인생에서 가장 행복한 미소를 지었다.

톡

겨울이 죽은 건 은청색 대어가 투박한 날붙이에 의해 반으로 갈라지던 순간이었다. 합죽선 같던 아가미는 한껏 벌어진 채 움직임을 멈췄고 발광하던 눈알은 빛을 잃고 풀어졌다. 사실 그건 겨울이 살아난 순간이자 다시 태어난 순간이기도 했다. 하필 겨울이 그 괴상한 심해어가 뿜어내는 검붉은 피를 정면에서 받아낸 건 예정된 수순이었을지 모른다. 겨울의 낡고 닳은 무지 티가 매끄럽게 코팅된 가슴 장화 밑에서도 흠뻑 젖은 건 그 피를 끌어당긴 무언가가 몸속에 존재했기 때문이다. 그 피는 기어코 몸을 타고 번져 끈적하고 희뿌연 부레를 겨울 안에 심어놓았다.

◇

눈을 뜨면 머리맡을 더듬어 투표용지를 찾는다. 그 위로 손가락을 눌러 찍고 지문에 낀 빨간 액체를 지우러 세면대로 향한다. 손을 떠난 붉은 색채가 세면대를 거쳐 배수관으로 흘러든다. 그 물은 곧장 바다로 녹아들 테지만, 광활한 바다를 상대로 모래알만 한 홍점도 새기지 못한 채 사라지고 말 것이다. 그 과정을 상상하는 것까지가 기상 후에 할 일이다. 잠수정의 하루는 대개 그렇게 시작된다.

물의 흐름은 인간의 말로와 같다. 곧 있으면 인간의 말로를 알리는 안내 방송이 들려올 것이다. 그럼 탑승객 전원은 내키지 않는 추모식에 참석하기 위해 가장 단정한 검은 옷으로 갈아입을 테지. 협탁에 널어둔 검정 블라우스에 팔을 끼워 넣고 같은 색 슬랙스를 맞춰 입었다. 안내 방송을 알리는 〈G선상의 아리아〉가 흘러나온다. 5초간 이어진 음악이 끊어지고 오늘의 사망자 명단이 발표될 차례다. 나는 시사 뉴스를 들을 때처럼 걸상에 걸터앉아 무감하게 안내 음성을 들었다.

[18호실 임정명 님, 26호실 이현정 님 별세하셨습니다. 탑승객 여러분은 1층에 마련된 합동분향소에서 추모의 시간을 가져주시면 감사하겠습니다.]

반듯한 TTS 음성과 이어지는 감미로운 클래식 선율이 외려 냉담하게 느껴졌다. 스테레오 타입에 가깝게 설계될수록 특수한 상황에는 맞지 않는 모양이다. 감상이야 어찌 됐든 방송을 들은 사람들은 벌써 복도로 나와 합동분향소로 향하고 있다. 실내용 슬리퍼가 카펫 바닥을 스치는 소리가 들렸다. 마음에도 없는 추모에 이토록 부지런한 건 고인에게 스스로를 투영한 결과였다. 내일 사망자 명단에 내 이름이 적힐 수도 있다는 자각. 이 비눗방울만 한 공간에선 누구나 그런 자각을 가지고 있다.

객실이 늘어선 복도를 지나 계단을 내려가니 중정에 마련된 분향소가 보였다. 민망할 만큼 구색을 갖추지 못한 모습이었다. 국화 한 송이, 향로 하나 없이 면티를 찢어 만든 검은 리본과 볼펜으로 적어 놓은 이름 석 자가 전부인. 그 앞에 가족의 장례조차 제때 치르지 못한 이들이 피 한 방울 섞이지 않은 남의 죽음을 추모하기 위해 모여 있다. 나는 제 발로 행렬에 합류하고도 무감하게 순서를 기다렸다. 눈물을 보이는 사람, 울지는 않지만 슬퍼 보이는 사람 혹은 나처럼 아무런 동요가 없는 사람. 마음속에서 심심풀이로 대열을 나누다가 차례가 되어 묵례했다. 돌아보니 남은 인원은 여섯 명 남짓이었다. 곧바로 맞은편 관람실로 향했다.

관람실에는 밖으로 통하는 이중창이 하나 있다. 무언가 드나들 수 있는 구멍은 잠수정 전체를 통틀어 이중창이 유일했다. 그런 의도로 만들진 않았겠지만 현재는 쓰레기나 배설물을 처리하는 배출구로 사용된다. 밀폐된 공간에선 그것들을 처리할 방법이 없을뿐더러, 부패가 시작되면 삽시간에 공기를 좀먹어버리기 때문이다. 그러니 시신을 처리할 방법도 마찬가지다. 썩기 전에 밖으로 내버리는 것. 통상적으론 '해방식'이란 정제된 단어를 사용했지만 주인 잃은 육체를 물속으로 던지는 게 어떤 의미의 해방인지 알 수 없었다. 좋은 천과 끈으로 동여맨다 한들 버려지는 오물과 다를 바가 있겠는가. 이중창에 넣어진 시신은 외부 창이 열림과 동시에 바다로 나간다. 18호실 임정명, 26호실 이현정도 예외는 아니었다.

나는 사후경직된 육체가 물속에서 나부끼는 모습을 지켜보았다.

관람실의 진가는 지금부터다. 잠수정 주변을 맴돌던 물고기들이 시신을 향해 몰려들기 시작하는 지금부터. 미식가에 속하는 물고기들은 지천에 널린 시신에도 불구하고 막 숨이 끊긴 것을 선호했다.

뒤늦게 와서 먹잇감을 놓친 몇몇이 잠수정 표면을 들이받았다. 그 기세에 잠수정이 약간 휘청였다. 잠수정은 엔진 가동 없이 물살에 실려 움직인다. 그 특성상 작은 충격에도 영향을 받기 쉬웠다. 덕분에 멀미로도 사람이 죽는다는 걸 알았다. 그렇게 죽은 이의 이름은 박연이었다. 내 맞은편 객실을 사용하는 박정의 동생 박연. 그날은 나 역시 뜬눈으로 밤을 지새웠다. 우두커니 앉아 박정의 흐느낌을 듣다 보니 중력이 사라진 느낌이었다. 나를 끌어당기던 단단한 대지의 감촉을 완전히 잊어버린 것 같았다.

그렇게 시작된 감각은 종종 나를 찾아왔다. 몸이 붕 뜨고 어안이 벙벙했다. 나는 그러한 감각이 일종의 두려움 때문이란 걸 최근에서야 알게 됐다. 잠수정의 표면은 날로 약해졌고 당연히 수압을 견딜 만 한 힘도 줄어들었다. 밟힌 깡통처럼 당장 찌그러진다 해도 놀랄 일은 아니었다. 이미 천장이 낮아지고 있었다. 운 좋게 멀미를 이겨 낸 탑승객들은 또 한 번 압사의 두려움을 견뎌내야 했다.

가끔 나쁜 꿈을 꾸는데, 원인은 압사에 대한 공포였지만 결과는 돌문어에게 머리를 먹히는 허무맹랑한 꿈이었다. 인질에게 헝겊 주머니를 씌우는 것처럼 문어 다리가 내 머리를 옭아맨다. 표면에선 위액 같은 산성 물질이 분비된다. 빨판은 날카로운 이빨로 변해 천천히 살갗을 찌른다. 나는 그 이빨에 우걱우걱 씹히기 직전, 간신히 눈을 뜬다. 그렇다 해서 꿈이 완전히 허구인 것도 아닌 게 해양 생물의 크기가 날로 커지고 있었다. 잘린 손톱보다 얇았던 실멸치는 엄지 굵기만큼 두꺼워졌고, 성체가 돼도 3킬로그램을 넘지 못한다던 돌문어는 내 상반신에 버금가는 크기가 되어 있었다. 모든 생물이 약속이나 한 듯이 부피를 늘려가고 있었다. 선수 시절, 체격 좋은 상대와 맞붙을 때 느꼈던 열등감과 위압감을 저녁상에 있던 멸치와 문어를 상대로 느끼게 된 것이다.

인간은 여전히 최상위 포식자인가? 모든 걸 집어삼키고도 멀쩡히 자리를 보존하는 난공불락의 존재인가? 언젠가 아니라는 대답을 하게 되겠지만, 당장은 그렇다고 생각하기로 한다. 때마침 식사 시간을 알리는 안내 음성이 들려왔으므로.

[점심 메뉴는 볼락찜입니다. 식사를 원하는 탑승객분들은 식당으로 모여주시기 바랍니다.]

나는 최상위 포식자답게 입맛을 다시며 선내 식당으로 향했다. 초벌 주검이 되고서도 이런 태도라니. 인간의 우월감은 욕구로 분류되어 식욕, 성욕, 수면욕과 같이 취급되어야 맞다.

◇

양념 없이 조리된 흰 살을 입에 넣고 씹는다. 가볍게 으깨지는 식감이 맛의 전부다. 잠수정의 식사는 식재료 본연의 맛을 느끼기에 적합하다. 그러면서 알게 된 사실은 생선 살도 치간에 낀다는 것이다. 실처럼 나눠지는 와중에도 빳빳한 저들만의 결속이 있었다. 그 결속을 기어코 찢어발기며 식사를 이어갔다.

다행인 건 모든 식재료가 코앞 바다에서 조달되어 강한 조미료를 쓰지 않아도 비린내가 나지 않는다는 것이다. 접시 위의 어류가 어제 우리가 버린 인간의 살을 갉아 먹었을지, 과거에 수장된 자들의 추깃물을 식전주 삼아 들이켰을지 모르지만 저항을 관둔 인간에겐 그저 맛있는 식사일 뿐이다. 인간은 물고기의 먹이가 되고, 물고기는 다시 인간의 먹이가 된다. 처음 탑승객들은 비위가 상한다는 이유로 해산물을 거부했지만, 현재까지 그 의사를 이어오는 이는 없다.

발라낸 가시를 접시 한편에 모아놓고 있는데 익숙한 클래식이 재생됐다. 오늘의 투표 결과를 알리는 방송일 것이다. 나는 붉은 지장이 찍힌 투표용지를 떠올리며 오늘의 탐색자를 눈으로 지명했다.

[오늘의 탐색자. 27호실 박정 님입니다.]

역시 예상한 대로였다. 옆자리에서 식사 중이던 박정이 잠시 젓가락질을 멈췄다가 아무 일 없는 듯 식사를 계속했다. 탑승객들의 시선이 그에게 향하는 게 느껴졌지만 대놓고 보는 이는 없었다. 박정은 그런 분위기가 불편했는지 남은 살점을 한입에 털어 넣고 자리에서 일어났다. 오늘은 박정, 내일은 정은수, 모레는 나 천지연. 계산

결과에 오차 따윈 없었다. 다시 말해 탑승객 전원이 같은 생각을 하고 있단 의미였다. 아이, 노인을 제외한 인원 중 신체 조건과 체력, 지능, 지구력이 종합적으로 우수한 자. 탐색자 선발의 암묵적 기준이었다.

그 기준에 의거하여 벌써 열한 명이 바다로 보내졌다. 아니, 버려진 것이다. 이중창을 통해 나간 사람은 돌아오는 법이 없었으니, 버려진 것이다. 열두 번째로 버려질 박정은 언제나처럼 돌아오지 않을 것이다. 바다 밖 환경을 탐색한다는 의미를 가진 탐색자는 누구 하나 돌아와 바깥 상황을 전해주는 법이 없었다. 죽거나, 그것들에게 먹히거나, 그것들이 되거나.

툭 튀어나온 이마, 귀밑까지 벌어진 입, 그 속에 빽빽이 차오른 송곳니, 막이 덮인 듯 잿빛을 띠는 눈동자. 짧아진 팔과 지느러미가 돋아난 옆구리, 무엇보다 괴이한 건 과거를 보여주는 검고 긴 머리카락. 나는 입맛이 사라져 반절 이상 남은 볼락찜을 퇴식대에 밀어 넣고 박정의 뒤를 따랐다.

기척을 느낀 박정이 곁눈으로 뒤를 보았다. 박연이 이중창 너머로 보내진 후 박정은 누구에게도 곁을 주지 않고 독거했다. 지금은 어떤 말을 건네든 이죽대는 걸로 들릴 것 같았다. 내가 자신을 투표하지 않았단 걸 박정이 믿어줄까. 쉽사리 입이 떨어지지 않던 차에 박정이 내 쪽으로 몸을 돌렸다.

"술이나 한잔하죠."

"그…… 그럴까요?

얼떨결에 긍정의 대답을 하고 나니 어느새 박정의 객실이었다. 그는 캐리어에서 소주를 꺼냈다. 이어서 잔을 찾기 위해 서랍을 여닫았다. 나는 객실 창으로 비치는 수중류를 구경했다. 헝겊으로 두른 무언가를 안고 있다. 끝에 삐죽 나온 발을 보면 아마 키가 180센티미터쯤 되는 사람일 것이다. 물살에도 형태가 훼손되지 않는 걸 보니 막 숨이 끊겼을 터였다. 저들은 육신을 어디로 데려가는 걸까. 정말 먹기라도 하는 건가. 아니면 수집? 실험?

내가 질문의 답을 찾기 전 먼저 잔을 발견한 박정이 맞은편으로 와 앉았다. 박정과 단둘이 마주 앉은 건 처음이었다. 물론 함께 술을 마시는 것도, 객실에 발을 들인 것도. 박정과 나는 각자 몫의 소주를 마셨다. 식도를 타고 흐르는 알코올의 기운이 뜨겁고 싸했다. 전혀 다른 세상의 기물을 삼켜낸 기분이었다.

"술은 반입 금지인데요."

박정이 어깨를 한 차례 으쓱해 보였다. 이제 와서 그런 게 뭐 중요하냐는 표정이었다. 나는 동의한다는 의미에서 눈썹을 들어 올렸다.

"음주 상태로 잠수에 들어가면 호흡이 어렵단 것도 알고 계실 테고요."

"어차피 죽으러 가는 길 아닌가요. 죽으라고 보내는 거고. 탐색자가 돌아올 거란 기대 한 적 있어요?"

박정이 자조적인 웃음을 지었다. 그마저도 본 지 오래된 것이라 반갑게 느껴졌다.

"글쎄요. 있었던 것 같은데 오늘 이렇게 울적한 걸 보면 없었던 것도 같네요. 아, 죄송해요. 박정 씨가 돌아오지 못할 거란 말은 아니었어요."

"아뇨. 뭐, 울적하다니 고맙네요. 연이가 가고 이곳에 저를 위해 슬퍼해줄 사람은 없을 줄 알았거든요. 그런데 왜 그런 감정을 느꼈을까요?"

"그야…… 객실 이웃이잖아요. 오다가다 마주친 적도 많고."

박정이 선선히 고개를 끄덕였다. 사실대로 말하지 못했다. 나와 비슷해 보여 마음이 쓰였다고. 동생을 잃은 당신을 너무 가까이서 보고 말았다고. 비슷한 일을 겪었다고 해서 상대를 다 안다고 생각하는 건 흔한 착각이었다. 이제 와서 내가 그런 착각을 했다고 털어놓을 필요는 없었다.

"그렇군요. 어쩌면 좀 더 일찍 객실을 텄어도 좋았겠네요. 사실 이거 한 병이 더 있는데 나 가고 나면 지연 씨가 알아서 찾아 마셔요."

박정은 마지막 말이 남긴 무거운 여운을 지우려는 듯 덧붙였다.

"사람들은 이곳이 '생'이고 창을 넘어가면 '사'라고 생각하는 경향이 있어요. 우린 아직 아무것도 알지 못하는데 말이죠. 잠수정에선 매일 사망자가 나오고 있고, 저 너머에선 누군가가 생을 이어가는데도요. 저곳에서 살아남는다면 잠수정보다 나을 거고, 물론 죽게 된다면 연이를 만날 수 있겠죠. 어느 편이 됐든 나쁘진 않네요."

박정과 나는 나란히 창밖으로 시선을 던졌다. 날개 돋친 듯 물속을 유영하는 수중류가 보였다.

"저것들이 두렵지 않으세요?"

"두려울 때가 있죠. 저 생김새를 보고 어떻게 두렵지 않을 수 있겠어요. 그럴 때는 제가 알고 지냈던 조명 가게 사장님을 떠올리려 해요. 제가 조명 수집에 취미가 있었거든요. 어느 날 가게 문을 열고 들어갔는데 사장님이 빛 아래에 무언가를 비춰보다 황급히 숨겼어요. 모근을 살피던 거겠죠. 감염된 거고. 그런데 그 사장님, 그냥 평범한 사람이었거든요. 그렇게 알던 수중류를 떠올리면 두려움이 가셔요. 잠깐은요."

박정은 초탈한 사람처럼 보였다. 어쩌면 아주 오래전부터. 박연이 죽은 날부터 쭉 그래온 사람처럼. 나는 그 담담한 옆모습을 보며 제발 저 너머에도 '생'이 있게 해달라고 누군지도 모를 이에게 빌었다.

◇

잠수복을 갈아입은 박정 주변으로 탑승객들이 몰려들었다. 탐색자를 배웅하는 과정이었다. 이미 객실에서 마지막 인사를 끝낸 나는 멀찍이 떨어져 그 과정을 지켜봤다. 평소 박정에 대해 알지 못했던 사람들이 이 순간만큼은 애틋한 자식을 보내는 부모처럼 말하고 행동했다. 박정은 그런 유난이 불편한지 누군가에게 잡힌 손을 슬그머니 빼냈다. 그래, 부모라면 자식 이름 밑에 붉은 지장을 찍어낼 수 없겠지.

"매번 젊은 사람들이 고생해서 어떡해. 마음 같아선 내가 가고 싶은데 몸이 이 모양으로 말을 안 들어서."

그 말을 한 여자가 자신의 손목을 매만졌다. 손목과 수영이 관련이 있던가.

"그래도 꼭 돌아와요. 죽겠다 싶으면 돌아오고. 괜찮겠다 싶어도 혼자만 있지 말고 와서 알려주고 그래요. 동고동락한 사람들인데 같이 살아야지."

나는 붙잡힌 박정의 팔을 대신 빼내주고 싶었다. 과분한 부탁은 걸러 들으라고 말해주고 싶었다. 하지만 저들을 제치고 나아갈 기력이 없었다. 그사이 박정은 내부 창을 열고 창과 창 사이 공간에 몸을 집어넣었다. 망설임이라곤 없는 몸짓이었다. 그러고는 깔끔하고 군더더기 없는 동작으로 내부 창을 닫았다. 박정은 수신호를 보낸 뒤 가슴 위로 양손을 포개었다. 곧이어 물이 차올랐다. 박정은 몸에 붙은 장비를 점검하며 외부 창이 열리길 기다렸다. 마침내 외부 창이 열리고 박정의 몸이 바다로 보내졌다.

헤엄쳐 가는 박정의 뒷모습이 점점 작아졌다. 사람들은 벌써 객실로 돌아가고 있었다. 관람실에는 모레의 탐색자가 될 나와, 내일의 탐색자가 될 정은수만이 끝까지 남아 그의 마지막을 붙잡고 있었다. 정은수의 옆모습이 객실에서 본 박정의 옆모습과 꽤나 닮아 있었다.

◇

[탐색자 12호 박정 님의 신호가 끊어졌습니다.]

◇

다음 날 아침, 잠수정 내부가 소란했다. 잠수정 내에서의 소란은 누군가에 대한 미움이 되고, 미움은 곧 득표가 된다. 다들 그걸 알기에 소란이 될 법한 상황은 알아서 피하는 눈치였지만 오늘은 그럴만한 명분이 있었다. 아침에 받은 투표용지의 내용이 그것이었다. 수십 개의 이름 중 하나를 선택해야 했던 평소와 달리, 찬성과 반대 둘 중 하나를 고르면 되는 쉬운 투표였다. 하지만 여론은 들끓었다.

갑작스러운 찬반 투표의 여파는 감춰져 있던 군중의 속내를 수면 위로 끌어올렸다. 그 안에 들어찬 적개심이 여과 없이 발화됐다. 탑승객들은 중정에 모여들었다. 나는 세안을 하려 공용 샤워실이 있는 1층으로 내려왔다가 탑승객 무리에게 붙들려 30분째 의미 없는 넋두리를 듣는 중이었다.

"그것들이 사람의 시신을 들고 가잖아요. 먹는 거 말고 뭘 하겠어요. 이제 인간일 적 지능도 없는 것 같던데."

"제 생각도 그래요. 그 흉측한 걸 굳이 안으로 들일 필요가 있을까요? 연구해봤자 똑같이 수중류가 되는 방법뿐인데, 저는 죽더라도 인간으로 죽고 싶어서요."

그런다고 투표 결과가 바뀌는 것도 아닌데. 나는 잠시 냉소적이 되었다가 예민한 군중 앞에서도 입장 표명을 겁내지 않는 저들의 기백을 흥미롭게 바라봤다. 하지만 결국 대화는 진척됐다. 흥미를 잃은 나는 자연스레 정은수에게로 시선을 돌렸다. 그 역시 세안하러

나온 길에 붙잡힌 듯 보였다. 왼손에 바싹 마른 칫솔이 들려 있었다.

과반수가 반대에 투표했다면 그는 오늘 꼼짝없이 바다로 버려질 것이다. 반대로 과반수가 찬성했다면 바다의 것이 이 안에 들어오게 될 것이고. 그는 지금 무슨 생각을 하고 있을까. 표정만으론 아무 정보도 얻어낼 수 없었다.

"그게 어떤 사람을 먹었을지 어떻게 알아요. 내 가족이나 지인한테 추악한 이빨을 댔을 걸 생각하면……."

격양된 목소리로 열변을 토하던 3호실 노인이 별안간 말을 멈췄다. 불시에 찾아든 정적이 내 고개를 다시 노인에게로 돌려놓았다. 앙다문 입술 새로 곡소리가 새어 나왔다.

"아이고……. 아이고, 세상이 어찌 되려고……."

모두가 노인을 보고 있었다. 머지않아 중정은 노인의 새된 목소리로 가득 찼다. 절로 미간이 구겨졌다. 나는 노인에게 관심이 몰린 틈을 타 이 소란에서 벗어날 계획이었다. 맨 뒷줄로 빠져 조용히 움직이면 아무도 모를 것 같았다. 하지만 때마침 들려온 익숙한 클래식 선율이 나를 중정에 붙박았다.

소음을 인지한 시스템이 평소보다 큰 데시벨로 〈G선상의 아리아〉를 연주했다. 투표 결과가 발표되려는 것이었다. 나는 이어질 음성에 집중했다.

[투표 결과 과반수 찬성, 조리와 난방에 필요한 전력을 소모하여 수중류 포획에 나섭니다.]

[오늘 이후 식사는 1일 1회로 제한되며 난방은 취침 시에만 가동됩니다.]

[1시간 뒤 포획 예정.]

결과는 찬성의 승리였다. 주야장천 반대 입장을 표하던 노인은 아예 주저앉아버렸다. 그 절규가 무색하게 중정 모니터에 타이머가 가동됐다. 포획까지 남은 시간이 초 단위로 줄어들고 있었다. 초침 소리가 귀에 거슬렸다.

투표 결과가 발표되자 탑승객들은 언제 그랬냐는 듯 조용히 객실로 돌아갔다. 마지막까지 남아 흐느끼던 3호실 노인도 한 탑승객의 부축을 받아 자리를 떴다. 중정에는 아직 세안을 끝내지 못한 나와 정은수만 남았다. 마치 어제처럼. 이번에는 그와 눈이 마주쳤다. 나는 멋쩍게 웃어 보였다. 당장 바다로 버려지는 일은 면했으니 투표 결과가 그에게는 다행한 일일 터였다.

"축하해요."

같은 처지에 놓였으니 할 수 있는 말이었다. 그 역시 내 말을 고까워하진 않는 것 같았다. 그도 내일의 탐색자가 나였단 걸 알고 있는 듯했다.

"간신히 살았네요. 당분간 탐색자 선발은 없을 테니 목숨은 보전했다고 봐도 되겠죠. 27호실이 살아 오길 내심 바라고 있었는데."

"정은수 씨도 박정, 아니 탐색자들이 죽었다고 생각하세요?"

"그냥 생각 자체를 안 합니다. 해봤자 의미가 없으니까요. 죽든 살든 돌아오지 않으면 우리에겐 똑같은 거 아닌가요."

"살아 있다면 언젠가 돌아올 수도 있잖아요."

"천지연 씨라면 돌아올 겁니까? 천지연 씨에게 멍에를 씌운 이들을 위해 당장의 안식을 포기하고 물속으로 뛰어들 수 있습니까?"

"그거야…… 소중한 사람이 남아 있다면 가능하겠죠."

"소중한 사람이라. 전 그런 사람이 벌써 다 수장돼서 이해한다고는 못 하겠네요. 천지연 씨에게는 아직도 그런 사람이 있습니까?"

"이곳에는 없지만 어딘가에는 살아 있겠죠. 뭐, 그럼 저도 이곳으로 돌아올 일은 없는 거네요."

나와 정은수는 누가 먼저랄 것도 없이 창 너머를 바라봤다. 수중류는 잠수정을 포기한 유일한 인류. 섬처럼 변한 육지에 남아 마지막까지 두려움에 떨었던 인류. 스스로 물러나길 택했지만 결국엔 살아남은 인류. 그런 저들을 이제 와서 잠수정으로 불러들인다는 게 어떤 의미일지 생각했다. 인간의 이기심과 탐욕은 어디서 생겨났으며, 어디로 흘러가게 될지도. 타이머는 부지런히 줄어 47분에 다다르고 있었다.

"그래도 건장한 남자치고는 이곳에서 오래 버텼다고 생각합니다. 천지연 씨는 조금 억울할 수도 있겠네요. 운동했던 거 잘 숨기지 그랬어요."

"그게 숨긴다고 숨겨지나요."

그 말을 끝으로 정은수와 나는 공용 샤워실 앞에서 갈라졌다.

◇

남은 시간이 00:00으로 변함과 동시에 잠수정 내에 엄청난 진동이 일었다. 나를 포함한 탑승객들은 넘어지지 않으려 바닥 가까이 몸을 낮췄다. 창을 보니 잠수정이 뒤로 밀려나고 있었다. 앞으로는 화살촉 같은 소형 미사일이 발사됐다. 도합 세 발. 그것들은 가까이 선 수중류를 향해 일렬로 뻗어나갔다. 그중 한 발은 헛발이었고, 다른 한 발은 왼팔을 스쳤다. 마지막 발은 지느러미 아래를 명중했다.

푸른 핏물이 주변으로 퍼져나갔다. 나는 점점 깊어지는 푸른빛을 바라보며 눈을 질끈 감았다. 투구게의 피가 꼭 저렇다는데. 백신을 위해 착취되는 투구게의 모습이 힘을 잃고 가라앉는 수중류에 겹쳐졌다. 저 수중류는 인간을 위해 무엇을 내주게 될까. 잠수정이 보낸 갈고리가 수중류를 이중창 앞으로 끌고 왔다. 뒷줄에 서 있던 정은수가 이중창으로 다가갔다. 창에 손을 짚은 그는 문득 시선을 의식했는지 창 앞에서 멀어졌다.

외부 창이 열리고 수중류가 창 사이로 들어왔다. 가까이서 보니 더 괴이한 생김새였다. 누군가는 내부 창을 열고 저 수중류를 꺼내야 했다. 탑승객들의 시선이 약속이나 한 듯 나와 정은수에게로 향했다. 그들의 계산에도 오늘과 내일의 탐색자는 우리였음이 분명해졌다. 정은수는 망설임 없이 이중창으로 다가갔다. 그가 잠금장치에 손을 얹자 지켜보던 이들 중 하나가 앓는 소리를 냈다. 그 소리를 시작으로 곳곳에서 질겁하는 음성과 나지막한 한숨이 들려왔다. 나는 그것을 애써 무시하며 정은수 옆에 섰다. 수중류를 빼내려면 두 사람의 손이 필요했다.

창이 열리자 탑승객들은 일제히 뒤로 물러섰다. 그러곤 각자 코와 입을 손으로 틀어막았다. 누가 보면 수중류가 유해가스라도 뿜어내는 줄 알겠지만, 수중류에게서는 아무런 냄새도 나지 않았다. 심지어는 비린내도 없었다. 힘없이 늘어진 수중류를 선내에 비치된 이동식 침대로 옮겼다. 촉감으로 느껴지기에는 물에 젖은 사람 같았다. 일부 해양 생물에게 분비되는 점액질 같은 것도 느껴지지 않았다. 탑승객들은 수중류에게서 최대한 거리를 유지했다. 일부는 구토하기 위해 화장실로 달려가기도 했다. 아이의 눈을 가려주는 이도 있었다.

정은수와 나는 이동식 침대를 양옆에서 밀며 조정실로 이동했다. 지나는 길마다 새파란 액체가 발자국처럼 남았다. 1층 말미에 위치한 조정실을 연구실로 정한 데는 여러 이유가 있었다. 이제 쓸 일이 없다는 점과 가장 끝에 있어 누군가의 접근을 막는 데 유리하다는 게 그것이었다. 조정실에 도착한 우리는 꼬리처럼 따라붙은 탑승객들을 끊어내기 위해 문을 잠갔다. 혹시 모를 상황에 대비해 잠금장치까지 걸어두었다.

이제 조정실에는 나, 정은수 그리고 수중류 셋뿐이었다. 감도는 정적이 오히려 편안하게 느껴졌다. 하지만 그것도 잠시 조정실 전용 통신망을 통해 안내 음성이 들려왔다.

[누적 투표수 최상위로 선정된 두 분이 수중류 연구를 담당합니다. 정은수, 천지연 님에게 권한이 부여됩니다. 실패 혹은 포기 시 탐색자 선발이 재개됩니다.]

"이렇게 노크도 없이 들어오네요."

"추방되기 싫으면 알아서 하란 말이겠죠."

"이 정도면 협박 아닙니까?"

"억울해도 당장은 출혈부터 막아야겠는데요. 이러다가 아무것도 못 해보고 끝나겠어요. 일단 목숨은 붙여놓고 생각해보자고요."

정은수가 마지못한 듯 움직이기 시작했다. 조정실 우측 장은 각종 상비약과 용도를 알 수 없는 의료용품들로 가득했다. 그중 지혈에 필요한 것을 찾다가 멸균 거즈를 발견했다. 거즈로 수중류의 상처 부위를 닦고 압박했다. 30분이 지나니 출혈이 멎었다. 그즈음 정은수와 나는 땀에 절어 있었다.

환부에 소독용 알코올을 붓고, 준비된 실과 바늘을 이용해 꿰맸다. 혹시 몰라 연고도 바르고 감염 방지용 드레싱 밴드를 붙여 마무리했다. 드문드문 비늘이 돋기 시작한 피부였다. 어류에 가까운 수중류를 인간처럼 치료한다는 게 묘했다. 결국 생명을 가진 생명체일지도 몰랐다, 어쩌면 그리 다를 것 없는.

수중류는 잠에 취한 상태였다. 처치 도중 깨어날 걸 대비해 미리 마취제를 주사했기 때문이었다. 당장은 깨어날 일이 없으니 숨 돌릴 틈이 있었다. 정은수는 남은 거즈로 이마에 맺힌 땀을 닦았다. 전보다 눈이 빼꼼했다.

"탑승객 중에 간호사가 있다고 하지 않았습니까?"

"그랬죠."

"전문가가 있는데 아무것도 모르는 우리를 데려다가 이 일을 시키는 이유가 뭘까요? 하는 일이 바뀌면 행위자도 바뀌는 게 정상 아닙니까?"

"이곳에서 정상적인 걸 바라지 마세요. 그럼 실망할 수밖에 없으니까."

"하, 천지연 씨도 가만 보면 그리 말이 통하는 사람은 아닌 것 같습니다."

정은수가 긴 한숨을 내쉬었다. 나는 그의 과거가 궁금했다. 어떤 일을 하던 사람이길래 저리 염세적인 건지. 아니면 원래 타고난 성향이 그러한 것인지. 언젠가 물어볼 때가 있겠지만 지금은 아닌 것 같았다. 나는 수중류의 표면이 마르지 않게 물을 끼얹었다. 의미가 있는지는 모르겠지만, 아직 수중류에 대해 아는 게 없으니 스스로 의사를 표현할 수 있을 때까진 그렇게 하기로 했다. 그런데 막상 물을 끼얹고 나니 걱정되는 게 있었다.

"물에 사는 것들은 수질에 민감하다던데 물맞댐을 안 해서 죽는 거 아닐까요?"

정은수가 코웃음 쳤다.

"물맞댐? 천지연 씨는 우리가 하는 게 관상어 키우기 정도의 일인 줄 아십니까?"

"그런 게 아니니 더 중요한 문제죠."

"어차피 식수를 제외하곤 전부 바닷물인데 죽기 싫으면 일어나겠죠."

"그래야 할 텐데요."

나는 수중류의 상태를 살피다 살갗에서 떨어져나온 비늘 조각을 발견했다. 떼어내니 하얗고 끈적한 액체가 치즈처럼 늘어났다. 감염자 몸에서 분비되던 것과 같았다. 수중류도 이전에는 감염자였을 테니 당연했다. 모근을 타고 번져가는 희고 끈적한 액체. 부레였다. 여름철 민어에게서 볼 수 있던 부레.

수중류가 깨어난 건 그날 오후였다. 점심을 먹고 돌아오니 수중류가 자기 몸을 겁박한 끈을 끊어내고 있었다. 그 광경을 목격한 나와 정은수는 그대로 몸이 굳어버렸다. 수중류의 신체 능력과 본능에 관해선 알려진 바가 없지만, 인간보다 완력 면에서 우월한 건 분명해 보였다. 우리는 그것이 흥분하지 않게 천천히 몸을 움직였다. 심기를 거스르면 무슨 일이 일어날지 몰랐다. 그대로 돌아나가 문에 자물쇠를 채워야 하는 건 아닌지 고민했다. 일단은 대화를 시도했다.

"안녕하세요. 제 말을 알아들을 수 있나요?"

"이 상황에 존댓말까지."

"그래도 초면이니까요."

수중류는 달려들거나 공격 태세를 갖추지 않고 우리와 눈을 맞췄다. 그렇다 해도 종잡을 수 없긴 마찬가지였다. 감정이 드러나지 않는 이목구비였다. 수중류는 정은수 쪽으로 고개를 틀고 있었다. 그 앞에 선 정은수 역시 감정을 가늠할 수 없었다. 무언가 골똘히 생각하는 것 같기도, 단지 기싸움을 하는 것 같기도 했다. 그때 수중류가 입을 벌려 긴 혀와 목젖을 드러냈다. 목젖이 진동하기 시작했다. 동시에 아주 낮고 웅장한 떨림이 고막과 두개골로 전해졌다. 나는 진동에 머리가 어지럽고 정신이 혼미했다. 통제할 수 없는 거대한 울림이 나를 휘감다가 사라졌다.

"방금 뭐였죠……?"

"글쎄요. 뭔가 말하려던 것 같은데 알아들을 수가 없네요. 초음파를 듣는다면 이런 느낌일 거 같기도 하고."

태평하게 앉을 곳을 찾는 걸 보면 정은수는 그리 놀란 기색은 아니었다. 한편으론 원치 않는 감투를 쓴 사람처럼 이 모든 게 성가셔 보이기도 했다. 나 역시 이 일이 달갑지 않긴 매한가지였다. 그래도 당장은 저것과 교신할 방법을 찾아야 했다. 그러지 못하면 탐색자 선발이 재개될 테니.

우리가 골머리를 앓는 사이, 수중류는 다시 잠에 빠져들었다. 특별히 공격성이 있어 보이진 않았다. 다행이긴 해도 그 점이 방법을 찾는 데 엄청난 도움이 되는 건 아니었다. 수중류는 인간과 언어 체계가 완전히 다른 듯했으니 대화를 통해 무언갈 얻어내겠다는 만용은 버리는 편이 현명했다. 다른 방법을 찾아야 했다. 차라리 물리적

차이를 조사하는 게 빠를 것 같았다. 우리는 수중류가 깨지 않게 조용히 조정실을 빠져나왔다. 자물쇠를 채우는 것도 잊지 않았다.

수중류의 몸에서 떼어낸 비늘 조각과 현미경을 들었다. 수중류의 돌발 행동을 대비해 집중이 필요한 작업은 27호실에서 진행하도록 안내됐다. 무방비 상태로 공격받는 걸 막기 위함이었다. 박정이 쓰던 27호실이 제2연구실로 지정된 건 우리를 압박하기 위함이 분명했다. 객실 밖에선 탑승객들이 웅성였다. 연구의 진척이 궁금한 거였다. 나는 찜찜한 기분으로 탁상 앞에 자리를 잡았다. 박정과 소주를 나눠 마시던 그 탁상이었다.

비늘을 슬라이드 글라스에 올렸다. 그 위로 커버 글라스를 덮었다. 조동나사와 조리개를 아무리 돌려봐도 보이는 게 없었다. 운동만 하던 유도부에게 현미경은 아령과 다름없었다.

“득표수만 많은 내가 보면 뭘 아나…….”

그러자 정은수가 현미경을 제 앞으로 돌렸다.

“줘봐요. 사실 제가 물리 전공이거든요. 일찌감치 중퇴했지만 천지연 씨보다는 나을 거예요.”

그는 잠시 지켜보는 듯하더니 이내 눈동자와 손가락을 바삐 움직였다. 그가 불쑥 손바닥을 들이밀었다. 멍하니 앉아 결과를 기다리던 나는 흠칫 놀라서 몸을 젖혔다.

“아무 털이나 한 가닥 뽑아줄래요?”

바지를 걷어 올려 가장 길고 두꺼운 가닥을 뽑아 그에게 건넸다. 털 가닥을 얹은 글라스가 비늘이 담긴 글라스와 나란히 놓였다. 둘을 번갈아 보던 정은수가 눈두덩이를 쓸어내렸다.

"다른 건 몰라도 비늘과 털의 외피가 같다는 건 알겠네요. 털이 비늘로 변해가고 있는 거예요. 일종의 과도기 상태니까.".

"분포된 모습이 비슷하긴 하네요. 그런데 저 사람들이 이걸로 만족할까요?"

내가 문간을 가리키자 그 역시 고개를 내저었다.

"그게 문제죠. 저들에겐 하등 쓸모없는 정보일 테니까요. 이 이상 밝혀낼 게 있을까 싶네요. 전문 인력이 있는 것도 아니고, 마땅한 장치나 기술이 있는 것도 아닌데."

"그럼 어떡하죠? 벌써 저렇게 법석이면 내일은 더 심할 거예요."

"문제는 없을 겁니다."

"방법이라도 있는 건가요?"

"천지연 씨, 우리가 왜 탐색자로 뽑혔는지 잊었습니까? 득표수가 가장 많다는 건 그만큼 강하고 영리하다는 뜻입니다. 잠수정 내 통제권을 가질만 한 자격이 있다는 말이죠."

"통제권이요?"

"한정된 자원을 효율적으로 이용하기 위해선 누군가가 통제권을 쥐어야 해요. 그래야 배가 올곧게 나아가죠. 자원이란 말엔 인적자원 역시 포함되고요."

"그 말 수중류만 두고 하는 말은 아닌 것 같은데요."

"역시 천지연 씨는 이해가 빠르네요. 수중류만으로 얻어낼 수 있는 건 아무것도 없습니다."

"탑승객들을 실험 대상으로 삼기라도 하겠단 건가요?"

"상황에 따라서는요."

"……분명 문제가 될 거예요."

"그게 어떻게 문제가 되죠? 저는 수중류의 비밀을 밝혀내고 싶은 마음이 추호도 없습니다. 하게 된다면 다 저들이 원해서겠죠. 원하는 게 있다면 내놓는 것도 있어야 하는 법입니다."

"그렇다 해도 우리가 먼저 나서서 그런 제안을 할 수는 없어요."

"지켜보세요. 우리가 행하지 않아도 진척이 있을 겁니다."

정은수는 수중류에게 물을 줄 시간이라며 27호실을 나갔다. 열린 문틈으로 탑승객들이 보였다. 3호실 노인을 포함하여 반대 의견을 냈던 이들이 기린처럼 목을 뺀 채 방 안을 엿보려고 시도했다. 보란 듯이 문을 닫는 정은수 덕에 실패했지만. 나는 홀로 27호실에 남았다. 표본들을 정리하고 몸을 뉘었다. 곧 잠에 빠져들었다. 꿈에서도 수중류를 보았다. 그건 꽤나 슬픈 꿈이었다.

폐렴으로 20호실 아이가 죽었다. 여섯 살 난 아이를 이중창 너머로 보낼 때는 평소보다 많은 탑승객이 눈물을 보였다. 아이를 부모처럼 돌보던 20호실 김정숙은 차마 그 모습을 못 보겠는지 등을 돌렸다. 재롱을 곧잘 부리던 아이라 야속함을 느끼는 이가 많은 것 같았다. 침울한 분위기는 쉬이 가실 기미가 보이지 않았다. 나는 객실로 자리를 옮겼다.

침울한 분위기가 별로였다기보단 피하고 싶은 다른 것이 있었다. 어젯밤 적어낸 보고서 내용이 떠올랐다. 연구 결과라고 보기도 민망한 수준의 내용이었다. 그 비루한 정보가 탑승객들의 귀로 들어간 직후 일어나게 될 소란과 닦달을 감당할 자신이 없었다. 그렇다면 정은수는…… 정은수라면 그 상황에서도 번지르르한 말로 잘 넘어갈 것 같았다.

안내 방송이 시작되고 두 손에 얼굴을 묻었다. 보고서 내용이 가감 없이 탑승객들에게 전달됐다. 죄를 짓진 않았지만 잘못을 한 기분이었다. 누군가 내 객실 문을 두드리며 험한 말을 쏟아부을 것 같았다. 다행히 객실을 찾아온 탑승객은 없었다. 나는 점심때가 되어 복도로 나왔다. 식사 시간이라 조용해야 할 복도가 탑승객들로 북적였다. 모두 한곳을 바라보고 있었다. 무슨 일인가 싶어 다가갔을 땐 폭삭 무너진 30호실 객실을 볼 수 있었다. 천장 귀퉁이가 내려앉으며 천장이 사선으로 기울어져 있었다. 큐레이터처럼 객실 앞을 지키던 박수희가 같은 말을 재차 반복했다.

"잠깐 화장실 간 사이에 이렇게 됐다니까요. 내가 오늘 배탈만 안 났어도 그대로 압사되는 거였어. 아직도 심장이 벌렁거린다니까."

다들 멀쩡하던 천장이 한순간 뭉개지듯 무너졌단 사실에 충격을 받은 듯했다. 그날 저녁, 30호실의 폐쇄가 결정됐다. 30호실을 사용하던 박수희는 빈 호수로 객실을 옮겼다. 30호실 사건은 그렇게 일단락되는 듯했다. 그로부터 사흘 뒤 2층 공용 화장실 천장이 내려앉기 전까지는.

이번엔 좀 더 심각한 수준이었다. 공간의 3분의 2가량이 무너졌다. 벽을 장식하던 전신 거울이 깨어지며 유리 파편이 사방으로 튀어 나갔다. 때마침 앞을 지나가던 탑승객 한 명이 그것에 맞아 턱을 다섯 바늘 꿰매야 했다. 그 정도면 경상이었지만, 언제 압사될지 모른다는 공포감은 끈덕지게 잠수정 안을 좀먹었다.

탑승객들은 협탁이 한쪽으로 밀리는 것부터 시작해서 벽에서 잡음이 들리는 것, 심지어는 벽지가 우는 것까지 문제 삼아 객실을 옮겼다. 공간이 주는 불안은 관계의 불안으로 이어져 전에 없던 크고 작은 감정싸움을 야기했다. 서로의 예민한 심기를 건드리지 않으려면 대화는 최소화하고, 왕래를 끊어야 했다. 아이러니하게도 탑승객들은 수중류에 집착하기 시작했다. 수중류라면 혀를 내두르던 탑승객들이 먼저 그것을 찾게 된 것이다.

그 결과 나와 정은수는 조정실을 개방해야 했다. 투표 결과가 그렇다니 순응할 수밖에 없었다. 그들은 두 눈으로 직접 수중류를 보고 싶어 했다. 수중류가 되는 게 잠수정을 벗어날 유일한 방법이라고 믿는 것 같았다. 그 흉측하고 혐오스러운 몰골을 닮게 되더라도 죽지 않고 살아남고 싶어 했으니까. 그로 인한 모든 책임을 떠안게 될 나는 그 지대한 관심이 달갑지 않았다.

조정실로 탑승객들이 밀려들었다. 관람은 열 명씩 조를 나누어 순차적으로 이루어졌다. 공간이 워낙 협소한 탓에 조정실은 발 디딜 틈 없게 변했다. 수중류는 평소처럼 누워 눈을 감고 있었다. 신문물을 보듯 입을 떡 벌린 사람도 있었지만, 여전히 께름칙함을 버리지 못하고 내외하는 사람도 있었다. 나와 정은수는 탑승객 혹은 수중류 둘 중 한쪽이라도 상대에게 달려들지 못하도록 중간을 지키고 있었다.

그때 발치에 서 있던 3호실 노인이 수중류에게로 손을 뻗었다. 정은수가 급히 노인을 제지했다.

"함부로 접촉하면 위험할 수 있습니다. 잠수정에 들어오기 전 알던 것과 달라요. 훨씬 더 진화된 상태로 봐야 합니다."

"저번에 보니까 맨손으로도 막 만지더구먼."

"그건 갑자기 이루어진 일이라 경황이 없었으니까요."

"그렇다고 이렇게 눕혀만 둘 거야? 뭐라도 해봐야지. 하다못해 만져보기라도 해야 방법이 생겨날 거 아니여."

노인이 또다시 손을 뻗어 수중류에게 닿으려 했다. 정은수는 아예 노인의 어깨를 움켜쥐고 뒤로 물러나게끔 했다. 노인은 굴하지 않고 주변 탑승객들의 공감을 구했다. 하지만 그렇지 않냐는 노인의 물음에 대답하는 탑승객은 없었다. 같은 입장에 있더라도 한편으론 묶이고 싶지 않은 거였다. 다행히 개방 종료를 알리는 〈G선상의 아리아〉가 들려왔다. 뭔가 할 말이 있는 듯 입을 달싹이던 노인은 다른 탑승객들에 밀려 조정실을 나갔다.

정은수가 신물이 난다는 듯 도리질했다.

"막무가내가 따로 없네요, 아주."

"예상 못 한 바도 아니잖아요."

"이럴 때 보면 정말이지 누가 인간이고 누가 변종인지 모르겠습니다. 그냥 운이 좋아 외형만 보존한 변종들 같기도 하고요."

"그게 맞을 것 같네요. 우리는 그저 운이 좋았던 인간들이고, 저쪽은 운이 없었던 인간일 뿐이고."

"운이 아니었다면 저도 이런 모습으로 남아 있진 못했을 겁니다."

"이렇게 되기 전엔 무슨 일을 했어요?"

나는 지나가듯이 물었다. 그날 우리가 수중류와 맞바꾼 인간이 어떤 인간인지, 함께 연구한 이래로 늘 궁금했다.

"일수를 받으러 다녔어요."

잠깐 침묵이 있었다. 물론 정은수가 말을 멈추어 생겨난 침묵이었다. 나로서는 그가 과거에 무슨 일을 했든 영향받는 게 없었다. 정은수는 내가 아무렇지 않단 걸 확인하고 계속했다.

"빚진 사람들 따라다니면서 돈 받아내는 일이요. 요즘은 드라마에서 보는 것처럼 남들 보는 앞에서 때리고 업장 가서 뒤집어엎고, 그러진 않는데 암암리에 끔찍한 일들이 벌어지긴 합니다. 물리적 불구를 만든다거나 사회적 명예를 실추시키는 지능적인 방법으로요. 쓸데없이 자세히 말했나요?"

나는 괜찮다는 의미로 손을 저어 보였다.

"그걸로도 제 업보는 충분히 쌓였겠죠. 그런데도 저는 멈추지 않았습니다. 결국 죽어도 그만둘 수밖에 없는 일이 생겼죠. 이부형에게 빚 독촉을 하러 가는 일이요."

그가 헛기침했다. 이런 이야기까지 하게 될 줄은 몰랐다는 표정이었다. 나 역시 새삼스럽긴 마찬가지였다. 지금 있는 곳이 잠수정이고, 또 서로에게 지극히 무심하기에 가능한 대화의 흐름이었다.

"어머니는 두 번째 남편과 저를 낳고, 첫 번째 남편인 형의 아버지와 재결합했어요. 형의 아버지는 유혹에 약하고, 자극을 좇던 사람이었죠. 여색으로 수중의 돈을 축낸다거나 퍽 하면 시비가 붙어 깽값을 물어준다거나. 원래 능히 하는 일일수록 잣대가 엄격해지는 거 아니겠습니까. 아버지는 어머니와 다른 남자 사이에서 태어난 저를 아들로 받아들이지 않았습니다. 저는 그저 애물단지일 뿐이었죠. 말년에 아버지는 알코올중독으로 흘러갔습니다. 간경화로 돌아가셨죠. 누가 친아들 아니랄까 봐 형은 아버지의 발자취를 똑같이 따랐습니다. 유흥으로 인생을 망친 거죠. 그맘때쯤 저는 성인이 되어 형과의 연을 끊었습니다. 특별한 사건이 있던 건 아니고 반 정도는 피가 다르니 그래도 된다고 생각했죠. 일수 일을 막 시작한 때라 들키고 싶지 않은 마음도 컸고요. 그렇게 4년이 지나고 빚 독촉을 하러 간 반지하 방에서 형과 조우했습니다. 형은 4년 사이 두 눈 뜨고 보기 어려울 만큼 망가져 있었습니다. 피골이 상접하고 흰머리가 검은 머리만큼 많아졌죠. 그뿐이면 다행이게요. 지독하게 돈도 안 갚아서 저한테까지 피해를 줬습니다. 형의 돈을 받아내지 못한 날이면 제가 업자에게 대신 맞아야 했습니다. 형은 지겨운 인간이었죠. 결국 갈 데까지 가더군요. 그들은 형을 반신불수로 만들어 제조업 공장에 집어넣는다고 했습니다. 그건 손만 있어도 할 수 있는 일이니까요. 저는 잠시 고민했습니다. 형을 버릴 건지, 내 인생을 버릴 건지. 결국

제가 버린 건 제 인생이었습니다. 이리 보여도 제 성격이 그리 모질진 못한가 봅니다. 차용증을 빼돌렸죠. 처음 해보는 일이라 금방 붙잡혔고요. 형의 빚을 제가 대신 갚는 걸로 합의했습니다. 제가 돈을 갚지 않으면 형은 그대로 반신불수가 되는 거였죠. 화가 났지만 돈은 착실히 갚았습니다. 기껏 도와줬더니 그사이 형은 감염자가 됐더군요. 정말 도움이라곤 안 되는 인간이었습니다. 애물단지는 제가 아니라 형이었죠. 형은 늘 그런 식이었습니다. 결정적 순간마다 저를 찾아와서 곤란하게 만들었어요. 천지연 씨는 이제 그만 형이 저를 떠나주어야 한다고 생각하지 않습니까? 양심이란 게 있는 사람이라면요."

그는 어느새 형에게 따져 묻듯 말하고 있었다. 떠올리면 감정이 격해지는 기억인 듯했다. 그러다 멋쩍었는지 검지로 인중을 문질렀다. 나는 그에게도 알던 수중류가 있다는 점에 집중했다. 떠올리기만 해도 두려움이 사라지는 알던 수중류. 정은수가 수중류를 보고 겁을 먹지 않은 것도 그 때문이었을까.

"정은수 씨에게도 알던 수중류가 있었네요."

"그게 뭡니까?"

"잠수정에 타기 전 알고 지낸 감염자요. 이제는 수중류가 됐을. 다들 한 명씩은 있잖아요."

"알던 수중류…… 알던 수중류라……."

정은수는 그 말이 우스웠는지 몇 번 입에서 굴려보았다.

"그런 의미라면 형이 저의 알던 수중류가 맞네요. 그럼 천지연 씨의 알던 수중류는 누굽니까? 가족 아니면 친구?"

정은수는 내가 편히 말하도록 바닥에 시선을 고정하고 있었다. 한 번쯤은 하고 싶던 말이었는데. 막상 말하려니 입이 떨어지지 않았다. 말하면 잘게 부서진 감정이 와르르 쏟아질 것 같았다. 그건 정은수의 감정까지 어질러놓을 게 분명했다. 말할 수 없었다. 나는 고개를 저었다.

"없어요, 저는. 가족도 친구도 없어서."

정은수는 말실수를 한 건 아닌지 잠깐 눈치보다 말했다.

"그런 거 없는 게 낫습니다. 괜히 감상에나 빠지고, 저 징그러운 걸 마냥 싫어하지도 못하고. 여간 성가신 게 아니거든요."

"그러네요. 그래요. 정말 그럴 것 같아요."

나는 그의 말에 공감했다. 수중류를 수중류로 바라보지 못하는 건 여간 성가신 일이 아니었으니까. 나는 누군가 나만큼 성가시게 살고 있다는 사실에 왜인지 위안을 얻었다.

◇

그날 밤도 같은 꿈을 꾸었다. 도복을 입고 부둣가로 걸어가는 꿈. 부두에 정박한 배들이 보이고, 그 앞에선 경매가 시작되는 그런 꿈. 바닥에 쌓인 생선이 현실처럼 생생했다. 중앙에 선 경매사는 알 수 없는 수신호를 하고 있었다. 아마도 수화는 아닌 것 같았다. 그랬다면 아무리 꿈이라도 내가 몰랐을 리 없으니까. 나는 그 틈에 낀 겨울을 발견했다. 겨울은 피가 잔뜩 묻은 가슴 장화 차림이었다. 웅달을 찾아 앉아 있으니 겨울이 걸어왔다.

"저 사람은 너한테 왜 그런 말을 해?"

분명 그런 분위기가 아니었는데 내가 뱉은 말은 날이 서 있다. 겨울의 손이 바쁘게 움직인다.

"원래 뱃사람들이 입이 험해."

"너한테 병신이래. 어디서 저런 병신을 데려왔냐고 해."

"어리고 아는 게 없다는 말을 그렇게 하는 거야."

"너 정말 병신이야? ……생선 값 하나 발음 못 하는 게 병신 아니면 뭐야."

나는 문득 그 대화가 실재했음을 깨닫는다. 장면은 전환되어 잠수정 문이 열리던 때다. 나는 이번에도 겨울에게 같은 말을 한다.

"너 정말 병신이야? 여기 남으면 죽어. 언젠가 물에 잠겨 죽게 된다고."

"하지만 자리가 부족하잖아. 난 왠지 여기서도 남들보다 잘 살 수 있을 것 같아."

"병신 맞네."

나는 겨울의 몸을 밀친다. 밀려난 겨울이 바닷속으로 떨어진다. 점점, 점점 더. 나는 뒤늦게 손을 뻗는다. 팔이 차가운 바닷물에 잠긴다. 그 순간 눈앞이 까맣게 뒤덮이며 몸을 감싸고 있던 덮개의 감촉이 되살아났다. 정말 현실로 돌아온 것이었다. 사위가 칠흑 같은 어둠이었다.

몰아치던 감정이 휘몰아나갔다. 방전된 로봇이 된 기분이었다. 가만히 누워 감각 기관을 통해 전해지는 신호들을 감지했다. 서늘한 공기와 규칙적으로 들려오는 사부작 소리. 쥐가 세간을 통과하는 것처럼 작고 다부진 소리였다. 잠수정에 쥐가 있던가. 분명 잠수정에는 쥐가 드나들 수 없는데. 나는 이상함을 감지하고 발치를 내려봤다. 나와 수중류 말곤 없어야 할 조정실에서 무언가가 바삐 움직이고 있었다.

야밤에 조정실에 침입한 쥐새끼를 확인하기 위해 급히 전등 스위치를 올렸다. 빛이 번지며 수중류 가까이 붙어 앉은 3호실 노인이 보였다. 놀란 노인이 하던 일을 멈췄다. 손에는 부레가 덕지덕지 묻어 있었다. 움켜쥔 건 다름 아닌 비늘이었다.

"지금 여기서 뭐 하시는 거예요?"

노인은 대답도 없이 쥐고 있던 비늘을 입에 욱여넣었다. 말릴 틈도 없이 벌어진 일이었다. 턱 근육이 빠르게 움직였다. 나는 급히 손아귀를 벌려 노인의 양 볼을 붙잡았다.

"그거 드시면 안 돼요."

늙은 육체에서 어떻게 그런 힘이 나오는지 노인은 벗어나려 발버둥 쳤다. 나는 노인의 다리 위로 내 다리를 얹어 압박했다. 그때 등 뒤로 숨겨져 있던 노인의 왼손이 빠르게 머리로 날아왔다. 눈 깜짝할 새 측두로 둔탁한 충격이 가해졌다. 눈앞이 휘청였다. 무언가 따뜻한 게 이마를 타고 흘러내렸다.

정신을 차렸을 땐 조정실 간이침대였다. 머리에서 날카로운 통증이 느껴졌다. 통증이 느껴지는 곳에 손을 대보니 처치가 되어 있었다. 눈동자를 굴려 주위를 살폈다. 쓰레기를 모아두는 목제 상자에 깨진 머그잔 잔재가 담겨 있었다. 노인의 왼손에 들려 있던 게 머그잔이었던 듯했다.

그때 자물쇠가 덜컹거렸다. 누군가 밖에 걸린 자물쇠를 여는 중이었다. 어제 일로 경계심이 생긴 나는 방어 자세를 취했다. 하지만 모습을 드러낸 건 정은수였다.

"아, 정은수 씨였어요?"

"조정실 자물쇠를 열고 들어올 사람이 나 말고 또 있습니까?"

"혹시나 해서요."

"아……."

정은수는 내가 침입자에게 상해를 입었단 걸 상기한 듯했다.

"미안합니다. 어제 조정실을 개방했을 때, 3호실 할머니가 제 주머니에서 마스터키를 빼갔나 봅니다. 좀 더 관리를 잘해야 했는데."

"이럴 때 보통은 괜찮냐고 먼저 묻던데."

"참, 몸은 좀 괜찮습니까? 여덟 바늘이나 꿰맸습니다."

"일찍도 물어보시네요. 아주 나쁘진 않아요. 진통제 몇 알 먹으면 괜찮을 것 같아요. 그런데 제가 얼마나 이러고 있었죠?"

"지금이 오후 3시니까 반나절 정도 됐습니다. 수중류는 걱정하지 않아도 됩니다. 아주 멀쩡해요. 천지연 씨만 빼면 모두 괜찮습니다."

"모두에는 3호실 할머니도 포함인가요?"

"벌써 본인 객실로 돌아갔죠. 아주 멀쩡합니다. 본인은 그 점에 실망한 것 같지만. 그렇게 하면 감염될 거라 생각한 모양이에요. 그런데 천지연 씨가 기절해 있는 동안 다른 문제가 조금 있었습니다."

정은수가 장에서 주사기를 챙겨 돌아왔다. 그는 수중류의 손목 혈관에 주삿바늘을 꽂아 넣었다. 피스톤을 당기니 푸른 피가 주사기 안에 차올랐다. 통증을 느낀 수중류는 눈을 떴지만 저항하진 않았다. 나는 그를 말리지 않았다.

"아침에 투표가 있었어요. 이 피를 누구에게 주입할 거냐를 두고."

"갑자기 왜 그런 결정이 내려졌죠?"

"야밤에 제가 쓰던 객실을 포함해 2층 객실 두 곳이 무너졌거든요."

정은수가 챙겨온 가방을 턱짓했다.

"1층에 빈 객실이 없어서 조정실로 오게 됐습니다. 그 덕에 쓰러져 있는 천지연 씨를 발견하게 됐고요. 최후의 보루를 실행할 때가 됐다는 의미겠죠. 세 표를 받은 3호실 할머니가 피실험자로 선정됐습니다. 최다 득표자가 고작 세 표를 받았다는 게 무슨 의미인 줄 압니까?"

"표가 균등하게 분배됐다는 뜻이겠죠. 그건 곧 탑승객 대부분이 스스로에게 투표했다는 거고요."

"역시 이해가 빠르네요."

그는 보호 장비 없이 주사기 세 개를 가득 채웠다. 나는 일전에 그가 했던 말을 떠올렸다. 행하지 않아도 진척이 있을 거라던 말.

"정은수 씨 말이 맞았네요."

"이런 상황에선 당연하게 일어나는 일이죠. 피는 오후에 정맥을 통해 주입될 거예요. 그 전까지 천지연 씨의 통증이 괜찮아져야 할 텐데요."

정은수는 수중류에게 물을 끼얹어주고, 상비약 상자에서 타이레놀 두 알을 꺼내 건넸다. 나는 침을 모아 약을 삼켜냈다. 조금 지나니 약효가 돌기 시작했는지 통증이 잦아들었다. 오후에 탑승객들을 만나려면 간단히 샤워라도 하는 게 좋을 것 같았다. 나는 통증이 돌아오기 전 서둘러 공용 샤워실로 향했다.

샤워실은 계단 뒤로 돌아 들어가는 구조였다. 모퉁이를 돌기 전 어제부로 폐쇄됐다는 2층으로 시선이 향했다. 소등이 끝난 2층 복도는 완전한 어둠에 잠겨 있었다. 그 어둠이 모든 걸 잠식할 것 같았다. 울컥 흘러넘쳐 1층까지 집어삼켜버릴 것 같았다. 나는 공연히 계단 난간을 붙잡았다. 오랜만에 그 감각이 찾아오고 있었다. 몸이 붕 뜨고 어안이 벙벙해졌다. 그때 누군가 내 어깨를 두드렸다.

"천지연 씨?"

나는 움찔 몸을 떨었다. 그것만은 상대가 눈치 못 챘기를 바랐다. 샤워를 마치고 나온 안승철이었다. 손에는 파란 스포츠 타월이 들려 있었다.

"다쳤다고 들었는데 어째 멀쩡해 보이시네요?"

"네?"

"아, 제 말은 생각보다 회복이 빠르신 것 같아서요."

"워낙 건강 체질이라 그럴 수도 있겠네요."

"혼자만 다른 방법을 쓰신 건 아니고요?"

"다른 방법이라면 어떤……."

"그야 뭐, 천지연 씨랑 정은수 씨한테는 남다른 특권이 있으니까요. 투표에선 3호실 할머니에게 밀렸어도 방법이 있지 않겠습니까."

나는 그가 묘하게 빈정거린다는 느낌을 받았다. 그것이 나에 대한 불만인지, 3호실 노인에 대한 시샘인지는 좀 더 생각이 필요했다.

"염려하시는 일은 없을 테니 걱정 마세요."

"걱정은 아니고…… 그냥 조금 화가 납니다. 천지연 씨는 화가 나지 않습니까? 어젯밤 천지연 씨를 이 모양으로 만든 사람이 제일 먼저 기회를 잡았다는 게?"

"개인적인 감정이야 어찌 됐든 결과는 결과니까요. 승복하는 게 맞다고 생각합니다."

"천지연 씨는 참 마음이 넓네요. 아주 바다 같습니다, 바다."

그의 비아냥이 점점 심해졌다. 겉으로는 나를 향하는 것처럼 보이지만 실상 속은 노인에 대한 시샘으로 가득 차 있었다. 투표 결과 피실험자가 되지 못했다는 실망감이 3호실 노인에 대한 분노로 이어지고 있었다.

"저 안승철 씨."

"아닙니다. 농담이었습니다, 농."

그는 대충 상황을 무마하려 했다. 그러다 안 되겠다 싶었는지 대뜸 좌측 복도로 걸어가버렸다.

"저기요. 안승철 씨."

"아참, 천지연 씨 농이라니까요."

그가 손에 들린 스포츠 타월을 신경질적으로 털어냈다.

"그게 아니고요. 혹시 안승철 씨도 객실을 옮기셨나요?"

"네. 어제 5호실로 옮겼습니다. 됐습니까?"

그는 대답도 듣지 않고 등을 돌렸다. 그러곤 복도 끝으로 멀어졌다. 나는 그 모습을 잠시 바라보다 샤워실로 들어갔다. 오후의 샤워실은 한산하다 못해 으슥했다. 눅눅한 공기와 홀로 고요히 울리는 물소리가 피부에 소름을 돋게 했다. 옷을 벗고 나니 치약을 두고 온 것이 생각났다. 나는 로브를 간단히 걸치고 나가려다가, 치약을 가지러 가려면 샤워실만큼이나 을씨년스러운 2층 복도를 지나야 한다는 게 기억났다. 당장은 그러고 싶지 않았다.

물소리가 들리는 걸 보면 아직 이용객이 남아 있다는 뜻이었다. 나는 그가 누군지 확인하기 위해 물소리가 나는 곳으로 갔다. 물소리는 샤워실 가장 깊은 곳에서 들려오고 있었다. 1구역, 2구역을 지나 마지막 3구역 앞에 섰다. 칸막이를 젖히고 말을 걸어볼 생각이었다. 그런데 막상 칸막이를 젖히고 나니 말문이 턱 막혔다. 그곳에는 송아영이 헐벗은 몸을 한 채 쓰러져 있었다.

심장이 거세게 뛰기 시작했다. 쏟아지는 물이 송아영의 복부에서 흘러나온 혈흔을 계속해서 씻어내렸다. 진홍색 핏물이 내 발 옆으로 미끄러졌다. 떨리는 손을 간신히 진정시켜 송아영의 코 아래에 대보았다. 호흡이 전혀 느껴지지 않았다. 옆에는 두툼한 부엌칼이 떨어져 있었다. 누가 송아영을 죽인 걸까. 아니면 스스로 죽음을 택한 걸까. 만약 그랬다면 어째서…… 잠수정이 붕괴되는 걸 그렇게 두려워

했으면서. 머릿속이 혼란스러웠다. 일단 샤워기를 눌러 껐다. 도움 청할 사람을 찾아야 했다.

샤워실을 나와 보이는 객실 순으로 문을 두드렸다. 세 번째 두드렸을 때 비로소 여성 탑승객을 찾을 수 있었다. 사정을 설명하니 강지민은 잠시 벙찐 표정이었지만, 이내 손을 보탤만 한 다른 탑승객을 찾아보겠다며 발 벗고 나섰다.

"지연 씨는 5호실에 가서 아영 씨 옷 좀 챙겨줘요."

"5호실이요?"

"그래요. 5호실이 아영 씨가 쓰던 객실이잖아요."

"……혹시 객실을 혼성으로 사용하는 경우도 있나요?"

"여기 그런 경우가 어딨어요."

무언가 앞뒤가 맞지 않았다. 5호실은 송아영의 객실이었다. 게다가 혼성으로 사용하는 것도 안 된다고 하니 5호실을 쓴다던 안승철의 말은 거짓이었다. 내가 기억하기로도 그는 원래 1층에 있는 15호실을 사용하고 있었다. 그러니 2층이 폐쇄된다고 해서 객실을 옮길 필요도 없었다. 하지만 조금 전에도 그는 15호실이 있는 우측 복도가 아닌 좌측 복도로 걸어갔다. 영 찜찜한 기분이었다. 하지만 당장 해야 할 일은 송아영의 옷을 챙기는 일이었다. 나는 마스터키를 이용해 5호실 문을 열었다.

방에는 옷가지와 각종 잡동사니가 지저분하게 늘어서 있었다. 한눈에 봐도 무기력증을 앓던 사람의 방 같았다. 나는 송아영이 스스로 죽음을 택했을 수도 있겠단 생각을 했다. 지나친 두려움은 생을 끝내고 싶게 만들기도 하니까. 침대 옆에 놓인 은색 캐리어를 열었다. 대부분이 원피스였다. 처음 잠수정에 들어왔을 때 송아영이 꽤나 명랑한 사람이었다는 게 사뭇 떠올랐다. 나는 그중 가장 폭이 넓어 보이는 캉캉 원피스를 골랐다.

5호실을 나오니 강지민이 불러낸 탑승객 말고도 소란을 감지하고 나온 여타 탑승객들이 보였다. 복도가 그들이 나누는 이야기로 어수선했다.

"왜 그랬대?"

"모르지. 자기가 그런 건지 누가 그렇게 한 건지. 마음먹고 죽였다고 해도 알 게 뭐야. 굳이 샤워실에서 그런 걸 보면 타살일 수도 있다니까."

"아니에요. 제가 봤어요. 오전에도 넋이 나간 사람처럼 샤워기 아래서 한참을 서 있었어요. 물이 그렇게 찬데 말려야 하나 걱정이 될 정도였다니까요."

나는 그들의 대화를 익숙하게 들었다. 그러다 문득 평소와 다른 점을 발견할 수 있었다. 오늘은 3호실 노인이 없었다. 이런 자리라면 빠질 리 없는 그가 코빼기도 모습을 드러내지 않았다. 다시금 무언가 이상하다고 생각했다. 모든 의문이 한 점으로 모여들고 있었다. 안승철. 좌측 복도에는 5호실이 있기도 했지만 3호실도 있었다. 그가 좌측 복도로 걸어간 게 3호실로 가기 위해서였다면…… 불쑥 불길한 기운이 끼쳐왔다. 나는 곧장 2층으로 뛰었다. 그가 마음 편히 일을 벌일 수 있는 곳은 아무도 드나들지 않는 그곳뿐이었다.

2층 객실은 폐쇄와 동시에 문이 비상 개방된 상태였다. 그런데 유독 한 곳만 문이 닫혀 있었다. 역시 예상대로였다. 나는 어둠에 적응하며 닫혀 있는 객실 앞으로 다가갔다. 안에서 작은 빛이 새어 나오고 있었다. 문고리를 잡아 돌렸다. 턱 하고 걸리는 게 안에서 잠금장치를 걸어놓은 듯했다.

내가 몇 차례 문을 철컥이자 안에서 누군가 걸어 나오는 소리가 들렸다. 문틈으로 비치는 빛의 농도가 진해졌다. 나는 눈살을 찌푸렸다. 곧 문이 열리고 손전등을 든 안승철이 보였다. 눈동자가 희끗희끗한 빛을 반사하며 번들거렸다. 왠지 비린내가 날 것 같은 눈동자였다.

"천지연 씨가 여기는 무슨 일이죠?"

그는 태연한 척 말했다. 하지만 그 순간 그의 앞코에 튄 모래알만한 홍점을 발견할 수 있었다. 핏방울. 내가 그 점을 지적하기도 전 안내 음성이 들려왔다. 이번에도 서두를 장식하는 클래식 선율과 함께.

[1시간 뒤 안승철 님 처벌에 관한 투표가 진행됩니다.]

[사유 : 살인.]

[처벌 방식 : 사형, 폭행, 감금, 유예.]

◇

투표 결과 안승철의 감금이 결정됐다. 처리할 일은 두 가지였다.

타인을 죽인 사람을 벌하는 것, 타인에 의해 죽은 사람과 본인을 죽인 사람을 내버리는 것. 그중 힘을 더 필요로 하는 건 전자였다. 죽은 육신이 무거워봐야 작정하고 들이박는 산 육신을 이길 순 없을 테니까. 당장은 사지 멀쩡한 안승철을 옮기는 편이 덜 힘들겠지만, 그가 돌변하여 난동을 피운다면 큰일이었다. 덕분에 나와 정은수는 양승철의 팔을 한 쪽씩 나누어 끼게 됐다.

감금을 위해 끌려가는 동안에도 안승철은 연신 히죽댔다. 눈으로는 나와 정은수를 번갈아 훑었다. 뭐가 그리 즐거운 건지 도통 이해할 수 없었다. 그 시선에 말려드는 일은 없어야 했다. 나는 정면만 응시하며 걸었다. 다행인 건 그가 그 이상 불쾌한 일을 만들지 않았다는 점이다. 주머니에는 그를 잠재울 마취제가 주사기에 담겨 들어 있었다. 그가 길길이 날뛸 걸 대비해 정은수와 하나씩 나누어 가진 것이었다. 하지만 안승철은 객실 앞에 도착할 때까지 힘 겨룰 일을 만들지 않았다. 나는 마스터키를 이용해 잠가둔 객실 문을 열었다. 그때 등 뒤로 안승철의 목소리가 들렸다.

"내가 말했지? 5호실은 내 객실이라고."

심장을 빠져나간 혈액이 삽시간에 뜨거워지는 걸 느꼈다. 얼굴이 뜨겁다 못해 녹을 것 같았다. 당장이라도 그의 멱살을 잡아 피떡이 되게 내려치고 싶었다. 어떻게 사람에게 저런 냄새가 날 수 있는지. 그가 입을 열면 썩은 동태를 코에 박아 넣은 것처럼 비리고 역한 냄새가 났다. 내 혈색이 울그락해진 걸 본 안승철이 비아냥 투로 말했다.

"내가 천지연 씨 그렇게 만든 노인네도 죽여줬잖아. 근데 왜 표정이 그 모양이야. 내가 뭐 송아영이라도 죽였나? 아니면 5호실에 수감시켜달라고 단식투쟁이라도 했어? 부정 타네, 꿈자리가 사납겠네, 그딴 미신이나 늘어놓으면서 마다한 것들이 무고한 척은."

당당히 입을 놀리는 그가 못마땅했지만 틀린 말은 아니었다. 안승철이 15호실이 아닌 5호실로 오게 된 건 탑승객들 의견에 따른 것이었다. 살인자의 객실은 쓰더라도, 자살자의 객실은 못 쓴다는 의견. 죽인 사람은 돼도 죽은 사람은 안 된다는 논리였다. 죽일 순 있지만 죽을 순 없다. 그렇다면 안승철을 벌할 자격은 누구에게도 없던 게 아닐까. 송아영의 해방식에 참석한 이들 중 진정한 추모를 하는 이는 아무도 없는 것처럼.

내가 주춤하는 사이, 정은수가 안승철을 5호실 안으로 밀었다. 정은수는 모든 표정을 빼앗긴 사람 같았다. 화가 난 것 같기도, 달관한 것 같기도, 그저 눈앞에 살인자를 한심하게 여기는 것 같기도 했다. 나는 문을 닫기 전 안승철에게 앞으로의 생활 방식에 관해 설명했다.

"식사는 투표용지가 전달되는 컨베이어 통로를 통해 보내질 거예요. 세면대 수로는 끊을 거니까 씻는 건 생수로 알아서 해결하고, 배설물은 식사와 함께 오는 일회용 봉투에 담아 다시 컨베이어 통로에 넣으세요."

"살인자치곤 호사로운 처사네요."

정은수가 마찬가지로 빈정댔다. 그러자 안승철이 한쪽 입꼬리를 올려붙였다.

"이것들은 좀 나을 줄 알았더니 똑같은 등신들이었네. 당장 뒤지게 생겼는데 순서, 절차 정말 이딴 게 중요하다고 생각해? 점잖게 순서만 기다리면 누가 잘했다고 상이라도 주냐고. 약자 우대, 그딴 거 개나 주라 그래. 그딴 사고 때문에 살날이 저 노인네의 다섯 배는 남은 놈들이 모조리 바다로 내몰린 거 아니야. 그러니 남은 놈들이 저 모양이지. 본인 목숨까지 남한테 의탁하는 등신들만 남았으니까. 네들도 알잖아. 아니, 네들이 가장 잘 알겠지. 저것들이 얼마나 이기적이고 무능한지. 솔직히 마음만 먹으면 해치우는 건 일도 아니잖아. 그러니까 우리 먼저 살자는 거잖아. 저런 것들 상관하지 말고. 자격 있는 사람들이 살아야지. 안 그래?"

정은수는 그 말에 아랑곳없이 5호실 문을 닫았다. 본인의 말이 통하지 않자 잔뜩 약이 오른 안승철이 난동을 부리기 시작했다. 5호실 안에선 그가 세간을 던져 부수는 소리가 들려왔다. 안승철이 내지르는 괴성이 잠수정 내 정적을 갈기갈기 찢어발겼다. 관람실 쪽에서도 웅성임이 커졌다. 괴성이 벌써 거기까지 미친 듯했다. 정은수가 문밖에 자물쇠를 채우다 말고 말했다.

"이러다간 탑승객들 사이에 혼란이 생길 겁니다."

어느새 그의 손은 주머니 안을 확인하고 있었다. 마취제를 사용할 때가 온 듯했다. 나는 그의 결정에 동의한다는 의미로 5호실 문을 열어주었다. 거실 바닥에 주저앉은 안승철이 보였다. 번들거리던 눈동자가 벌겋게 짓물러 있었다. 그의 눈동자가 나와 정은수를 한차례 훑고, 정은수 손에 가 멈췄다.

정은수가 그에게로 다가갔다. 나는 그제야 정은수의 손에 들린 걸 제대로 볼 수 있었다. 주사기에 든 건 마취제가 아니었다. 파란 피였다. 원래대로라면 지금쯤 3호실 노인에게 주입되어야 했을 수중류의 피.

"정은수 씨, 지금 뭐 하는 거예요? 제정신이에요?"

뒤늦게 말리려 다가갔지만 주사기는 안승철 손에 넘어간 후였다. 안승철은 그것을 뺏기지 않으려 벽 끝까지 달아났다.

"문제는 없을 겁니다."

"그걸 지금 말이라고 해요? 저 사람은 살인자예요. 3호실 할머니를 죽인 사람이라고요."

"저희가 피실험자를 양심과 인성으로 뽑았나요?"

"그래도 저 사람은……."

"그럼 된 겁니다."

정은수는 마치 울던 아이에게 사탕 하나 물려줬다는 태도였다. 그 사이 안승철은 벌써 자기 팔에 주사기를 꽂아 넣고 있었다. 정은수의 손이 벙찐 나를 5호실 밖으로 잡아끌었다. 기가 막혀 더 이상 저항할 힘도 나지 않았다. 나는 순순히 그에게 끌려 복도로 나왔다.

정은수가 문에 자물쇠를 걸며 말했다.

"우린 안승철이 난동을 부리는 탓에 어쩔 수 없이 주사기를 내어준 것뿐입니다. 그렇지 않으면 계속해서 잠수정 내에 소음 공해를 일으킬 테니까요."

"……알고 보니 안승철과 한패였다. 뭐 그런 건가요?"

"그럴 리가요. 한패였다면 저 역시 안내 방송에 이름을 올려 공공의 적이 되었겠죠."

"그렇다면 왜 그런 거죠? 설사 방금 한 말이 진심이라 하더라도, 수중류의 피는 모두가 원하는 한정된 자원이에요. 그걸 살인자에게 넘기는 건 그리 효율적인 방법 같지는 않은데요."

"살인자를 안전한 1층 객실에 감금하는 것과 그에게 수중류 피를 내어주는 것이 무슨 차이가 있나요? 그에게도 최소한의 권리가 있다고 생각해 2층이 아닌 1층 객실을 내어준 것 아닙니까? 그렇다면 그에게도 변형을 꿈꿀 권리가 있습니다. 똑같이 생존에 관한 일이니까요."

"변형을 꿈꿀 권리라……. 그건 누구에게도 없어요. 안승철이 아니라도 인간이라면 누구에게도."

"천지연 씨는 꼭 인간이 아닌 것처럼 말하네요. 이 세상에 천지연 씨 같은 사람만 있었다면 우리의 현재가 조금은 달라졌을 수도 있겠습니다."

그는 상대를 공격하는 방법을 잘 알고 있었다. 어떻게 하면 상대의 입을 다물게 만들 수 있는지. 나는 그의 공격에 속절없이 무너졌다. 공명한 척해봐야 나 역시 잠수정에 오른 탑승객 중 하나였으니까. 나에게 정은수를 나무랄 자격 같은 건 없었다.

"곧 여기로 탑승객들이 몰려올 겁니다. 무슨 일이 벌어졌는지 궁금할 테니. 잠깐 자리를 피해 있죠."

그의 손이 또 한 번 나를 잡아끌었다. 나는 이번에도 순순히 그의 뒤를 따랐다. 도착한 곳은 2층 공용 화장실이었다. 여전히 정리되지 못한 유리 파편들이 걸음마다 밟혔다. 공용 화장실은 붕괴가 있던 곳이었다. 붕괴 구역은 엄격히 출입을 금하고 있었다.

"왜 하필 여기로 온 건지 궁금한가요?"

나는 고개를 끄덕였다.

"사실 이유가 있습니다. 잠수정의 모든 공간은 탑재된 인공지능에 의해 관리된다는 거 천지연 씨도 알고 있을 겁니다. 우리가 하는 모든 말과 행동은 데이터화되어 심사의 대상이 되죠. 그러니 안승철이 3호실 노인을 죽였다는 것도 알았을 테고요. 마찬가지로 송아영이 타살이 아니란 것도 알았을 겁니다. 그 말인즉슨 프라이버시가 보장되어야 할 샤워실조차 검열당하고 있었다는 거겠죠."

그가 잠시 쓴 웃음을 흘렸다.

"아시다시피 2층 공용 화장실은 붕괴가 있던 곳입니다. 덕분에 검열을 피할 수 있는 유일한 공간이 됐습니다. 당시 카메라를 비롯한 모든 인식 시스템이 파괴됐으니까요. 제 말이 무슨 뜻인지 이해하시나요?"

"검열을 피해야 할 이유라도 있다는 건가요?"

"저로서는 그렇습니다. 인공지능이 우리에게 직접적인 해를 가할 순 없지만, 얻어낸 정보를 토대로 지위 박탈 정도는 가능하겠죠. 지금부터 제가 하는 말이 데이터로 입력된다면 더 이상 수중류에 접근하지 못하게 될 겁니다. 객관적인 일 처리가 불가하다고 판단할 테니까요."

객관적인 일 처리가 불가능한 이유, 안승철 이전에도 멋대로 피를 빼돌린 적이 있었던 걸까. 하지만 어째서? 탑승객 중 그가 편법을 저질러서까지 혜택을 주고 싶어 할 사람은 없었다. 그는 누구에게도 애정이란 걸 갖지 않았으니까. 그렇다면 반대로 그 대상이 사람이 아니라면…… 나는 그편이 좀 더 가능성 있게 느껴졌다.

"조정실 수중류, 혹시 각별한 사이였나요?"

"지난번에 천지연 씨가 물었었죠. 알던 수중류가 있냐고요."

"설마……."

"조정실 수중류, 제 형입니다. 따지자면 각별한 건 아니고요."

"말도 안 돼. 아니, 설령 그렇다 해도 어떻게 알 수 있죠? 수중류는 서로 구별할 수 있는 점이 없는데."

정은수는 차분하게 말을 이었다. 이미 예상한 질문인 듯했다.

"첫날 들었던 초음파. 기억하십니까? 저에게는 불가해한 소음만은 아니었습니다. 일종의 신호였죠. 알던 수중류가 보내오는 신호. 형과 각별한 애정이 있었던 것도 아닌데 참 이상한 일이었습니다. 처음엔 저도 믿지 않았어요. 그들의 주파수를 우연히 감지한 것뿐이라고 생각했죠. 그런데 그 일이 자꾸만 반복되니 믿지 않을 도리가 있나요."

"지금 그 말을 믿으라는 건가요?"

"믿지 않아도 어쩔 수 없습니다. 하지만 충분히 공격할 기회가 있었음에도 수중류는 우리를 공격하지 않았습니다. 수중류가 인간보다 신체 능력이 우세하다는 건 천지연 씨도 알 겁니다."

순간 이전의 일들이 스쳐 갔다. 수중류가 처음 입을 열었을 때 나와 달리 정은수는 놀라지 않았다. 오늘은 겁도 없이 피를 주사기로 세 개나 뽑아냈고, 수중류의 안위를 지나치게 확신하는 사람이기도 했다. 그가 나에게 해준 형 이야기는 사실 옆에 있는 형에게 하려던 말이었을까. 믿기진 않지만 마음이 조금씩 기울었다. 어쩌면 그렇게 믿고 싶은 걸지도 몰랐다.

"……그 말이 사실이라면 여태껏 말하지 않고 숨긴 이유가 뭐죠?"

"생각할 시간이 필요했습니다. 아무리 원수 같은 사이라도 형은 형이니까요."

"그럼 안승철에게 피를 준 것도 형이 허락한 일인가요?"

"어느 정도는요. 안승철에게 주사기를 준 건 그 피를 이식한다 해도 달라질 게 없기 때문입니다. 수중류는 인간을 해하지 않지만 이롭게 할 마음도 없습니다. 다시 말해 우리가 아무리 그들에 관해 연구하고 닮아가려 해도 불가능하다는 거죠. 그들이 우리를 받아들이지 않을 테니까요. 누가 하든 결과는 똑같습니다. 우리는 결코 변하지 않을 겁니다. 다만 저는 모든 희망을 잃고 절망 속에 죽어갈 인간의 모습이 보고 싶습니다."

그렇다면 정은수가 안승철에게 준 건 기회가 아니었다. 그 끝에 이어질 지독한 절망이지.

"형의 복수를 하려는 건가요?"

"복수요? 제게 그만큼의 애정이 있어 보입니까? 형의 체온이 점점 높아지고 있는 건 맞지만 형을 위해서는 아닙니다. 저는 인간의 오만함이 싫을 뿐입니다. 이곳에서 본 인간들은 가히 구역질 나는 모습이었으니까요. 결국엔 모두 죽습니다. 저는 저들이 희망에 빠져 살도록 만들 겁니다. 피를 달라면 피를 주고, 부레를 달라면 부레를 주겠죠. 아무리 미운 형이라지만 그런 짓을 남이 하도록 두진 못하겠습니다. 결국엔 희망이 저들을 죽일 겁니다. 가능성 없는 일에 집착하는 것만큼 무의미한 일은 없으니까요. 마지막을 마지막인 줄도 모르고 흘려보내는 게 저들이 앞으로 하게 될 일입니다."

"그럼 형은…… 그러지 말고 그냥 형을 놓아주는 건요?"

정은수는 잠시 상념에 잠겼다. 하지만 이내 평소 눈빛으로 돌아와 냉담하게 말했다.

"형을 놓아준다고 달라지는 건 없습니다. 저들은 다른 수중류에게 같은 일을 반복할 테니까요. 대상만 옮겨갈 뿐 행위는 결코 변하지 않습니다. 형도 그 사실을 알고 있습니다. 형이 원하는 것도 같습니다. 저들의 마지막을 망쳐놓는 것. 원하는 게 있다면 내놓는 것도 있어야 하는 법입니다. 형도 그걸 모르지 않습니다. 만약 저들이 모든 걸 잃을 때까지도 형이 살아 있다면 그때는 돌려보내줄 생각입니다. 인간이 수중류에게 얼마나 가혹했는지 천지연 씨도 알고 있겠죠. 동조하시겠습니까?"

"그 후에 저희는 탐색자가 되는 건가요?"

"저들이 저희를 버릴 테니까요."

◇

안승철에게 푸른 피를 넘겨준 일이 화근이 되어 수중류는 공공재로 돌아갔다. 탑승객들은 마음껏 수중류를 취했다. 그와 함께 잠수정 안에도 모처럼 활력이 돌았다. 정은수가 바라던 대로였다. 반면 피, 비늘, 부레를 모두 빼앗긴 수중류는 조금씩 회복력을 상실했다. 핏기가 사라진 피부는 투명해졌다. 그 모습은 사람이었던 시절을 조금도 기억나게 하지 않았기에 인간이 갖는 죄책감의 크기도 줄어들었다. 탑승객들에게 수중류는 시장에서 산 해산물 정도였다. 당연하게, 입맛대로 취할 수 있는 식재료.

그들은 저마다의 방법으로 전염을 시도했다. 핏방울을 안약처럼 넣는 방법, 부레를 매끼 식사로 먹는 방법, 비늘을 입천장에 붙이고 자는 방법까지. 절박함이 만들어낸 기행은 인간의 무지몽매를 잘 보여주어 재밌는 부분이 없지 않았다. 의미 없는 일에 얼마 남지 않은 여생을 쏟아붓는 사람들. 그 재미를 홀로 만끽하며 나 역시 하루하루 죽어갔다.

탑승객들은 잠수정 밖에서 그랬던 것처럼 자신의 모근을 관찰했다. 털 가닥 끝에 끈적한 부레가 묻어나길 기대하며 털 뽑는 일을 게을리하지 않았다. 목적은 완전히 달라졌어도 정확히 같은 일을 반복한다는 점에서 인간다웠다. 변하지 않은 몸을 축복처럼 여겼던 인간들. 그들의 말로에는 여전히 축복이 가득했다. 정은수의 말대로 그들은 절대 변하지 않았으니까. 그들이 수중류가 되는 시점은 죽은 후가 될 것이다. 그들의 말마따나 수중류가 인간을 먹어 치운다면 먹힌 인간은 수중류의 피와 살로 재탄생될 테니.

인간의 집착이란 건 과연 지독한 것이었다. 인간은 실패를 덤덤히 받아들이지 못했고, 그럴수록 수중류가 사라지면 당장 잠수정이 무너지기라도 할 것처럼 수중류를 더 옭아맸다. 더 이상 얻어낼 게 없음을 알면서도 놓아주지 못했다. 수중류는 빈사 상태가 된 지 오래였고, 바늘을 아무리 깊게 찔러도 피 한 방울 나오지 않았다. 부레 역시 오래된 우물처럼 바싹 말라버렸다. 소위 폐사한 물고기와 다를 바가 없었다. 그들도 그 사실을 모르진 않았지만, 악운을 막아주는 부적처럼 조정실에 붙여두고 위안을 얻으려 했다.

정은수와 나는 수중류를 바다로 돌려보낼 계획을 세웠다. 틈틈이 생선을 잡아다 수중류의 침대맡에 안 보이게 끼워뒀다. 생선이 부패하며 나는 악취를 수중류의 것으로 오인하게 만들기 위해서였다. 그 냄새가 복도까지 퍼지며 불편함을 주자 그제야 방생으로 의견이 모였다. 이 상태라면 바다에 나가서도 제구실을 못 하고 죽게 될 테지만 일단 목숨은 붙어 있으니, 방생이라고 볼 수 있었다. 방생이 있기 전 나는 박정이 숨겨두었던 소주를 찾아내 정은수의 형에게 뿌려주었다. 정은수는 꼭 제사를 지내는 것 같다며 실없게 웃었다. 그러곤 이렇게 말했다.

"형이 방생되는 날 함께 떠날 생각입니다. 그동안 고마웠습니다."

그리고 마지막으로 덧붙였다.

"천지연 씨도 각별했던 그 사람 꼭 만나길 바랍니다."

정은수는 모든 걸 알고 있었구나. 알고 있으면서 모른 척했던 거구나. 나는 그가 늘상 하던 말을 그에게 돌려주었다.

"정은수 씨는 역시 눈치가 빠르네요."

그와의 작별이 못내 섭섭했지만 내색은 하지 않았다. 잠수정에서의 삶이란 그래야 하니까.

◇

형이 방생되는 모습을 정은수는 덤덤하게 바라봤다. 외부 창이 열리고 물 밖으로 밀려난 수중류는 버려진 전단처럼 물살에 이리저리 휩쓸렸다. 제 구역에서도 맥을 못 추는 모습을 보니 뒤늦게 연민이 생겼는지 탑승객 일부는 안타까운 눈빛을 보냈다. 정은수는 그 모습이 보기 싫은 건지 잠수복을 갈아입으러 사라졌다. 나는 그런 정은수를 대신해 이중창 앞을 지켰다.

수중류는 아직도 잠수정 앞을 벗어나지 못하고 있었다. 기운을 차리고 멀리 헤엄쳐 가길 바라면서도 불가능하리란 걸 알았다. 이미 소진될 대로 소진됐으니까. 바싹 마른 지느러미, 핏기 없는 몸통, 힘없이 늘어진 양팔. 다시 바싹 마른 지느러미, 핏기 없는 몸통, 힘없이 늘어진 양팔. 나는 수중류를 수도 없이 훑어내렸다. 혹시라도 약간의 변화가 생길까 하여.

바람이 만들어낸 착각인지 몰라도 팔이 조금 움직인 것 같았다. 물살을 따라 흔들린 걸 수도 있었다. 아니, 그건 착각이 아니었다. 수중류의 팔은 물살을 거스르는 방향으로 움직이고 있었다. 자신의 힘으로 물살을 밀어내고 있었다. 조금 더, 조금 더. 나는 창을 두드렸다. 할 수 있는 거라곤 들리지 않는 응원을 보내는 일뿐이었다. 좀 더 지나니 지느러미가 넓게 펼쳐지기 시작했다. 동시에 꼬리가 펄럭였다. 나는 그제야 참았던 숨을 내뱉었다. 가라앉던 몸이 조금씩 떠오르고 있었다. 한참 정신을 빼놓고 있다가 뒤늦게 주변을 둘러봤다. 다른 탑승객들 역시 창 가까이 다가와 있었다. 그들의 시선도 수중류를 향해 있었다. 잇새로 새어 나온 말들이 내 귓전을 맴돌았다.

"저거 살아난 거 같은데?"

"뭐야, 저게 왜 멀쩡해."

"우리 속이려고 생쇼 한 거 아니야?"

좀 전까지 서려 있던 안타까움의 감정은 어디로 간 것일까. 나는 순간적으로 현실감이 사라지는 걸 느꼈다. 저들의 기복에 적응하지 못해 멀미가 일었다. 탑승객들의 구겨진 얼굴이 차례로 눈에 들어왔다. 시야가 핑 도는 것처럼 어지럽고 속이 메스꺼웠다. 무시하던 안승철의 목소리가 또렷이 들렸다.

"다 끝났어. 다 죽는 거라고."

나는 소리가 들려오는 5호실을 돌아봤다. 그때 환복을 마친 정은수가 관람실로 들어섰다. 그에게 닥칠 일을 알았다. 탑승객들의 눈이 이미 번들거리고 있었으니까.

"마침 잘됐네. 얼른 가서 저놈 좀 잡아 와요."

"저게 우리를 홀딱 속였어, 아주. 멀리 가기 전에 붙잡아 와야지."

그들은 정은수를 이중창 앞으로 떠밀었다. 아무런 거리낌도 없이. 다 소용없어. 죽는 거라고. 나는 안승철에게 대답해 주고 싶었다. 당신이 옳았다고. 잠수정에는 본인 목숨을 남한테 의탁하려는 등신들만 남아 있다고.

"이렇게 된 거 제가 잡아 오겠습니다. 잠수복을 입은 건 저뿐이니."

정은수가 결의에 찬 목소리로 말했다. 여태 그가 보여준 모습과는 사뭇 달랐다. 이제 마지막이었다. 나는 달라진 그의 태도로 마지막을 실감했다. 저리 순종적인 걸 보면 그는 절대 돌아오지 않을 모양이었다.

"그래, 총각이 가서 잡아 와요."

"말만 하면 어떡해. 빨리 출발해야지."

탑승객 중 누구도 진실을 알아차리진 못했다. 그저 그가 자신들을 위해 희생할 것임을 믿어 의심치 않았다. 이중창에 들어간 정은수가 장난스러운 표정으로 눈을 맞춰왔다. 나는 실소가 터졌다. 그는 끝까지 저들에게 희망을 심어두고 떠나는구나. 염세주의자치고 자비로운 처사였다. 그의 마지막을 눈에 담았다.

정은수가 수신호를 보내자 외부 창이 개방됐다. 그는 유연하게 물살을 갈랐다. 앞서가는 형을 따라잡으려면 서둘러야 했다. 저 모습이 어디론가 떠나는 형제의 뒷모습이란 건 아무도 모르겠지. 나는 형제의 앞길에 행운을 빌어주었다. 그곳에도 부디 '생'이 있기를.

뒤를 돌았다. 이제 나에겐 탑승객들의 질타만이 남아 있었다. 의지할 대상을 찾았으니 다음으론 힐난의 대상을 찾을 차례였다. 나는 그것이 내가 되리란 걸 알았다. 같은 책임이 있음에도 정은수처럼 십자가를 짊어지지 않았으니까. 기대한 일이 벌어진 것이었다.

"이제 어떻게 할 건지 그쪽이 말해보쇼. 수중류 관리는 그쪽 소관 아니던가?"

"그래, 담당이면 끝까지 책임을 져야지."

질책과 원망은 조금도 겁나지 않았다. 이제 그런 말들로 염불을 외울 수도 있을 것 같았다. 다만 익숙해지지 않는 건 저들의 얼굴이었다. 더 이상 인간으로도, 짐승으로도 볼 수 없는 얼굴들. 너무 징그럽고 흉해서 보기만 해도 구역감이 들었다. 그 얼굴들이 가까워질 때마다 위장이 풍선처럼 불어나는 느낌이었다. 당장 눈앞에서 저들의 면상을 치워버리지 않으면 남산만큼 커진 위장을 통째로 게워낼 거 같았다.

그들의 말을 무시하고 조정실로 도망쳤다. 그곳에서 잠수복을 갈아입고 더 먼 곳으로 도망칠 준비를 했다. 잠수정에 갇혀 누군가 꺼내주기만 기다리는 삶은 겪을 만큼 겪은 것 같았다. 끝이 정해진 삶을 애써 길게 늘이고 싶지도 않았다. 잠수정을 떠날 것이다. 저 바깥에 뭐가 있든. 운이 나쁘면 죽을 것이고, 운이 따르면 살 것이고, 운이 좋으면 겨울을 발견할 수도 있을 것이다. 단순한 일이었다. 나는 마지막으로 산소통을 체크했다.

탑승객들은 관람실을 떠나지 않고 있었다. 나는 이중창 앞으로 걸어갔다.

"수중류 연구가 끝났으니 탐색자 선발이 재개되어야겠죠. 정은수 씨가 없으니 다음 탐색자는 접니다."

"탐색자로 나가고 돌아온 사람이 없잖아."

"모르죠. 열세 명 정도 보내면 한 명쯤은 돌아올지도."

나는 박정과 정은수가 그랬던 것처럼 자조적으로 웃었다. 내부 창을 열었다. 문득 처음 잠수정에 들어오던 때가 생각났다. 그때는 도무지 발길이 떨어지지 않았는데. 돌아보니 징그럽고 추악한 얼굴들이 나를 지켜보고 있었다. 이렇게 될 줄 알았다면 나는 잠수정에 오르지 않았을까. 잠수정과 맞바꿔 잃어야 했던 것들이 어지러이 눈앞을 떠다녔다. 이제 죽어서야 만나게 될 소중한 인연들. 수신호를 보냈다. 한시라도 빨리 잠수정을 버리고 싶었다.

[탐색자 13호 천지연 님.]

외부 창이 열렸다. 몸을 감싼 물살이 거세게 요동쳤다. 저항을 이겨내고 앞으로 나아갔다. 금방 몸이 가뿐해졌다. 숨을 조여오던 올가미에서 벗어난 기분이었다. 잠수정에 남은 탑승객들이 내 동선을 따가운 시선으로 추적하고 있었다. 외부에서 본 잠수정은 톡 치면 터져버릴 것 같았다. 유약한 잠수정에 남아 여생을 보낼 그들에게 손을 흔들었다. 부디 안녕히 가시길. 5호실에선 안승철이 송아영의 부엌칼로 창을 내리치고 있었다.

나는 계속해서 헤엄쳤다. 저 시선들이 닿지 않는 곳으로. 꿈속에서 열심히 내 머리를 집어삼키던 문어가 코앞을 스쳐 갔다. 바위처럼 변한 소라, 묘목처럼 자라난 말미잘도 보였다. 나만 빼고 모든 게 자연스러웠다. 원래부터 세상은 수생을 중심으로 돌아간 것처럼, 육지에서의 삶은 찰나의 이벤트로 존재했던 것처럼.

나는 이방인의 기분으로 한참 물속을 떠돌았다. 그 끝에 기력이 소진됐다. 지친 팔다리가 힘없이 늘어졌다. 선선히 눈을 감았다. 몸에 힘을 빼고 물살에 모든 걸 맡겼다. 해류가 이끄는 대로 끌려가면 어디가 나올지 궁금했다. 잊고 있던 추위가 차츰 되살아났다. 산소가 부족한 건지 졸음이 밀려왔다. 나는 잠에 들지 않으려 애썼다.

그러다 까무룩 잠에 든 것 같았는데, 어떤 소리가 들렸다. 무슨 말인지, 아니 말을 하는 건 맞는지 모르겠지만 분명히 뜻을 알 것 같은 소리가.

"지연, 보고 싶었어."

나는 그 뜻을 분명히 알아채고 곧장 눈을 떴다. 그 말을 할 사람은 한 명뿐이니까. 그때 눈앞으로 수중류 하나가 나타났다. 그것은 나를 가만히 응시하다가 오른손을 내밀었다. 겨울이구나. 겨울이 왔구나. 나는 겨울이 내민 손을 꽉 잡았다. 겨울이 나를 어디론가 데려가기 시작했다. 인간의 몸으로는 결코 갈 수 없는 곳으로.

◇

[탐색자 13호 천지연 님의 신호가 끊어졌습니다.]

심사평

박인성(문학평론가)

제12회 교보문고 스토리대상 단편 부문의 심사 과정은 다양한 장르와 스타일을 갖춘 이야기들을 한눈에 일별할 수 있는 흥미로운 과정이었다. 기본적으로 여러 미디어믹스 매체로 확장 가능한 장르문학을 지향하는 교보문고 스토리대상이지만, 단편 부문은 특히나 이야기가 가진 완성도와 개성적 매력이 두루 경쟁력을 갖춘 작품들에 주목받았다. 장르성과 대중성, 그리고 형식적 완성도와 스타일을 두루 살피면서 작품이 가진 미디어믹스 확장성을 고려하는 심사 과정은 단순하지만은 않은 일이다.

특히 올해 응모작 중에서는 오늘날의 시의성을 적절하게 반영하면서도 다양한 소재를 장르화하는 이야기들이 많았다. 장르로 살피자면 SF와 호러가 특히 장르적 매력을 잘 선보였으며, 소재적으로는 초고령화 사회에 대한 인식이나 기후위기 등의 동시대적 사회문제를 효과적으로 활용하는 모습들이 돋보였다. 우선 사전 예심을 거쳐서 큰 손색 없이 완성도를 갖춘 작품들을 선별한 뒤, 본심에서는 30편의 소설들을 살피고 여러 기준에 맞추어 경쟁력을 갖춘 작품들을 엄격하게 평가하였다. 심사위원들의 평가와 다각도의 검토를 통해서 선

별된 총 12편을 대상으로 최종심을 진행하여 5편의 수상작을 결정할 수 있었다.

「돈까스 망치 동충하초」는 효과적으로 소재를 살린 아파트 배경의 호러물로 동충하초에 의해서 점거된 거대 동충하초에 의한 일상적 공포를 다룬다. 동경하는 사라 언니의 예상치 못한 파경 때문에 실거주 기간을 채우기 위해 임시로 월세살이를 시작한 주인공은 윗집에서 들리는 '돈까스 망치 소리'의 정체를 확인하게 된다. 소설에는 거대한 동충하초가 사실상 아파트 전체에 뻗어 있다는 사실을 애써 무시하고, 재개발 특수를 노리는 투자 대상으로서의 아파트를 어떻게든 자본으로 전환하려 하는 사람들의 욕망 역시 비슷한 방식으로 뻗어 있다. 사실상 이 작품에서 공포의 대상은 동충하초보다도 인간의 세속적 욕망으로, 이를 호러라는 장르에 효과적으로 녹여내고 있다.

「노인 좀비를 위한 나라는 없다」는 노인들이 사실상 국가적 부담으로 작동하고 있는 초고령사회에 대한 소재를 극단화된 미래 사회의 상상력으로 재해석한 작품이다. 마찬가지로 빈곤층 노인들을 의도적으로 좀비화하는 국가사업과 그렇게 좀비가 된 부모를 버린 '덤핑족'은 고도로 발달한 고려장 문화에 대한 은유다. 아버지를 좀비화한 주인공 진욱이 아버지를 찾아 야생 좀비 구역으로 잠입했다가 비슷한 처지의 노인에게 자신의 총을 주고 다시 도주하는 과정을 그린다. 사실상 치료제의 희망이 신기루처럼 사라졌음에도 좀비가 된 아버지를 버린 덤핑족이 되었던 덕환의 죄책감과 책임을, 노인을 통해 재확인하는 과정을 잘 그려낸 작품이다. 좀비물에 대한 새로운 해석과 동시대적 사회 문제를 장르로서 잘 소화해낸 작품으로서의 개성이 뚜렷하다.

「청소의 신」은 이번 심사에서 가장 예외적인 작품이었다. 엄밀하게 말하자면 순문학 혹은 본격문학의 범주에 속하는 작품으로 장르적인 작품들과 동일선상에서 평가하기 쉽지 않았기 때문이다. 하지만 그 주제의 깊이나 형식적 완미함이 돋보였기에 전체적인 구도에서도 이 작품을 외면하는 것이 쉽지 않았다. 이 소설은 주인공이 이국에서 모텔을 운영하는 과정에서, 직원인 종수에게 많은 것을 위임하며 코로나 팬데믹 시기를 통과해온 나날의 메마른 기록이다. 그 과정에서 결코 깔끔하다고 할 수 없는 종수의 기록을 복기하는 '나'의 회상은 결코 분리될 수도 정리될 수 없는 자본으로 연결된 관계와 그 모든 것을 견디는 삶에 대하여 효과적으로 압축하여 보여준다. 이 소설은 이러한 진지한 주제를 우리에게 익숙한 단편 미학과 작가의 스타일을 통해서 묵직하게 전달한다.

「장어는 어디로 가고 어디서 오는가」는 장어의 생태라는 수수께끼를 추적하면서 마리아나 해구의 심해에서 생명과 존재의 비밀을 탐구하는 인간적 욕망과 그 한계에 대하여 다룬다. 전형적인 SF라기보다는 인간의 시선으로는 목격할 수 없는 진실과 그에 대한 욕망의 한계를 상상력과 함께 홍미롭게 결합한 작품이다. 존재에 대한 종교적 신비와 인간적 욕망이 충돌하는 갈등의 구축, 심해를 탐구해 들어가는 과학적 매개에 대한 활용 등 SF가 감당할 수 있는 주제 의식을 너무 진지하지 않으면서도 장르적인 재미에 충실하게 전달해주는 방식의 수법이 안정적이고 돋보이는 작품이다.

「톡」은 세계가 바다에 잠긴 미래 시대에 잠수정에서 공동생활을 통해 살아가는 생존자들의 잔인함과 야만성을 맨얼굴을 적나라하게 드러내는 군상극 성격의 작품이다. 완전히 폐쇄적으로 고립된 환경에서 생존을 위해서 누군가를 추방해야 하는 노골적인 희생양 시스템, 그리고 수중류라는 해양 생물로 적응한 인류를 생포해서 마치 실험하는 잔인성이 인간과 비인간의 경계를 뒤흔들면서 강렬한 인상을 남긴다. 최종적으로 인간다움을 지키기 위하여 스스로를 가둔 감옥으로서의 잠수정을 벗어나는 횡단적인 결말까지, 효과적으로 주제의식을 구체화하고 특수한 상황 설정의 장점을 살려 설득력 있게 전달한 수작이다.

이번 수상작들은 공통적으로 잘 구성된 주제와 이를 효과적으로 장르적 이야기로 구성해낸 장점이 두드러진 작품들이다. 「청소의 신」과 같은 다소 예외적인 경우를 제외한다면, 전반적으로 각기 다른 장르적 이야기로서의 특장점을 잘 살렸을 뿐 아니라, 소재에 끌려가기보다는 소재를 효과적으로 활용하고 이야기 구성으로 녹여낸 작품들이라고 할 수 있다. 단편소설이기 때문에 가질 수 있는 분량상의 한계를 오히려 잘 활용하여 이야기의 완성도를 끌어올렸으며, 장르적 이야기가 제공해주어야 하는 독서의 재미를 보장하고 있다. 그만큼 이번 수상작들이 독자에게 장르 단편소설의 모범적인 사례가 될 수 있기를 기대한다. 또한 이 자리를 빌려 수상자들에게 축하와 격려를 보낸다. 앞으로의 활발한 활동과 성취를 기대한다.

심사평

배상민(소설가)

제12회 교보문고 스토리대상 단편 부문 최종심에 올라온 작품들은 SF 장르가 많은 비중을 차지하고 있었다. 어쩌면 한국적 현상일 수도 있으나 십수년 전 SF 열풍이 불기 시작한 이래로 여전히 가장 많이 창작되고 있는 장르라는 것을 부분적으로나마 확인해볼 수 있었다. 때문에 심사작으로 올라온 SF 작품 중에는 꽤 완성도가 높은 작품도 있었고, 소재 면에서 눈에 띄는 작품도 적지 않았다. 양이 많으면 질도 올라가는 법. 하지만 SF 강세 속에 미스터리, 호러, 로맨스 등 타 장르 작품이 상대적으로 적었고, 완성도 역시 아쉬운 점이 있었다. 콘텐츠의 저변이 확장되기 위해서는 다양한 장르가 창작되고, 보급될 필요가 있다. 따라서 장르의 다양성을 어떻게 확보하느냐는 여전히 심사 후의 숙제로 남는다.

「돈까스 망치 동충하초」는 매우 독특한 호러물이다. 재개발을 노리는 아파트에 입주한 주인공은 여기에 먼저 자리 잡고 있는 거대한 생명체를 목격하게 된다. 그것은 건물을 서서히 잠식해 가고 있는 동충하초다. 작품에서 이 동충하초는 재개발 아파트를 점유하고 이를 통해 그것을 소유하고자 하는 주인공의 욕망과 맞물리는 상징으로 읽힌다. 그런 면에서 이 작품은 최근 광풍이 일었던 부동산에 대한 한국인들의 보편적 욕망의 그로테스크를 드러낸다. 호러가 종종 인간 욕망이 초래하는 파멸적 결과를 묘사하는 장르라는 점을 감안하면, 이 작품은 한국 사회의 현상을 끌어들여 호러의 영역에 닿고 있는 것으로 보인다.

「노인 좀비를 위한 나라는 없다」는 좀비 장르의 소재적 진화를 목도하는 느낌이었다. 기존의 좀비 장르에서 좀비라는 존재는 아포칼립스 장르를 배경 삼아 종말적 상황에서 인간 종의 말살을 기도하는 퇴화된 인간 아종으로 기능했다. 하지만 이 작품에서는 자식의 부담을 덜기 위해 늙으면 감내해야 하는 인생의 한 형태로 묘사되고 있다. SF는 미래 세계를 다루지만, 읽어야 하는 독자가 현재를 살아가고 있다는 점에서 언제나 현재적이다. 이 작품 역시 심각한 고령화 문제를 겪고 있는 한국 사회에 시사하는 바가 크다는 점에서 현재적이다. 또한 SF가 현재 사회 문제를 환기할 수 있는 가장 강력한 장르라는 강점을 잘 환기하고 있다는 생각이다.

「청소의 신」은 모텔을 운영하는 주인공과 모텔에서 허드렛일을 하는 종업원 '종수'라는 인물의 관계를 다루고 있는 소설이다. 코로나가 창궐하면서 정부의 방침으로 모텔은 노숙자를 수용해야 하는 상황에 놓인다. 이로 인해 노숙자들의 뒤치다꺼리를 하는 종수에 대한 의존도는 더 높아진다. 하지만 종수가 떠나면서 주인공은 모텔 운영을 포기하고 만다. 이 작품은 이러한 결말을 통해 노동 없는 자본의 허망한 현실을 차분하게 보여준다. 동시에 노동을 존중하는 척하지만 노동은 하고 싶어 하지 않는 중상층(中上層)의 스노비즘도 드러내 보인다. 마지막으로 모텔이 문을 닫을 때 주인공이 종수를 반추하는 장면을 묘사함으로써 자본과 노동 모두 사람의 일일 진대, 이 둘을 무자르듯 분리할 수 있는가에 대한 의문을 여운처럼 던진다. 이 작품은 단편이지만 장편 같은 주제의식을 담보하고 있다. 그럼에도 주제의식을 강하게 드러내지 않고 관조하게 하는 세련된 서술 태도를 동시에 지니고 있다. 주로 신인들의 작품을 대상으로 하는 공모전임을 감안하면 형식과 주제 면에서 오랜만에 만난 수작이다.

「장어는 어디로 가고 어디서 오는가」는 장어의 산란 장소를 찾기 위해 심해 드론을 조종하다가 무엇인가의 기원에 닿게 되는 주인공의 이야기를 다루고 있다. 처음에는 단순히 장어의 생태에 관한 소설인가 싶지만 종국에 가서는 진실과 대면하게 되는 인간의 이야기로 귀결된다. 그와 동시에 이 작품은 왜 진실과 대면해야 하고, 진실을 대면하는 일을 왜 두려워하지 말아야 하는지에 대한 철학적 질문으로 독자를 이끈다. 이러한 주제적 발전이 가능했던 이유는 장어의 산란 장소를 '진실'이라는 상징으로 치환한 덕분이다. 즉, 단편소설의 미학을 잘 발휘했기 때문이라고 생각된다. 여기에 더해 진실의 발견에 두려움을 가지는 캐릭터를 등장시켜 서사적인 긴장을 형성한다. 결국 단편소설이 가져야 할 의미와 장르 소설이 가져야 할 재미, 두 가지를 동시에 포착하는 데 성공한 작품으로 생각된다.

「톡」은 지구가 물에 잠긴 시대를 배경으로 한다. 많은 인간이 돌연변이로 인해 물고기 같은 형상의 수중류가 되어 바다에서 살아간다.

문제는 수중류가 되지 못한 채 잠수정을 거주지로 살아남은 인류. 잠수정이 수용 한계에 다다르자 인간들은 수중류를 포획해서 물속에서 살아남기 위한 단서를 얻기 위해 잔혹한 실험을 시작한다. 이 과정에서 괴물은 외부가 아니라 내부에 있음을 증명한다. 때문에 이 소설은 SF의 외피를 지니고는 있으나 판타지적인 알레고리로 읽힌다. 그리고 이러한 장르적인 자유로움이 오히려 작가의 주제의식을 강화하고 있다는 점에서 미덕이 되었다.

수상한 다섯 작가에게 축하를 보낸다. 이제 첫발을 내딛는 만큼 부디 찬란한 문운이 깃들기를 기원드린다. 그리고 작품 선정 편수의 한계로 인해 출중한 미덕을 가졌으나 아쉽게 재도전을 해야 하는 모든 작가에게도 아낌없는 격려를 보내고 싶다.

2025 제12회
교보문고 스토리대상
단편 수상작품집

초판 1쇄 발행 2025년 4월 25일

지은이 지다정 최홍준 김지나 이건해 이하서
펴낸이 허정도
편집장 박윤희
책임편집 정수향 **디자인** 박지은 김지연
마케팅 신대섭 배태욱 김수연 김하은 이영조 **제작** 조화연
2차 저작권 문의 류영호 유재경 안희주 문주영

펴낸곳 주식회사 교보문고
등록 제406-2008-000090호(2008년 12월 5일)
주소 경기도 파주시 문발로 249
전화 대표전화 1544-1900 **주문** 02)3156-3665 **팩스** 0502)987-5725
ISBN 979-11-7061-249-0 (03810)
책 값은 표지에 있습니다.